KB237483

산속의 가을 저녁 山居秋暝

빈 산, 새로 내린 비 막 갠 뒤
날 저물자 가을이 깊어졌다
밝은 달 소나무 사이로 비치고
맑은 샘물은 돌 위로 흐른다
대나무숲 시끄럽게 빨래 하는 아낙네들 돌아가고
연꽃 요동치게 고깃배가 내려가네
봄날의 향기로운 꽃 없어진들 어떠리
은자만 절로 머물만 한 것을

空山新雨後　天氣晚來秋　明月松間照　淸泉石上流
竹喧歸浣女　蓮動下漁丹　隨意春芳歇　王孫自可留

검정만리

검정만리 5

사암 新무협 판타지 소설

초판 1쇄 찍은 날 § 2007년 1월 10일
초판 1쇄 펴낸 날 § 2007년 1월 20일

지은이 § 사암
펴낸이 § 서경석

편집장 § 문혜영
편집책임 § 심재영
편집 § 장상수

펴낸곳 § 도서출판 청어람
등록번호 § 제1081-1-89호
등록일자 § 1999. 5. 31
어람번호 § 제2-1101호

주소 § 경기도 부천시 원미구 심곡1동 350-1 남성B/D 3F (우) 420-011
전화 § 032-656-4452 팩스 § 032-656-4453
http://www.chungeoram.com
E-mail § eoram99@chollian.net

ⓒ 사암, 2006

ISBN 978-89-251-0494-2 04810
ISBN 89-251-0007-X (세트)

검무정만리

劍情萬里

Fantastic Oriental Heroes

사암 新무협 판타지 소설

완결 **5**

부운무실(浮雲無實)

도서출판 청어람

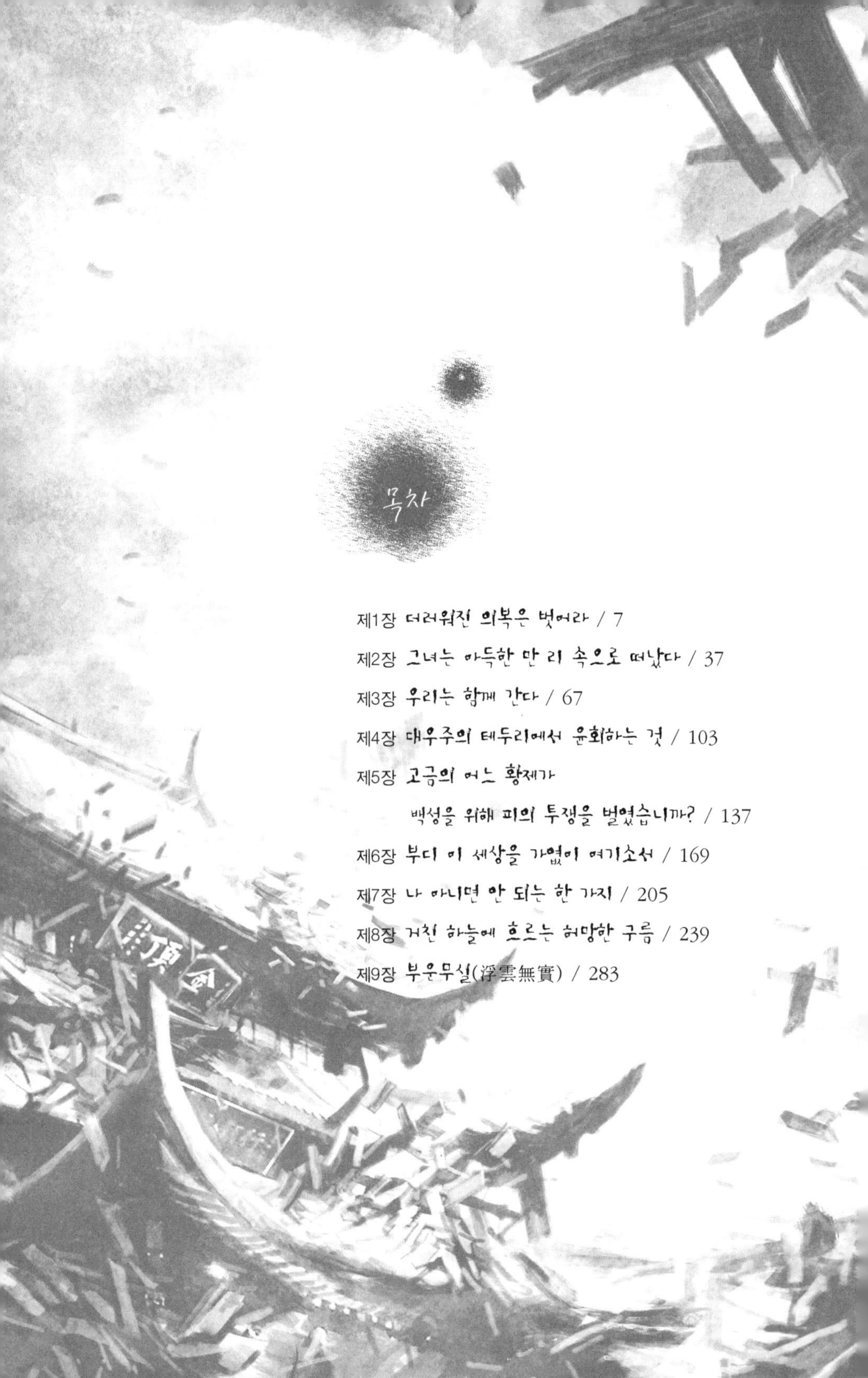

목차

第1章

더러워진 의복은 벗어라

頂

사방 어디를 봐도 하늘을 찌를 듯 자라 있는 대나무뿐, 인적은 느껴지지 않았다. 가끔 들려오는 이름 모를 새들의 지저귐 외에는 오로지 정적뿐인 대나무 사이로 소축이 보인다.

소축은 한가한 적막 속에 잠겨 있다. 그래서 마치 불법 높은 고승이 기거하는 선사의 고요함과 닮아 있었다.

항곡파찬은 시동(侍童) 한 명만을 거느린 채 소축 주변의 경치를 감상하고 있었다. 그는 너무 한가하여 하릴없는 늙은이로 보이기까지 했다.

대나무 사이로 스머드는 저녁 채광을 받으며 검을 든 건장한 청년이 걸어왔다. 자영부인의 호위무사인 고유기였다.

항곡파찬은 고유기를 처음 만났지만 한눈에 그가 불타는 야망을 가진 꽤 쓸 만한 젊은이라는 것을 알아보았다.

"부인께서 접견하시겠다고 합니다. 들어가시지요."

고유기는 지극히 사무적인 태도로 항곡파찬에게 허리를 굽혔다.

"자네, 이름이 뭔가?"

"고유기라고 합니다."

"훌륭한 자질일세. 정진하면 대성할 수 있겠어."

"……!"

"가세. 부인께선 어디 계시나?"

독수리 모양을 한, 그러나 펼친 날개는 봉황의 것과 같은 황금빛 가루라 가면으로 눈 주위를 가린 자영부인은 흔들의자에 앉아 차를 마시고 있었다. 가면 아래 자리한 찻물에 촉촉해진 그녀의 주삿빛 감도는 입술은 이슬에 젖은 꽃잎처럼 아름답다.

붉은 석양은 가루라 가면의 황금빛 날개에 부딪치며 영롱한 빛을 발했다. 그녀는 차마 마주 보기 어려울 정도로 눈이 부셨다.

방으로 안내된 항곡파찬은 자영부인을 향해 웃는 얼굴로 허리를 숙였다.

"오랜만에 부인을 뵙소."

"연락은 받았습니다만 군사께서 직접 오실 거라고는 예상치 못했습니다. 그동안 세월이 적조하였는데도 여전하시군요. 이리로 앉으시지요."

가면 아래 환히 웃는 그녀의 미소가 눈부시다.

'이십 년이 넘게 흘렀으나 그녀는 여전히 아름답구나.'

그녀를 다시 보자 항곡파찬의 가슴이 저려온다. 칠십 년을 넘게 살아왔으나 그는 여자를 가까이한 적이 없다. 오직 자영부인만이 그녀의 첫사랑이자 마지막 사랑이었다. 비록 그것이 비수처럼 가슴을 찢어오는 짝사랑이긴 하였으나.

그러나 항곡파찬은 내심을 감춘 채 그녀가 권하는 의자에 앉으며 미소 지었다.

"오가는 길이 일만 오천 리라 그간 부인께 인사 여쭙지 못했소. 무소식이 희소식이란 말도 있으니 별래무양하셨으리라 믿소이다."

"호호호. 우리 사이에 꼭 연락을 주고받아야 소식을 알 수 있는 건 아니지요. 나는 인편을 통해 어른의 소식을 듣고 있어요. 이번에 어른께서 사천에 오셨다던데……?"

그녀가 말하는 어른이란 혈불이었다.

항곡파찬은 고개를 끄덕였다.

"그렇소. 어른께서는 현재 사천에 머물고 계시오. 아마도 며칠 내로 그 땅을 평정하리라 보여지오."

"무림맹의 반격도 만만치 않을 것입니다. 무림맹에서 용호대장 번천신룡 팽사무를 비롯하여 많은 자들을 당가로 보냈다 합니다. 아미파도 오랜 전통을 가지고 있는 문파로서 장령인 백유가 직접 당가로 갔다고 하니 절대 만만치 않을 것입니다."

"부인의 걱정을 모르는 바 아니나 어른이 마음먹어서 아직까지 하지 못한 일이 없소. 있다면 오직 하나, 부인뿐이오."

순간 가루라 가면 속 자영부인의 눈이 흔들렸다. 중원에서 그녀의 과거를 아는 자는 전무하다. 그녀는 어쩔 수 없는 현실 때문이었다고

치부하지만 자신의 과거가 수치스러운 것 역시 사실이었다.

하지만 그녀는 이내 환하게 웃으며 말했다.

"호호호. 어른께서 귀엽게 봐주시니 그리되었을 뿐이지요. 어른께서 아니 되겠다고 하였다면 오늘의 내가 있겠습니까. 하지만 이제 와서 지난 과거를 운운할 필요는 없겠지요. 군사가 내 어릴 때의 신분으로 나를 누르려는 게 아니라면 말이지요?"

"부인의 말씀이 맞소. 나는 결코 그런 생각이 없소."

항곡파찬은 웃으며 시비가 놓고 간 찻잔을 들었다.

중원에서 그녀는 꽤 신비스러운 인물로 행세하고 있으나 과거 혈불을 모시는 화화팔선녀 중 한 명이었다는 사실이 알려진다면 누구도 그녀를 환상 속의 여자로 보아주지 않을 것이다.

"내가 온 이유를 부인께서는 짐작하고 있소?"

"말씀하세요."

"나는 쌍방이 손해 보지 않는 거래를 하고자 부인을 찾아왔소."

"발을 들여놓으면 실패했을 때, 결국 목숨을 내놓을 수밖에 없을 테지요. 어째서 손해를 보지 않는단 말인가요?"

"어른은 하늘의 명을 받아 세상을 구하러 왔소. 하늘이 어른과 함께하는데 무슨 실패가 있겠소?"

항곡파찬은 빙그레 웃으며 말했다.

자영부인은 코웃음을 치고 싶었으나 차마 그렇게 할 수 없어 그만두었다. 물론 혈불의 능력은 잘 알고 있는 터이니, 그가 앞뒤 상황을 분간하여 일어날 때가 되었다 판단하고 일어났다면 실패의 확률은 극히 적다. 그러나 그것이 하늘의 명을 받아 세상을 구하는 것과는 거리가 있다. 전형적인 사이비 교에서나 그러한 말을 아무렇지도 않게, 아니, 오히려 평상시보다 더욱 근엄한 얼굴로 말할 수 있을 것이다.

"나는 부인이 어른의 편에 서서 제세구민(濟世救民)할 것이라 믿어 의심치 않소."

"거래 조건을 들어보죠."

자영부인은 서두르지 않았다.

"부인의 세력은 구파일방에 미치지 못하오. 이 점 동의하시오?"

"수백 년을 이어온 구파일방과 어찌 나를 비교할 수 있겠어요? 당연히 그렇지요."

"하나 부인은 그들이 가지지 못한 돈과 여자, 그리고 청부 살인 조직이 있지요."

"청부 살인 조직이란 말은 좀 그렇군요."

자영부인은 빙그레 웃었다.

"생사천은 불가피하게 사람을 죽이는 청부를 받기도 하지만 그게 전부는 아니지요. 그러나 어휘가 중요한 건 아니니 계속 말씀하시지요."

"마땅히 대체할 말이 없어 표현이 거칠었음을 인정하겠소. 내가 하고 싶은 말은, 부인의 그러한 조직이 필요하다는 말이었소. 음지에서 일을 하지만 양지를 지향하는 그런 일 말이오."

"말은 좋습니다. 하지만 표현이 너무 모호하지 않나요? 그래서 내가 얻을 수 있는 이익을 말씀해주서야지요."

"어른은 무림에 관심이 없소."

"……!"

그것은 자영부인도 어렴풋이 알고 있는 사실이었다. 서장에서 달라이라마 이상의 지위를 가진 그가 무엇 때문에 중원무림을 일통하여 무림인으로 행세하려 하겠는가.

"향후 피폐해진 무림을 누군가는 다스려야 할 것이고, 부인께서 힘껏 돕는다면 어른이 누구에게 그 일을 맡기시겠소?"

"군사께서 계시지 않습니까?"

"중원인이 다스리지 않는다면 저들은 인정하지 않을 것이오."

"그렇다면 혈불은 무엇 때문에 무림을 평정하려 하시는 것인지요?"

"무림이 평정된다면 그 다음은 군대가 들어올 것이오."

"……!"

"우리 서장의 자랑스러운 군대 말이오."

'서장과 대륙을 통괄하는 황제가 되겠다?'

자영부인은 빠르게 머리를 굴렸다.

'그는 정도무림에 패한 구마존 등 마교인들을 대부분 흡수했다. 그들의 대부분은 한족……. 하지만 그들에게 무림을 맡기진 않을 것이야.'

자영부인은 내심 고개를 저었다.

'새로운 세상을 연다면 새로운 인물이 무림을 다스려야 하는 건 명약관화한 일. 사람들에게 구마존은 대마두로 인식되어 있고 또 마교의 잔재로 청산 대상일 뿐이야. 그걸 모를 혈불이 아니지. 그렇다면 그를 황제로 올리고 내가 무림여제가 되어 무림을 다스린다? 하지만 아직은 위험한 도박이다. 반드시 승리한다는 보장이 없어.'

"부인께서는 우리 파황성이 반드시 이긴다는 믿음을 갖긴 어렵겠지요?"

항곡파찬은 자영부인의 마음을 잘 알고 있다는 듯 말했다.

"부인하지 않겠어요."

"그래서 나는 또 한 가지 조건을 부인께 제시하고자 하오. 사천 무림대회는 아까 부인이 언급하셨다시피 그 세력이 만만치 않소. 만약 이들이 몰살당한다면 어떤 상황이 발생할 거라 보시오?"

"무림맹은 우왕좌왕하겠지요."

"우리의 거래는 이들을 모두 물리친 후 시작되는 걸로 하는 게 어떻겠소?"

"……!"

"그때도 우리의 승리를 장담할 수 없겠소?"

"승리할 확률은 훨씬 높아지겠지요."

"하나 그 이후 우리가 패배한다 할지라도 부인에겐 절대 손해가 없소. 왜냐하면 이미 무림은 피폐해질 대로 피폐해져 누군가 장악하려고 마음먹는다면 능히 장악할 수 있기 때문이오."

"군사의 말씀은 틀림없습니다. 곤륜에 이어 아미와 사천당가까지 무너진다면……."

거기서 끝나는 것이 아니다.

혈불은 세력이 완전히 망해 버릴 때까지 계속 동진(東進)을 할 것이고 그가 한 걸음 더 나아가면 무림은 한 걸음 더 피폐하게 된다. 그것은 결국 동귀어진의 길이다.

"하나 그쯤 되면 스스로 모든 일을 처리할 수 있을 것 같은데, 왜 나와 거래를 하려 하는지 알 수 없군요."

"우리는 무림 장악이 끝이 아니라 시작이기 때문이오."

"좋습니다. 내가 무엇을 도와드리면 되겠습니까?"

"하하하. 역시 부인은 시원시원하시오. 사천을 장악하면 그 다음 우리의 목표는 황산 무림맹이오. 하지만 그전에 손을 써두어야 할 것은 누구도 무림맹을 돕지 못하도록 각 문파의 수족을 잘라놓는 일이 될 것이오."

"방법을 들어볼까요?"

"무림맹에 부인의 사람이 심어져 있지 않겠소?"

자영부인은 미미하게 웃을 뿐 시인도 부인도 하지 않았다.

"우리도 그곳에 사람이 있소. 하나 지위가 낮아 고급 정보에 접근하기 어렵소. 먼저 그 사람을 도와주시오."

항곡파찬은 하얀 이를 드러내며 웃었다.

그는 다음 말을 하지 않았지만 자영부인은 그가 원하는 바를 어렵지 않게 알 수 있었다. 그녀의 머리 속으로 세세한 계획들이 솜에 물이 스며들 듯 밀려 들어왔다.

'만약 그의 생각이 내 생각과 같다면 이것은 결코 실패할 수 없는 작전이다.'

이미 무림여제가 되기라도 한 것처럼 그녀의 가슴은 흥분되기 시작했다.

2

한 자루 검에 의를 품은 사천의 영웅들이여,
뜨거운 가슴으로 무림영웅대연(武林英雄大宴)에 참여하라!

오늘, 저 무도(無道)한 주구(走狗)들에비 강호정의를 가르치리라.

아미파 장문방장 백유 대사, 사천당가주 당헌의 이름으로 사천의 곳곳에는 공고문(公告文)이 나붙었다.

파사현정!

야망에 불타오르는 무림인들에게 이것보다 가슴을 격동시키는 어구는 없다. 사람들 틈에 섞여 공고문을 보고 있던 두 소년의 가슴도 쿵쾅거리며 뛰기 시작했다.

"방아, 저 공고문을 봐!"

"네. 저도 보고 있어요. 드디어 결전의 날이 다가오고 있나 봐요."

흥분을 감추지 못하는 두 소년, 그들은 바로 불망이 떠난 객점에 남아 있던 이가장의 소장주 이가락과 그의 시동 육방이었다.

3

그 시각, 만송암은 일촉즉발의 위기로 치닫고 있었다.

"소림의 사대금강이 만 시주를 뵈오이다!"

선장을 꼬나 쥔 네 명의 승려가 부운답보의 신법으로 허공에 둥둥 뜬 채 합장배례했다. 천지를 뒤덮던 회오리가 일순간 정지하며 만춘추의 목옥은 정적 속에 사로잡혔다.

'소림이라고?'

연수는 아연실색했다.

그녀는 무림의 일을 몰랐으나 그렇다고 해서 어찌 소림의 이름을 모르겠는가.

"하, 할아버지…… 소림이래요."

연수는 파르르 떨며 만춘추를 바라보았다.

만춘추의 표정이 무겁게 경직되었다.

"오십 년 전 약속을 진짜로 어길 줄이야……."

"어떻게 하죠?"

"사대금강 따위는 노부를 어쩌지 못한다. 진짜 사신(死神)이 오고 있어."

"……!"

연수가 흠칫거리며 바깥을 내다보았다.

고목나무 저편에서 황색 가사의 노승이 느릿한 걸음으로 걸어오고 있었다. 허연 수염이 아랫배까지 내려와 있으며 대춧빛 홍안의 얼굴은 무념무상이다.

목옥 가까이 다가온 노승이 천천히 주위를 쓸어보았다.

아미파 승려들이 피를 토하며 쓰러진 주변은 피비린내가 자욱하다.

"아미타불……."

노승의 얼굴에 그늘이 졌다.

소림의 사대금강이 허공에서 하강하며 노승의 뒤로 물러났다.

노승은 만춘추의 목옥을 향해 천천히 합장했다.

"소승, 공승이 삼가 만 노선배님께 인사 올립니다."

공승 대사.

일찍이 장문방장 경오 대사의 눈에 들어 소림 무학의 근원인 달마동(達磨洞)에 든 인물이다. 소림 칠십이절예 중 절반을 익혔으며 세상에 적수가 없다 하여 소림뿐 아니라 정도무림에서도 천하제일로 인정받고 있다.

바로 그가 만춘추를 죽이기 위해 나타난 것이다.

만춘추의 싸늘한 눈빛이 공승 대사의 전신을 훑어 내렸다.

공승 대사는 그가 자신을 모조리 살필 수 있도록 만면에 미소를 띤 채 시간을 주었다.

그는 단 한 번도 공승 대사를 만나본 적이 없으나 고수는 고수를 알아보는 법. 한눈에 그의 자질과 능력이 눈에 들어왔다.

"옛 숙적의 사문 제자가 찾아왔으나 노부의 몸이 불편하여 내려가 맞이할 수 없다. 하나 정사의 구분이 뚜렷하니, 내가 너를 맞이하지 않는다 해도 예의에 어긋나지는 않으리라!"

만춘추의 음성은 눈빛만큼 싸늘했다.

공승 대사는 그의 싸늘한 음성에는 연연하지 않고 여전히 미소 띤 채 말했다.

"정사의 구분은 각자의 마음속에 있을 뿐입니다. 소승은 노선배님을 당금 무림에 생존해 계시는 최고 배분의 어른으로 볼 뿐, 정사 구분은 개의치 않습니다."

"과연 소림의 제자답게 네 세 치 혀가 허세로 두텁구나. 노선배니, 무림의 최고 배분이니 하며 그럴싸하게 말을 한다 해도 결국 너는 노부를 죽이기 위해 온 것이 아니냐?"

"그건 아니옵니다."

공승 대사는 황망해하며 합장배례했다.

"인명재천이니 사람이 어찌 다른 사람을 해할 수 있으오리까. 다만 소승은 노선배님의 천중혈(天中穴)과 뇌호혈(腦戶穴)에 물리적 압박을 줌으로써 노선배님으로 인해 야기될 수 있는 무림의 분쟁을 미연에 방지코자 할 따름입니다.”

“뭣이!”

만춘추의 안색이 대변했다.

공승 대사는 공손히 예의를 다해 말하고 있었으나 천중혈과 뇌호혈을 찌른다는 것이 무슨 의미인지 모르는 무림인은 단 한 명도 없었다.

“이놈! 천중혈을 찌르면 일신의 내공이 사라지고 뇌호혈을 찍으면 모든 기억이 사라진다. 이것이 무슨 의미인지 아느냐?”

“색즉시공(色卽是空) 공즉시색(空卽是色)이오니 모두 공(空)에 불과할 따름입니다.”

“모두 공에 불과할 따름이라면 네가 우선 그 도리를 지켜라! 부처의 근본은 자비이거늘, 내공과 기억을 빼앗아 노부에게 수치를 주고 그 수치조차 잊어버릴 수밖에 없는 상태를 만들겠다는 것은 어느 경전에 나오는 어느 개 같은 부처의 설법이란 말이냐? 더욱이 노부의 나이 일백오십이다. 내공의 전폐는 급속한 육체의 몰락을 가져와 죽고 싶지 않아도 죽음에 이를 수밖에 없게 된다. 결국 이건 빼앗을 건 모두 빼앗고 네 손에 피를 묻히지 않은 채 목숨까지 빼앗겠다는 것이 아니고 무엇이란 말이냐?”

만춘추의 전신에서 은은한 노기가 일었다.

공승 대사가 길게 탄식했다.

“아미타불…… 소승은 달리 방도를 찾지 못하여 그러한 방법을 노선배님께 권해 드리는 것이옵니다. 그 외에 좋은 방도가 있어 하교해

주신다면 소승은 귀담아듣겠습니다."

"참나! 어이없는 스님이시네!"

듣고 있던 연수가 분통을 터뜨렸다.

그녀는 목옥 밖으로 얼굴을 내밀며 버럭 소리쳤다.

"이것 보세요, 스님! 할아버지는 귀사(貴寺)의 혜공 대사와 한 약속 때문에 이곳에서 오십 년을 침묵 속에 보냈어요! 약속을 어기지 않고 조용히 살았다고요! 그런데, 명색이 부처님을 모신다는 소림에서 먼저 약속을 어기고 조용히 계신 할아버지를 죽이려 한단 말이에요? 그게 부처님을 모신다는 스님이, 아니지, 거기까지 갈 것도 없고 사람이 할 짓이에요?"

공승 대사의 안색이 밀랍처럼 굳었다.

그녀의 말에 반박하려면 못할 것도 없겠지만, 결국 공승 대사의 마음 한쪽에도 그러한 심정이 숨겨져 있었으니 전혀 아니라고 말할 수 없었다.

공승 대사는 다시 탄식했다.

"아미타불…… 일의 중대성에 미루어 더 이상 지체할 수 없어 이렇게 되었네. 그 점은 빈승도 깊이 통감하고 백배사죄하는 바일세. 그런데 만 노선배님과 함께 계시는 자네는 뉘신가?"

"흥! 나는 신선교의 교주 연수라고 해요!"

'신선교?'

공승 대사가 알 턱이 없었다. 다만 그는 젊은 여자, 아니, 어린 여자아이가 한 문파의 교주라고 자신을 소개하니 놀란 얼굴로 다시 한 번 그녀를 바라볼 뿐이었다. 그러나 공승 대사의 눈에 비친 연수는 한 문

파의 지존이라고 하기엔 일신의 무공은 물론이거니와 소양마저 턱없이
모자라 보였다.

　하지만 교주이니 교주라고 소개했을 것 아니겠는가.

　공승 대사는 여기에 무슨 흑막이 있을 거라고 생각했다. 하나, 만춘
추와 함께 있는 자라면 누구라도 죽음으로 소멸될 것이니 흑막을 따질
필요는 없었다.

　"아미타불…… 교주께서 나무라신다 해도 빈승은 달리 할 말이 없
소. 따로 변명하지 않고 꾸지람을 달게 받겠소이다."

　상대가 어린 여자 아이라고 하나 한 문파의 장문지존인 이상 공승
대사는 하대할 수 없었다.

　그가 쉽게 자신의 말에 승복하자 연수는 '흥!' 하고 냉랭한 콧방귀
를 뀔 뿐, 상대할 말을 찾지 못했다.

　만춘추는 연수가 공승 대사를 상대하는 동안 잠시 생각에 잠겨 있더
니 이내 말했다.

　"소림의 수많은 제자 중에서 공승이 군계일학이라 하더니 과연 그
말이 틀리지 않다."

　"과찬이십니다."

　"또한 너의 능력은 소림 역사상 최고라고 들었다. 그에 반해 노부는
지난 오십 년간 이 자리에서 한 발자국도 움직이지 않아 육신은 이미
자연과 동화되어 움직일 수 없는 상태다. 네가 노부를 죽이려 든다면
손바닥을 뒤집는 것보다 쉬운 일일지도 모른다."

　"아미타불…… 그러한 일은 없을 것이옵니다."

　합장배례하는 공승 대사를 내려다보며 만춘추는 속이 뒤틀렸지만

내색하지 않고 다시 말했다.

"네가 여기 온 이상 소림과 노부는 영원히 한 하늘을 이고 살아갈 수 없게 되었다. 네가 불현듯 자비심이 솟구쳐 나를 살려준다 할지라도 내가 너희를 용서하지 않을 것이기 때문이다. 너희는 모든 준비를 하고 노부를 찾아왔다. 하면 노부에게도 준비할 시간을 줘야 공평하지 않겠느냐?"

"노선배님의 말씀은……?"

"한 시진의 여유를 다오. 하면 노부가 준비를 하지 못해 네게 패했다는 변명은 하지 않겠다!"

합장하고 선 공승 대사의 얼굴이 굳었다.

그는 빠르게 염두를 굴리며 만춘추가 무슨 속셈으로 그런 말을 했는지 생각했다. 하나 그가 어떤 생각을 하는지는 중요한 것이 아니다. 공승 대사는 그 자신이 직접 나선 이상, 만춘추는 영원히 이곳을 빠져나가지 못할 거라고 생각했다.

공승 대사는 담담한 시선으로 목옥을 응시하며 미소 지었다.

"아미타불…… 노선배님의 분부를 따르겠습니다. 소승은 물러가 있겠습니다."

공승 대사는 사대금강과 함께 합장하며 숲을 떠났다.

아미 사승 역시 부상당한 동료를 부축하며 공승 대사의 뒤를 따랐다.

그들이 모두 사라지자 만춘추의 얼굴은 급격히 그늘졌다.

"할아버지! 괜찮으세요?"

연수의 눈동자는 만춘추에 대한 걱정으로 가득했다.

"아저씨가 오시면 우리 힘을 합쳐 저들을 물리쳐요."

"그럴 것 없다."

만춘추의 음성은 온통 어두운 그림자로 뒤덮여 있었다.

연수는 그가 공승 대사 등을 이기지 못할 것 같자 걱정이 태산 같아 음성 또한 어두운 것이라고 생각했다.

"타의에 의해 오십 년을 은거했다. 부처를 모시지는 않았지만 이것이 저들이 말하는 면벽 수련과 무엇이 다르겠느냐."

"그건…… 그렇지요."

"그 긴 시간 동안 노부는 생각하고 또 생각했다. 선과 악…… 생과 사……. 과연 노부의 인생은 혜공의 말대로 잘못된 것일까?"

"그건…….."

연수가 대답할 수 있는 성질의 질문이 아니었다.

만춘추도 그녀의 대답을 기다린 건 아니다. 그는 자신의 질문에 고개를 끄덕이며 자신이 대답했다.

"그렇다. 노부의 인생은 잘못된 것이었어. 애초에 그따위 대결을 할 필요가 없었던 것이지. 또한 대결을 하였다 해도 그의 말을 따를 필요가 없었던 거야. 정도인이건 마도인이건 자신의 이득을 위해 적을 죽이는 것은 같아. 기득권을 가진 자가 자신을 선(善)이라 보고 세상을 조종하기 때문에 노부는 악(惡)이 될 수밖에 없었던 게지. 성공한 반란은 반란이 아니라 혁명인 게지."

"……."

"여기서 무너지면 노부는 영원히 대마두의 오명을 벗지 못할 것이야. 그렇게 되고 싶지 않다. 노부도 성공한 역사의 한 장으로 기록되고 싶다. 오십 년동안 이처럼 비참하였는데, 이제 그 제자에게 목숨까지 내줘야 한다면 죽어도 눈을 감지 못할 게야. 나는 더 악독해져야 할 것 같다."

만춘추의 말은 길었다.

뒷말은 거의 독백에 가깝다.

연수는 그의 말을 반도 못 알아들었다. 다만 그의 눈이 우울하다 못해 금방이라도 눈물이 뚝뚝 흐를 것 같자 슬픔이 전이되듯 가슴이 아파왔다.

"지난 세월, 노부는 무료함을 달래기 위해 한 가지 신공을 창안했다. 그것은 나를 버리고 영원히 살 수 있는 방법. 하나 이렇게 쓰게 될 줄이야…… 나도 미처 생각하지 못한 바다."

"할아버지, 그럼 그 신공으로 저들을 모두 죽여 버려요!"

"이리 가까이 오너라."

"네."

연수가 만춘추를 향해 무릎걸음으로 다가갔다.

"내가 만난 사람 중에 너처럼 순결한 아이는 없었다. 모두 나를 이용하기 위해 눈을 번뜩였지. 너와…… 불망을 제외하곤. 이제야 너를 만나게 된 것이 안타깝구나."

만춘추의 늙은 손이 연수의 머리를 쓰다듬었다.

연수는 귀여움받는 강아지처럼 그의 손길을 피하지 않았다.

"공승, 저자는 오십 년 전 혜공보다 강하고 굳다. 지금의 나는 그를 이길 수 없어."

"아저씨가 오시면 방법이 있을 거예요."

"정좌하고 앉아라."

만춘추의 신색은 더할 수 없이 고통스럽다.

연수는 그가 정색하고 말하자 더럭 겁이 났다.

"내게 주어진 시간은 한 시진뿐!"

퍽!

만춘추의 늙은 손이 연수의 천령개를 내리쳤다.

순간 대해와 같은 기운이 연수의 정수리로 쏟아져 들어갔다. 그것은 연수의 내부에서 소용돌이치며 지금까지 단 한 번도 느껴보지 못한 아주 특별한 느낌을 전해주었다.

연수는 무엇이 어찌 된 일인가를 생각할 틈도 없었다.

그녀는 발버둥 쳤다.

하지만 그것은 생각뿐이다. 그녀는 굳어버린 석상처럼 눈을 하얗게 까뒤집은 채 움직일 수 없었다.

연수는 그 자신이 만춘추의 공력을 전수받고 있는 것이 아닐까 생각했다. 그렇다면 이것은 일생에 두 번 올 수 없는 기회다.

'하지만 그렇게 된다면 할아버지는……?'

연수는 점점 정신이 아득해진다.

"미안하다. 오직 이 길만이 너와 내가 사는 길이다."

만춘추의 음성이 귓속을 웅웅거렸다.

연수는 곧 쓰러졌다.

침묵보다 무거운 시간이 흘렀다.

4

공승 대사는 사대금강의 호위를 받으며 바위 위에 정좌한 채 반야심경을 읊조리고 있었다.

휘이이이잉……!

그 순간 한줄기 찬바람이 지나가더니 온몸에 소름이 확 돋았다. 공승 대사는 깜짝 놀라며 감았던 눈을 번쩍 떴다.

"너희, 혹시 무슨 소리 듣지 못했느냐?"

출처를 알 수 없는 불안을 느낀 그의 음성은 은은하게 떨리고 있었다.

"아무 소리도 듣지 못했습니다."

사대금강은 합장배례하며 말했다.

공승 대사는 고개를 갸웃거리며 멀리 떨어진 만춘추의 허물어져 가는 나무 위의 목옥을 바라보았다. 눈을 뜨고 사방을 둘러보았으나 느낌은 여전히 좋지 않았다.

"아무래도 그에게 가봐야겠어."

공승 대사는 바위에서 일어나더니 목옥을 향해 성큼 걸음을 옮겼다.

얼마의 시간이 흘렀을까?

쓰러진 채 정신을 잃고 있던 연수의 손가락이 꿈틀거렸다.

"……!"

순간 눈이 번쩍 떠졌다. 사이무비한 혈광이 그녀의 눈에서 쏟아졌다. 그녀는 몸을 일으켰다. 온몸에서 우두둑 소리가 났다. 하지만 그것은 흐트러진 뼈가 새롭게 자리를 찾아가는 소리, 오히려 시원했다.

목옥에서 우뚝 일어선 그녀는 거죽만 남은 만춘추의 시신을 내려다보았다. 나뭇가지에 이리저리 박혀 있는 만춘추의 시신은 보는 것만으로도 섬뜩했다. 그러나 혈광만 번뜩이는 그녀의 눈에서는 어떤 감흥도 찾아볼 수 없었다.

연수는 팔을 들어 자신의 손바닥을 바라보았다.

혈맥을 타고 흐르는 충만한 기운이 느껴졌다. 일장을 내려치면 태산이라도 부술 수 있을 것 같았다.

과연 그럴까?

연수는 그 자리에서 일장을 내려쳤다.

쿠아아아앙!

가공할 힘이 목옥을 지탱하고 있는 나무를 강타했다. 한순간 목옥의 모든 것이 붕괴되었다.

연수의 신형은 수직낙하하듯 붕괴된 목옥에서 지면으로 떨어져 내렸다.

달려오던 공승 대사의 대춧빛 얼굴이 떨어져 내리던 연수의 시선과 부딪쳤다. 순간 공승 대사의 얼굴색이 핼쑥해졌다.

'저럴 수가?'

그러나 그는 천하의 고승답게 이내 표정을 담담하게 바꿨다.

"아미타불…… 축하하오, 교주. 만 노선배의 모든 내공이 시주의 몸으로 들어갔구려."

"바보 같은 놈!"

연수는 공승 대사를 오시하며 비릿하게 웃었다.

공승 대사는 영문을 몰라 연수를 보며 어리둥절해했다.

"노부는 만춘추다!"

“……!”

“노부의 모든 것이 이 아이의 몸속으로 들어왔다. 더러워진 의복을 벗어내듯 움직일 수 없는 육체의 껍질을 벗고 새로운 육체로 태어난 것이다!”

“……!”

“조용히 살기를 원했다! 그러나 너희는 노부를 가만 놔두지 않았어!”

휘류류류류류!

연수의 전신으로 소용돌이 기운이 폭발할 듯 휘몰아쳤다.

공승 대사는 기절초풍할 지경이었다. 그의 상식으로는 도무지 상상할 수 없는 일이 눈앞에서 펼쳐진 것이다. 죽은 자의 혼이 산 사람에게 들어온다는 것. 그것은 빙의(憑依)다. 흔하진 않지만 그러한 일은 가끔 일어난다. 하지만 그것은 말 그대로 혼이 들어오는 것이지, 그 사람의 전부가 들어올 수 없다.

그런데 연수는 만춘추의 무공까지 모조리 가지고 있었다.

‘이것이 가능한 일이란 말인가? 이 늙은이의 무공이 어디까지이기에 이러한 경지에 도달할 수 있단 말인가?

연수가 쌍장을 가슴으로 끌어 올렸다.

가공할 소용돌이 기운은 금방이라도 그녀를 폭발시킬 것 같았다.

“공승! 너희가 증오하는 마교! 그 진정한 힘을 보여주겠다!”

5

낭아마존 편장백이 이끄는 수십 마리의 늑대가 불망의 사방을 포위하며 전진한다.

놈들은 황소보다 크고 온몸에는 창날이 뾰족뾰족하게 솟아난 철갑을 두르고 있었다. 발톱에는 은빛 쇠갈고리를 부착하여 바위를 부숴댄다.

뿐이랴. 으르렁대는 이빨은 톱날보다 날카로워 사람의 심약한 육체 따위는 단번에 끊어버릴 수 있을 정도니 이는 하늘 아래 존재하는 어떤 맹수보다도 흉악하고 무서운 놈들이다.

"무섭군."

불망은 나오는 대로 말했다. 그러나 바람결처럼 담담한 음성에는 말과는 달리 조금의 무서움도 보이지 않았다.

편장백은 낄낄거렸다.

"죽음은 순간이야. 느낄 사이도 없이 찰나지간에 찾아오지."

"죽어본 것처럼 말하는구려. 뭐, 어쨌든 쌍방이 초면이고 서로 나눌 대화도 없지 않소? 말해봤자 입만 아프니 바로 시작하지요."

"시원시원한 녀석이로군. 원하는 바야."

마다할 편장백이 아니었다.

불망은 늑대들과의 거리를 가늠하며 허리를 숙여 광월 대사가 떨어뜨린 계도를 주워 들었다.

"미친 늑대를 잡는 데는 이만한 무기도 없을 것 같군."

그는 팅! 소리를 내며 손가락으로 계도를 퉁겼다.

크르르…….

그때 늑대 한 마리가 맹렬하게 불망을 향해 달려들었다.

불망은 계도를 든 우수를 앞으로 쭉 뻗었다.

카앙!

날카로운 금속성이 피어오르는가 싶더니 달려들던 늑대가 재주를 넘듯 풍차처럼 회전하며 뒤로 물러났다.

"……!"

불망은 깜짝 놀랐다.

비록 창졸지간이라고 하나 공력을 주입시켜 내지른 계도로 늑대의 몸에 상처를 주기는커녕 간신히 물리치는 것으로 그치고 만 것이다. 만만히 볼 놈들이 아니었다.

"제왕총에서 살아나간 놈이라기에 한가락 있는 줄 알았더니 별거없는 놈이로구나."

편장백은 비웃었다.

"원래 별거없는 놈들이 안 죽고 오래 버티는 법이오. 당신도 그렇지 않소?"

까앙!

다시 날카로운 금속성이 터져 나왔다.

또 다른 늑대가 불망의 계도에 부딪치며 뒤로 밀려 나갔다.

불망이 놀란 만큼 늑대들도 놀랐다. 자신들의 공격에 반격을 하는 자는 보기 드문 적이었다. 훈련을 받은 늑대들은 함부로 달려들지 않았다. 놈들은 크르릉거리며 불망의 주변을 맴돌았다. 그의 허점을 노린 후 파고들 생각인 것이다.

늑대들의 뒤에서 편장백의 음성이 흘러나왔다.

"한 가지 알려줄까? 이놈들을 상대하려면 힘으론 안 돼. 이놈들은

천산특종(天山特種)으로 원래부터 강인한 체력을 지녔을뿐더러 태어나
자마자 영약에 목욕을 한 놈들이지. 힘 대신 쾌를 사용하는 것이 더 좋
을 거야."

육중함보다 빠름이 낫다는 논리다.

그러나 문제는 늑대보다 사람이 더 빠를 수 있을까 하는 것이다.

"지금까지는 전초전이었소. 이제부터 제대로 해보도록 하지."

불망은 씨익 웃더니 계도를 아무렇게나 바닥으로 집어 던졌다. 적수
공권으로 싸우겠다는 뜻이다.

편장백이 어이가 없다는 듯 씨익 웃는다. 죽고 싶어 환장한 놈이라
는 뜻이다.

불망은 만춘추와 연수에 대한 생각으로 마음이 초조해져 있었다. 그
래서 계도를 들고 놈들을 다 베어버리려 하였으나 단단한 철갑을 베기
에는 무리임을 알았다.

불망의 신형이 허공으로 붕 떠오르더니 늑대들 사이로 날아갔다.

콰직!

늑대들이 방비할 사이도 없이, 그의 열 손가락에 두 마리 늑대의 머
리통이 쑤셔 박혔다. 불망은 허공으로 다시 비쾌하게 솟아오르며 놈들
을 낚아챘다.

불망은 두 마리 늑대를 하늘로 치켜 올렸다.

그리고 풍차처럼 휘두르기 시작했다.

늑대들이 날카로운 이빨을 드러내며 밀물처럼 밀려 들어왔다.

불망도 늑대의 무리 속으로 뛰어들었다.

힘과 힘이 극강으로 부딪치며 물러나는 쪽이 패배하는 것이다.

살과 살, 철갑과 철갑이 부딪치며 기괴스러운 파육음이 쏟아져 나오기 시작했다. 그와 함께 늑대들의 비명이 천지를 뒤덮었다. 놈들은 불망의 힘을 이기지 못해 닥치는 대로 곤죽이 되는 수밖에 없었다.

철갑을 두른 두 마리 늑대는 어떤 무기보다 강력했다.

순식간에 십여 마리가 핏덩어리로 갈기갈기 찢긴 채 혈육(血肉)을 자욱이 뿌려냈다.

불망은 바람개비처럼 돌아가는 두 마리 늑대에 가려 보이지 않았다.

오로지 피와 살이 튀고 내장이 쏟아지는 도살만이 진행되고 있었다.

"제기랄!"

불망은 연신 밀려 나가는 늑대들 사이로 짓쳐들다 말고 인상을 찌푸렸다.

그가 휘두르던 두 마리 늑대.

시체가 이젠 철갑밖에 남아 있지 않았던 것이다. 그사이 사족(四足)이 차례로 날아가 버리고 머리통과 뼈다귀만이 철갑 사이에 걸쳐져 있었다.

"몇 번 휘두르지도 않았는데, 천산특종이라는 놈들이 너무 약골 아니오?"

"으으……!"

편장백은 눈을 허옇게 까뒤집었다.

불망은 씨익 웃으며 걸레가 되어버린 늑대를 집어 던졌다. 걸레가 된 늑대가 날아오자 아직 살아남은 두 마리 늑대가 깨갱 소리와 함께 기겁하며 피했다. 이미 전의를 상실한 것이다.

불망은 그중 한 마리를 향해 걸어갔다.

전의를 상실한 놈은 움직일 줄도 모른다.

퍼억!

불망의 팔이 한 번 움직이자 피분수가 일며 놈의 두개골이 박살나 버렸다.

불망의 온몸은 늑대의 피로 낭자했다.

"더 없소?"

불망은 아연실색하는 마지막 남은 늑대, 편장백을 향해 씨익 웃었다.

편장백의 얼굴이 일그러졌다.

"네놈이 노부의 오십 년 적공(積功)을 단번에 무너뜨리고 말았구나! 죽여 버리겠다!"

그는 일백 년을 살아온 노마두답지 않게 쉽게 흥분했다. 지난 세월 애지중지 키웠던 늑대들의 떼 몰살에 이성을 잃은 탓이다.

"하늘과 땅이 하나가 된다! 천지합일(天地合一)!"

씨익 웃고 있는 불망에게 엄청난 경기(勁氣)가 태산처럼 밀려 들어 갔다.

콰콰쾅!

천붕지열(天崩地裂)의 폭음이 터져 나왔다.

분노에 찬 편장백의 일장이 불망의 몸에 그대로 격중한 것이다. 미처 어찌해 볼 도리가 없을 정도로 순간적으로 발생한 상황이었다.

장내는 시야를 가린 흙과 먼지바람 기류가 회오리쳤다.

편장백은 반탄지력을 거의 느끼지 못했다. 그것은 상대가 전혀 반격하지 못하고 죽어버렸다는 의미였다.

“이런! 일장에 죽여 버렸어!”

그는 희미하게 개이는 먼지의 장막을 주시하며 불망의 죽음을 안타까워했다. 오십 년 적공을 단숨에 날려 버린 놈을 이처럼 쉽게 죽여 버린다는 건 그의 자존심이 허락하지 않았던 것이다. 하지만 어쩌랴. 이미 장력은 날아갔고, 상대는 죽음에 이르렀는데.

“글쎄, 과연 그럴까?”

그때, 흙먼지 너머에서 여유있는 음성이 들려왔다. 다름 아닌 불망의 음성이었다.

“헉!”

편장백은 반사적으로 헛바람을 토했다.

부릅떠진 그의 두 눈에 불망의 희미한 모습이 보였다.

“그 힘이 다요?”

“……!”

“그럼 이제 내 차례군.”

찰나, 불망의 왼손이 그대로 편장백의 복부를 꿰뚫었다.

“크윽!”

편장백은 불망의 손목을 움켜쥐며 비명을 내질렀다.

그는 젊은 나이에 불망과 같은 경지를 이룬 자를 아직 본 적이 없다. 그래서 그를 얕잡아 보았는지도 모르겠다. 하지만 이제 그는 절실히 깨닫고 있었다.

‘이 이놈……. 혈불은 발밑에 굉장한 적을 두고 있었구나!’

“진짜 무공이 뭔지 보여주겠소.”

불망의 얼굴에 사악한 기운이 지나갔다.

그의 오른손에서 무형지검이 나타난다.

투명한 검신에 아지랑이 기운이 솟아오르더니, 그것은 점점 더 짙어지며 이내 폭풍처럼 휘몰아친다.

무형지검은 편장백을 내려쳤다.

그었다.

그리고 베었다.

편장백은 비명 소리조차 지를 수 없었다.

이미 불망의 무형지검이 그의 목을 꿰뚫어 버린 후였기에.

第 2 章

그녀는 아득한
만 리 속으로 떠났다

사천당가.

연무장에 간이 건물이 설치되어 있었다.

건물에는 이번 영웅대회에 참가한 각 문파의 깃발들이 오색찬란하게 휘날렸고 그 아래 모인 군웅의 수는 이미 이백이 넘었다.

대회 날이 코앞으로 다가오면서 많은 군웅이 도착해 있었던 것이다. 자파의 깃발을 휘날리며 보무도 당당하게 당가에 입성한 군웅의 얼굴에는 반드시 파황성을 물리치고 파사현정의 의를 이루겠다는 비장한 각오가 역력하다.

군웅의 수가 모이면 모일수록 자신감도 충만했다.

하나 열두 곳의 표국(鏢局)에서 물건을 실은 수레가 동시에 당가에 도착했을 때, 군웅의 비장한 각오와 자신감은 한겨울 마당에 뿌려진 물처럼 싸늘하게 얼었다.

천수옹 당헌의 표정은 돌처럼 딱딱하게 굳었다.

그의 옆에 선 아미파의 장문방장 백유 대사는 연신 백팔염주를 굴리며 '아미타불'을 연발했다. 또한 팽사무를 비롯한 수많은 군웅 틈에 낀 군염기와 조천수 역시 침중하게 굳은 표정으로 연무장에 쌓인 수레를 바라보았다.

수레의 수는 총 스물네 개, 그 위로 떨어지지 않게 밧줄에 묶인 일백여 개의 관이 층층으로 쌓여 있었다.

관 속에 들어 있는 시체는 정도무림의 내로라하는 고수들과 그의 제자들이었다. 이 일백여 개 관이 열두 곳의 표국을 이용해 당가에 배달된 것이다. 보낸 자는 혈불이었다.

"으…… 혈불! 나를 농락하는구나!"

당헌은 군웅의 시선이 자신에게 집중되어 있다는 것도 의식하지 못하고 빠드득 이를 갈았다. 특히 당헌의 앞으로 배달된 한 통의 서찰은 더욱 그를 분노하게 했다.

모두 보낼 수 없어 손에 잡히는 몇몇 분들의 시신만 수습하였소. 모자라는 것은 알아서 수습하시고 유족들에게 본불의 뜻을 잘 말씀해주시기 바라오.

그럼 가주만 믿겠소.

철저한 조롱이었다.

당헌은 심장이 폭발할 것처럼 노화(怒火)가 치밀어 올라왔다.

'일백 개의 관. 그렇다면 놈들의 손에 죽은 자가 모두 몇이란 말인가?'

이들은 모두 영웅대회에 참가하기 위해 당가로 오고 있던 중이었을 것이다. 파황성은 그들이 지나가는 길목을 노리고 있다가 모조리 척살한 것이다.

당헌의 좌우로 몰려든 군웅이 웅성거렸다.

일백 개의 관을 바라보는 그들은 그 자신이 저 속에 끼지 않았다는 것에 가슴을 쓸어내렸다.

"아미타불…… 이 일을 어찌했으면 좋겠소이까?"

백유 대사는 사천 땅에서 지존으로 군림하는 인물이었으나 아미 깊은 곳에서 수양만 쌓느라 강호 경험이 일천했다. 그래서 일이 발생하자 당헌에게 의지하는 마음이 커져 그를 바라보며 온몸을 부르르 떨 뿐이었다.

"아무래도 더 이상 영웅들이 오기를 기다리는 건 무리인 것 같소."

"하면 우리끼리 영웅대연을 개최하잔 말씀이오?"

"영웅대회는 날짜에 맞춰 개최하면 되는 것이오. 단지 더 많은 영웅들을 기대하기는 무리라는 말이오. 하나 대사께서 제자들을 대동하고 이미 와 계시고 무림맹에서 팽 대장과 군 단주를 비롯하여 용호대의 고수들이 이십여 명, 그 외 각지에서 오신 영웅들의 수가 이백이 넘소. 이만하면 이미 오실 만한 분들은 모두 도착했다고 보여지니, 우리의 위세를 능히 보일 수 있을 것이오."

"으음."

"제가 보기에도 날짜를 조금 앞당기더라도 영웅대회를 개최하는 게 나을 거 같습니다. 이 상황에서 시간을 끌면 우리의 사기에 문제가 있습니다."

팽사무가 당헌의 말을 거들었다.

듣고 보니 백유 대사도 그 말이 틀린 것 같지 않았다.

"아미타불…… 무림맹에도 사실을 알려야 하지 않겠는가?"

"알려야지요. 가주께서 빠른 말을 한 마리 내주신다면 대원들 중 날랜 자를 뽑아 황산으로 보내겠습니다."

"말을 내주는 건 어려운 일이 아니야. 하나 보내는 것만이 능사는 아니지. 이미 사방이 놈들에게 포위당해 있을 수도 있고. 네 생각은 어떠냐?"

당헌은 시선을 돌려 군염기를 바라보았다.

군염기는 비릿하게 웃더니 비꼬는 투로 말했다.

"무림맹에 알리는 것은 문제 될 게 없습니다만 도움을 기대하기는 어려울 겁니다. 자신들의 밥그릇을 지키기에도 바쁜 그들이 여기에 힘을 보태줄 여력이 있겠습니까?"

"군 단주, 말이 지나쳐! 자네도 무림맹 소속이야!"

팽사무의 언성이 높아졌다.

군염기는 눈썹 하나 까닥하지 않았다.

"팽 대장, 나는 이미 파적했소. 그러니 나를 그들과 결부시키지 마시오. 나는 신선교의 제자일 뿐이오!"

"신선교?"

"알 것 없소!"

"두 사람은 언성을 낮추게. 여긴 우리만 있는 것이 아니야."

당헌은 잔뜩 미간을 찌푸린 채 다시 말했다.

"염기, 네 뜻을 모르는 바 아니다. 하나 무림맹은 무림맹이야. 보고를 하지 않을 수 없어. 그리고 만에 하나 관 맹주가 힘을 집결시켜 준다면 우리는 여기서 반드시 저들을 막아야 해. 여기가 뚫리면 중원까지 파죽지세야."

"가주님의 말씀이 옳습니다."

군염기는 마지못해 동의했다.

"무림맹이 발 벗고 나서서 돕겠다면 그보다 더 좋을 순 없으나 그것을 기대하기보다는 일단은 우리끼리 힘을 합쳐야 합니다. 여기 피 끓는 고수의 수가 이백이 넘습니다. 힘을 합친다면 파황성을 두려워할 필요 없습니다. 놈들도 우리가 뭉치는 것을 두려워했기 때문에 당가로 오기 전, 우리의 세력을 각개 격파한 것입니다. 특히 제가 형님으로 모시고 있는 그분께서 오시면 전세는 완전히 역전될 겁니다."

군염기는 불망에 대한 절대적인 믿음이 있다.

당헌은 고개를 끄덕였다. 그 역시 객점에서 유령지도 무한생을 어린 아이처럼 가지고 노는 불망의 신위를 보지 않았던가.

팽사무는 힐끗 군염기를 쳐다보았다.

'형님? 내게도 형님이란 말을 해본 적이 없는 군염기가 형님으로 모시는 자가 있다고?

2

　　연무장의 소란스러움을 뒤로한 채 조천수는 슬그머니 자신의 거처로 돌아왔다. 그는 이곳 당가에서 이름을 감추고 이백여 명의 무림인 중 한 사람으로 행동했으니 누구도 그의 진퇴에 신경 쓰는 자는 없었다. 팽사무 등이 군염기와 함께 있는 그를 예의 주시했으나, 조천수는 때로는 어수룩하게 때로는 아무것도 모르는 것처럼 행동했기에 그가 한때 삼고대작으로 이름을 날린 흑천유성임을 알아볼 순 없었다.

　　거처로 돌아온 그는 뜨거운 차 한 잔을 앞에 놓고 지금까지 보고 들었던 일들을 머리 속으로 정리했다.

　　처음 그는 북리진강을 죽이기 위해 이 싸움에 뛰어들었다. 때문에 심정적으로 정도무림을 지지했으나 그렇다고 그들이 패권을 장악하여 대세를 주도적으로 행사하기를 바라지 않았다.

　　그가 원하는 세상은 기존의 기득권층이 다시 득세하는 것이 아니다. 그의 입장에서는 파황성도 정도 무림연합도 모두 청산 대상일 뿐이다.

　　‘그러나 지금은 정도 연합의 위기다. 여기서 무너진다면 파황성의 파죽지세를 막기 어려울 것이야. 특히 그녀가 여기에 있다.’

　　심각한 장고(長考)의 시간이었다.

　　그런데 불현듯 당문령의 환한 미소가 떠올랐다.

　　‘조천수! 다 늙어서 이 무슨 추태냐! 네가 장가만 갔어도 그녀만한 딸이 있어!’

　　그는 깜짝 놀라며 고개를 저었다.

　　그러나 사랑은 그 어떤 마약보다 중독성이 강해 한 번 빠지면 헤어나오기 어렵다. 그래서 그는 그 자신을 나무라면서도 한편으로는 그녀를 다시 한 번 보고 싶다는 그리움을 떨쳐 낼 수 없었다.

간절히 소망하면 이루어지는 것일까?

거짓말처럼 그녀가 조천수의 방을 찾아왔다.

환하게 웃으며 들어오는 당문령을 보자 그는 너무 놀라 하마터면 입을 쩌억 벌린 채 뒤로 넘어질 뻔했다.

“당 소저……!”

“앉아도 될까요?”

“무, 물론이오. 이리로.”

조천수는 급히 간이 의자를 당문령에게 권했다.

“할아버지께서 각 파의 장문인들을 모시는 긴급 회의를 소집하셨어요. 서 대협께서도 가보시지 않고 왜 여기 계세요?”

그녀는 조천수의 이름을 객점에서 처음 소개한 서문수로 알고 있었다. 물론 그 자신의 본명이긴 하였으나 조천수는 왠지 그녀를 속인 것 같아 마음이 좋지 못했다. 하지만 그녀에게 악명으로 강호를 떨쳐 울렸던 조천수란 이름을 밝힐 수도 없는 일이다.

“나는 강호의 무명소졸이라 장문인들의 회의에 참가할 수 없소.”

“서 대협의 무공은 한 문파를 만들고도 남을 만하다고 할아버지가 말씀하시던데요. 아참, 제대로 인사도 못 드렸죠? 객점에서 절 구해주셨는데……. 그 인사를 하러 와서는 딴소리만. 다치신 손은 괜찮으세요? 어디 좀 봐요.”

당문령은 조천수의 허락도 받지 않고 그의 손을 덥석 잡았다.

조천수는 깜짝 놀랐다. 가슴은 쿵쾅거리며 뛰기 시작했다. 한때 삼고대작이라 불리며 수많은 여성들과 염문을 뿌렸던 조천수는 그가 아니라 다른 사람인 것 같았다.

부상은 경미하여 찢어진 손바닥은 천천히 아물고 있었다.

"어머, 어떡해요? 흉터가 남을 수도 있겠어요. 약은 바르셨어요?"

당문령은 그의 손바닥을 만지작거렸다.

조천수는 간지럽기도 했지만 손을 보기 위해 가까이 다가온 그녀의 교구(嬌軀)에서 나는 체향에 정신이 혼미할 지경이었다.

"소저, 남녀가 유별한 법인데 이제 그만 손을……."

"아버지 같으신 분인데요, 뭐 어때요."

"……!"

순간 조천수의 가슴은 싸늘하게 식었다.

어색한 정적이 흐르며 당문령은 그의 손을 놓았다.

조천수는 험험, 거리며 헛기침을 했다. 이어 그는 분위기를 바꾸기 위해 입을 열었다.

"조만간 파황성의 공세가 시작되면 수많은 사람들이 죽어갈지도 모르오. 당 소저는 안전한 곳으로 대피해 있다가 돌아오는 것이 어떻겠소?"

"이미 파황성 놈들이 모든 길목을 차단하고 있잖아요. 들어오지 못하는데 나갈 수 있겠어요? 그리고 저도 당가의 사람이에요. 도망치기보다는 힘을 보태야지요. 제가 위험해지면 서 대협께서 또 지켜주실 거죠?"

"……!"

"호호호. 그냥 해본 말이에요. 설마 우리가 지기야 하겠어요. 이백이 넘는 영웅들이 합심단결하고 있는데."

그녀는 낙관하고 있었다.

가문에 대한 투철한 믿음과 긍정적인 사고방식 때문일 것이다.

그러나 조천수는 내심 고개를 저었다.

영웅대회는 이미 반쪽짜리 대회로 전락했다. 특별한 계기가 있지 않는 이상, 일백 개가 넘는 관을 본 군웅의 사기를 다시 끌어올리기 어려울 것이다. 사기가 떨어진 자들의 모임은 오합지졸일 뿐이다.

만약 자신에게 작전 지휘권이 주어진다면 어떻게 할 것인가를 생각했다. 사기 진작을 위해서라도 적장의 목 하나 정도는 베어와야 한다. 오늘 밤이 가기 전에 말이다.

하지만 그는 이백여 명의 무림인 중 한 명일 뿐이니, 의견을 내기 어렵다.

"아무리 생각해도 나는 당 소저가 세가에서 몸을 피하는 것이 좋을 거 같소."

"서 대협은 사태를 비관하시는군요. 걱정 마세요. 세가를 중심으로 다섯 개의 방어진이 설치되어 있어요. 나는 새도 함부로 통과할 수 없어요."

"내 말은 세가의 방어진을 못 믿는다는 게 아니라……."

"그렇게 겁이 나면 서 대협은 떠나세요. 저는 남아서 적들을 치겠어요."

당문령의 얼굴이 싸늘하다.

그녀는 조천수의 말을 곡해하고 있는 것이다.

'하긴, 그녀에게 떠나라는 말은 무리다. 그녀의 생활 터전이 이곳인데 어디로 간단 말인가. 현재로선 주군이 오실 때까지 놈들이 공격해 오지 않기를 바랄 뿐이다.'

그때 밖에서 떠드는 소리가 소란스럽다.

몇몇 사람들의 고성이 오가고 그 속에 욕설마저 섞여 있었다.

"무슨 일이 또 생겼나 봐요!"

가뜩이나 앉은자리가 불편했던 당문령은 빠르게 일어나며 방문을 열었다.

그때, 얼굴이 뻘겋게 달아오른 군염기가 방으로 들어왔다. 그는 당문령이 조천수의 거처에 있자 의외라는 듯 힐끗 쳐다보다가 말했다.

"제기랄! 형님, 놈들이 떠나고 있습니다."

"무슨 말이야? 놈들이라니?"

"영웅대회에 참가하기 위해 온 군웅 말이에요. 죽은 자들을 보더니 잔뜩 겁을 집어먹어서 파황성과 싸우지 않겠다고 합니다!"

"정말이에요?"

당문령이 놀라며 물었다.

조천수는 말도 못한 채 몸이 굳었다.

"세가를 나간다 해도 목숨을 부지할 수 없다고 아무리 말을 해도 도통 들어먹질 않으니! 소위 명문정파란 놈들이 제 목숨만 부지하기 위해 전전긍긍이니 세상이 이 모양 이 꼴 아닙니까!"

"곧 놈들이 쳐들어올 것이다."

"할아버지한테 가봐야겠어요!"

당문령이 방을 뛰어나갔다.

"당 소저!"

조천수는 뛰어가는 당문령의 뒷모습을 보며 그녀를 불렀다.

당문령이 뒤를 돌아본다.

“소저의 옆에는 항상 내가 있을 것이오!”

군염기는 ‘그게 무슨 말이요?’ 하는 표정으로 조천수를 바라보더니 당문령에게 시선을 돌렸다.

당문령은 얼굴이 빨개져 토끼처럼 뛰어갔다.

3

쾅! 콰아아앙!

어두운 밤하늘에 뇌성벽력이 치며 지진이라도 만난 것처럼 숲이 쩌렁쩌렁 울렸다.

‘아뿔싸! 시간이 너무 지체되었어!’

불망은 나는 듯 만춘추의 목옥을 향해 달렸다.

목옥이 가까워지면 질수록 숲이 심하게 흔들렸다. 큰 싸움이 벌어지고 있음이 분명했다.

회오리가 용권풍처럼 하늘로 치솟았다. 천 년 고목들이 콰지직 소리를 내며 용권풍에 휘말려 산산조각난다. 죽음을 부르는 단말마가 그 뒤를 잇는다.

불망은 전력을 다해 달렸다.

그리고 모옥 앞에 도착했을 때, 태풍이 훑고 지나간 것처럼 폐허가 되었다.

“……!”

불망은 자신이 헛것을 본 게 아닐까 싶을 정도로 경악했다.

방원 수십 장이 완전 초토화되어 있었다.

이곳이 과연 만춘추의 수상 가옥이 있던 밀림 지대였던가 생각될 정도로 깨끗이 정리된 공터로 변했다.

승려들의 시체가 사방을 뒹군다. 모두가 피범벅이 되어 있어 민대머리와 가사 자락이 아니라면 승려라고 구분할 수 없을 정도로 난자된 시체다.

그리고 연수가 보인다.

그녀는 피에 젖은 머리카락을 표표히 휘날리며 수풀 무성한 공터에 우뚝 서 있었다. 그녀가 보이자 불망은 일단 안도했다.

"연수야."

불망의 부름에 연수는 시선을 돌렸다. 그러나 그것은 평상시 연수의 따뜻한 눈빛이 아니다. 그것은 피에 절은 사신(死神)의 눈빛이다. 그래서 눈동자가 없는 것처럼 차갑다.

불망은 그런 연수가 생소하다.

"어떻게 된 일이냐? 만 노선배님은?"

"늦지 않게 도착하였구나."

그것은 분명 연수의 음성이었다. 그러나 억양이 완전히 다른 그녀의 음성은 처음 듣는 것처럼 낯설었다. 그래서 이질적이다.

불망은 연수를 살폈다.

그녀를 살피는 불망의 시선은 점차 충격적으로 변해간다. 음성뿐 아니다. 그녀는 단지 서 있었을 뿐인데, 그것조차 낯설다.

"너…… 너…… 연수가…… 아니로구나!"

불망은 그렇게 말했으나 말해놓고 보니 어폐가 있다. 분명 그녀는 연수다. 그런데 연수가 아니라고 말한다면 그녀를 누구라 생각하고 말했단 말인가.

"누구냐?"

그래서 불망은 묻는다.

"불망, 내가 누군지 모르겠느냐?"

연수의 음성이지만 이질적인, 하지만 분명 귀에 익었다. 어디선가 들어본 음성이다. 불망의 머리가 얽힌 실타래처럼 복잡해진다.

하지만 그는 곧 알 수 있었다.

표표히 서 있는 연수의 뒤로 희미하게 하나의 환영이 떠오르고 있는 것이다. 마치 연기처럼, 아지랑이처럼 떠오르는 환영. 그것은 바로 만춘추였다.

"만…… 노선배……."

떠오르던 환영이 다시 연수의 안으로 들어간다.

불망은 헛것을 본 것처럼 충격을 받았다. 그는 공포를 느끼며 그 자신도 모르게 주춤주춤 뒤로 물러섰다.

물러나는 불망에게 연수는 하얀 이를 드러내며 섬뜩하게 웃었다.

"그렇다, 불망! 노부는 만춘추다!"

"……!"

"노부를 죽이기 위해 몰려온 자들! 순순히 죽어주기엔 억울하지 않겠느냐? 그래서 움직일 수 없는 몸을 움직이기 위해 유체 이탈을 통해 나의 영력을 이 아이의 육체와 합일시켰다. 그래서 이 아이의 육체는 노부가 지배하게 된 것이다!"

"그, 그럼 연수는……?"

"이 안에 우리 둘은 모두 있다."

　연수, 아니, 만춘추는 두 팔을 양옆으로 벌리며 불망을 향해 가슴을
활짝 열었다.

“말도 안 되는 소리!”

불망은 믿을 수 없기에 버럭 소리쳤다.

“어떻게 하나의 육체에 두 사람이 공존할 수 있단 말이야! 연수를 돌
려놔!”

연수는 그에게 특별한 존재다.

양정의 죽음 이후 극심한 허무 속에서 연수가 아니었다면 그는 빠져
나올 수 없었을 것이다.

“당신의 말대로 유체 이탈을 했다고 하지! 연수의 육체를 지배하여
저들을 모두 물리쳤으니 이제 그만 나가!”

“늦었다.”

“……!”

“노부의 육체는 이미 바람이 되어 사라졌다. 어디로 가란 말이냐?”

“저 중놈의 시신 속에라도 들어가면 될 것 아니야!”

만춘추는 게슴츠레한 시선으로 불망을 바라보았다. 그는 불망이 왜
이토록 화를 내고 있는지 이해할 수 없었다.

“너는 노부를 불러내기 위해 이곳에 오지 않았느냐? 노부가 너와 함
께 강호로 나가겠다는 것이다! 이 아이의 육체를 빌려 지난 세월 잃어
버린 것들을 모조리 찾아올 것이다. 너는 노부와 함께 군림천하할 수
있다.”

“연수의 육체를 사용하라고 말하지는 않았소. 그녀는 진심으로 당신
을 대했소! 이건 인간의 도리가 아니오!”

“내가 이 아이의 육체를 사용하지 않았다면 우린 둘 다 죽었어!”

“당신에게 육체와 영혼을 모조리 빼앗기느니 차라리 그 편이 나아!”

“……!”

“나가지 않는다면 나는 부득이 손을 쓸 수밖에 없소.”

불망을 바라보는 연수의 눈빛이 음울했다. 그가 손을 쓰겠다는 건 연수를 향해 손을 쓰겠다는 말이 아닌가. 비록 지금의 연수가 만춘추라 해도 그녀의 육체는 연수, 그 자체인 것이다.

“오냐 오냐 해줬더니 네놈 따위가 감히!”

만춘추도 노화가 치민다.

불망의 전신에서 폭풍 같은 기세가 뿜어졌다. 그는 끝장을 보기로 생각을 굳힌 것이다.

휘류류류류!

풀어헤친 머리카락이 기세를 이기지 못하고 허공으로 치솟아올랐다. 악전고투로 인해 다 찢어진 의복은 터질 듯 팽팽하게 부풀어 올랐다. 불망은 만춘추를 상대하기 위해 내력을 최대한 끌어올리고 있는 것이다.

그는 내력을 운용하며 양팔을 열십 자로 교차시켰다.

순간 천양의 화기가 그의 상단전에서부터 불같은 속도로 상반신을 향해 치고 올라왔다. 우두둑! 소리와 함께 열십 자로 교차된 그의 양팔 근육이 불거졌다.

이어 뼛골조차 얼려 버릴 듯한 지음의 수기가 그의 하단전을 통해 하반신 전체로 밀려 내려갔다.

그의 몸이 두 개로 분리된 듯싶었다. 무엇이든 녹여 버릴 듯한 뜨거

움과 얼려 버릴 듯한 차가움이 몸 안에서 상반되었다.

휘류류류류류!

두 기류는 불망의 몸에서 터져 버릴 듯 회오리쳤다.

"노부에게 천마천룡이라니!"

만춘추는 불망의 기세를 보더니 깔깔 소리를 내며 웃었다.

"세상의 빛이란 빛은 모조리 차단된 암흑의 시공! 한 점의 공기조차 부유하지 못하는 곳! 하늘의 연못! 천지의 심연! 억겁의 세월을 잠들어 있는 검도자의 혼이여!"

슈파파팟!

불망의 소매 끝에서 백색 발광체가 일었다.

처음에는 희미하였으나 그것은 점점 더 눈부신 발광을 만들어간다.

형체가 없으나 검이다. 속이 들여다보일 정도로, 그래서 검을 들고 있는 손바닥이 모조리 보일 정도로 투명한 빛의 검.

"천마천룡과 무형지검을 함께 사용해?"

천마천룡은 천마흡성대법의 마지막 단계였으니 마교의 것이다.

무형지검은 본원적 잠원대능력과 함께 검노 무극경의 비전쌍학(秘傳 雙學)이다. 이 두 가지 무공을 섞을 수 있는 자는 고금을 통틀어 오로지 불망뿐이다.

만춘추가 해연히 놀라는 것도 무리가 아니었다.

"지금이라도 늦지 않았소. 그녀에게서 나가준다면 나는 무례의 죄를 빌겠소!"

"천마천룡은 노부의 것이야! 그것으로 노부를 이길 수 있을 것 같으냐?"

만춘추도 공력을 끌어올린다.

불망의 기세는 공승 대사 이상이다.

만춘추는 그 자신이 천하제일이라 자부하고 있었기에 불망이 상대가 되지 않는다고 봤다. 하나, 처음 만났을 때 한 번의 겨룸에서 느꼈듯 불망은 만만히 볼 수 있는 상대가 아니었다. 특히 그는 불망을 죽이고 싶지 않았다. 본의 아니게 연수의 육체를 빌리게 되었으나 불망과 그녀는 그가 만났던 몇 안 되는 진실 된 사람이었다. 이런 사람을 죽이게 된다면 그는 또 후회할 것이다.

하지만 무형지검을 든 채 폭풍처럼 기세를 휘날리고 있는 불망을 보니 투혼이 불타올랐다.

'죽이고 싶지 않다만 겨루게 된다면 장담할 수 없겠구나!'

만춘추는 내심 탄식하며 천마천룡을 준비했다.

그때 불망의 무형지검이 움직였다.

광풍 속에서 눈보라가 몰아치듯 불망의 전신에서 엄청난 검강의 기운이 솟구쳤다.

"노선배는 소멸되고 먼지처럼 대지에 흩날릴 것이오!"

"네놈의 무공이 어디까지인지 한번 보자!"

슈아아아아앙!

무형지검에서 검강이 벼락처럼 방출되었다.

그 자신이 창안한 소혼참이 만춘추를 향해 폭사되었다.

만춘추의 쌍장에서 거대하게 뭉쳐진 천룡의 기류가 폭출되었다.

콰앙—!

천붕지멸의 타격음과 함께 검강과 기류는 세상을 아득한 혼돈의 세계로 몰아넣었다.

4

험산(險山).

섬뜩한 밤안개가 온 산을 뒤덮고 있었다. 그것은 마치 핏물을 뿌려 놓은 듯 붉은 혈무(血霧)다. 때문에 괴기롭다.

그 속에서 불경을 읊는 소리가 들려온다.

혈무와 불경 소리는 전혀 어울리지 않았다. 그러나 이 둘은 부조화 속에서 조화를 이루며 주변의 괴기로움에 신비를 더했다.

깎아지른 듯한 절벽 아래 토굴(土窟)이 있다.

토굴의 앞에는 광장처럼 넓은 공터가 마련되어 있었다. 불경 소리는 바로 그 공터에서 들려오고 있었다. 일백 명의 핏빛 가사를 입은 라마 승들이 토굴을 향해 오체투지한 채 불경을 외고 있었던 것이다.

토굴 안은 자연 그대로의 상태다.

천장에는 세월을 딛고 일어선 종유석(鐘乳石)들이 고드름처럼 달려 있었고 공기는 습기를 머금어 퀴퀴하다.

그 아래 두툼한 포단이 깔려 있었다.

포단 위에는 부처의 인자한 얼굴을 가진, 그러나 나이를 짐작할 수 없는 노라마가 법륜(法輪)을 든 채 가부좌를 틀고 있었다. 이 노라마가 바로 강호를 피로 물들이고 있는 혈불이었다.

혈불의 뒤에선 두 명의 화화팔선녀가 시중을 들고 있었다. 그리고 앞에는 다섯 명의 라마승이 안광을 빛내며 토굴 밖의 라마승들과 마찬가지로 오체투지하고 있었다.

좁은 토굴 안에 모두 여덟 명.

특히 오 인의 라마승은 수행을 쌓는 승려답지 않게 칙칙한 죽음의 기운을 뿜어내고 있어 토굴 안은 팽팽한 긴장감과 함께 숨이 막힐 듯한 공포가 느껴졌다.

혈불은 명상에 잠긴 듯 두 눈을 지그시 감은 채 법륜을 돌린다.

오체투지한 라마승들은 굳어버린 듯 움직임이 없다.

혈불의 눈이 떠진 건 잠시 후였다.

"혈화신혼술(血火神魂術)로 내 영혼은 육신을 벗어나 멀리 있는 군사와 대화를 나누었도다."

나직하지만 힘이 느껴지는 음성이었다.

"그리하여 결론을 내렸다. 그토록 긴 기다림을 끝낼 시간이 도래하였음을!"

"오! 혈불이시여, 명만 내리시옵소서!"

오 인의 라마승이 감격에 떨며 일제히 외쳤다.

"명만 내리시옵소서!"

토굴 밖, 일백 명의 라마승이 복창했다.

혈불은 입가에 미소를 띤 채 포단 위에서 일어섰다.

오 인의 라마승이 슬보(膝步:무릎걸음)로 길을 열었다.

혈불은 토굴 밖을 향해 걸어나가 자신에게 목숨을 바친 일백 명의 라마승들을 오연하게 내려다보았다.

라마승들은 혈불이 직접 토굴 밖으로 나오자 감히 감당할 수 없다는 듯 더욱 깊이 오체투지하며 더 큰 소리로 불경을 외웠다.

"모두 들을지다!"

혈불이 그들을 향해 외쳤다.

불경 소리가 일시에 뚝 그쳤다.

"우리 장족은 수백 년간 중원의 핍박을 받으며 짐승보다 못한 삶을 살아왔다. 이제 그 종지부를 찍을 시간이 되었도다."

휘이이잉!

한줄기 바람이 혈불의 핏빛 가사 자락을 흔들었다.

"가라!"

그 순간 혈불은 벼락처럼 외쳤다.

"가서 이 혈불을 위해 죽어라! 너희의 피로 이룩된 찬란한 미래, 장족이라면 누구도 잊지 않을 것이다!"

5

허공으로 붕 떠오른 만춘추의 신형이 먹이를 낚아채는 독수리처럼 수직 강하하더니 불망의 무형지검 검신을 움켜쥐었다. 그것은 검이되 검이 아니다. 그것은 불망의 공력이 만들어낸 무형의 기(氣)인 것이다. 하나 소리도 없이 사람을 벨 수 있는 잔인한 병기다.

"……!"

불망은 자신의 무형지검을 손으로 움켜쥘 자가 있다는 것이 믿어지지 않았다. 그러나 그것은 사실이었고 움켜쥔 무형지검을 통해 만춘추의 공력이 물밀 듯 밀려 들어왔다.

불망은 대항했다.

이렇게 된다면 일기진원투(一氣盡元鬪)다.

내력 겨룸에 전신의 모든 진원진기를 쏟아 부어 오직 하나가 죽어야만 끝낼 수 있는 내력의 승부.

불망의 얼굴이 고통스럽다.

만춘추의 내력은 점점 더 강하게 밀려 들어왔다.

두 사람이 발을 딛고 선 지면이 움푹 패며 신형이 점점 밑으로 가라앉는다.

만춘추는 불망에 비해 공력에 여유가 있었다.

그는 불망의 상태를 살피며 공력을 팔성으로 끌어올렸다.

불망의 어깨가 움찔거렸다. 얼굴이 뻘겋게 달아올랐다. 이마에선 푸른 힘줄이 실뱀처럼 꿈틀거렸다.

파앗!

무리한 내공의 운용으로 인해 상처 부위 곳곳에서 동시에 피가 터진다. 기다렸다는 듯 만춘추의 내력이 흡사 하늘에서 폭우가 쏟아지듯 내리퍼부었다.

견디지 못하면 단전이 파괴된다.

그것으로 끝이다.

불망은 있는 힘을 다해 진원진기를 끌어올렸다.

폭풍에 휘말린 두 사람의 신형은 허리까지 지면 아래 박혀 들어갔다.

그런데 어느 순간부터일까?

작은 강물이 장강대해로 흘러가듯 불망의 내력이 흐르는 물처럼 거침없이 만춘추에게 옮겨가고 있었다. 그것은 내력으로 상대를 공격하는 것이 아니라 이미 간 내력이 돌아오지 않는 것이었다.

'천마흡성대법!'

불망은 아연실색하며 내심 부르짖었다.

그는 오래전 천산에서 천마흡성대법으로 용화세 등의 내력을 빼앗은 적이 있었다. 그런데 오늘 천마흡성대법의 진정한 전인을 만나 그 자신이 내력을 빼앗기고 있었던 것이다.

'잘못하다간 내력이 모두 빨려 들어가 죽는다!'

그러나 쌍방이 일기진원투를 시전한 이상 무형지검을 사이에 두고 두 사람의 손과 손은 아교로 달라붙은 듯 떨어질 수 없었다.

빼앗지 못한다면 빼앗길 수밖에 없는 상황.

불망은 선택의 여지가 없었다.

그도 천마흡성대법을 운용했다.

만춘추의 내력이 미친 듯이 그의 기경팔맥을 휘돌아 단전으로 빨려 들어왔다.

이번에는 만춘추가 기겁했다.

'이놈이!'

만춘추는 그 자신이 천마흡성대법에 당할 것이라고는 생각해 본 적이 없었다. 당연하다. 그는 당금 무림에서 천마흡성대법을 알고 있는 자는 오직 백수인과 그 자신뿐이라고 생각했기 때문이다. 고독과 외로움에 눈이 멀어 백수인에게 천마흡성대법을 가르쳐 주었건만, 이십여 년이 지난 지금 가르쳐 준 보람은 심한 자괴감으로 그 자신이 고스란히 돌려받고 있다.

서로가 천마흡성대법으로 빼앗고 빼앗긴다면 싸움은 오랜 시간 끝나지 않을 것이다. 그래서 결국 쌍방이 탈진 끝에 죽을 것이다.

"바보 같은 놈! 정녕 동귀어진할 생각이냐? 노부가 죽으면 이 아이도 죽어!"

만춘추의 다급한 전음이 청천벽력처럼 불망의 귓전을 때렸다.

그 순간 불망은 둔기로 머리를 얻어맞은 것 같았다.

그렇다. 천마흡성대법에 진기를 모조리 빨린 자는 피골이 상접하여 온몸에 뼈와 가죽만 남은 앙상한 몰골로 죽고 만다. 연수를 그렇게 죽일 수는 없었다.

갈등을 일으키는 불망의 힘이 한순간 약화되었다.

"그만 물러가라!"

그때를 놓치지 않고 노도와 같은 만춘추의 내력이 불망을 향해 밀려들었다.

콰앙!

만춘추의 힘이 불망의 온몸을 격타했다.

"푸왓!"

피화살과 함께 불망의 신형이 솟구쳐 오르며 뒤로 나가떨어졌다. 내력이 미쳐 버린 듯 격탕 치며 다시 한 번 울컥 검은 피를 토했다. 핏속에 내장 부스러기가 섞여 나온 것이다.

만춘추의 눈빛이 악독해졌다.

그는 불망에게 호의를 가지고 있었으나 지금은 아니다.

불망은 이미 그의 가장 강력한 적으로 대두되었다.

'어차피 다시 한 번 악독해지기로 마음먹었다면!'

인정사정 봐줄 것 없다.

"우리가 좀 더 일찍 만났더라면 좋았을 것을. 훗날 구천에 가 너를
가르친 검노에게 노부의 죄를 씻겠다!"

만춘추는 성큼 불망을 향해 다가갔다.

불망의 내상은 심각했다.

그는 망연자실한 사람처럼 주저앉은 채 손가락 하나 까닥할 힘이 없
었다. 하지만 눈빛만큼은 아직 죽지 않고 활활 타올랐다.

"만춘추! 연수는 아직 피어보지도 못한 어린아이다! 꿈을 꿀 나이라
고! 차라리 나를! 내 몸속으로 들어가!"

잡아먹을 듯 연수의 신형을 노려보는 불망의 눈에서 피눈물이 흐른
다. 그것은 그 자신으로선 어찌할 수 없는 불가항력의 거대한 힘에 대
한 분노요, 자기 비애 때문이다.

만춘추의 눈동자는 악독하다.

하지만 한 발 더 걸어왔을 때, 만춘추의 눈동자에선 고통이 역력하
다. 불망은 그의 눈동자에 새겨진 고통 때문에 가슴이 메어온다. 불망
도 경험해 본 적이 있다. 그래서 잘 알고 있다. 그것은 지켜주어야 할
사람을 지켜주지 못한 것에 대한 고뇌가 구구절절 새겨진 눈빛이요, 고
통이다.

"으아아아아악!"

걸어오던 만춘추가 갑자기 비명을 지른다. 그는 자신의 머리카락을
쥐어뜯으며 극도로 얼굴을 일그러뜨렸다. 간질병이 있는 환자처럼 그
자리에서 펄쩍펄쩍 뛰며 게거품을 문다.

"연수! 너, 연수냐?"

불망의 호흡이 가빠졌다.

만춘추, 아니, 연수는 대답하지 못했다. 그녀의 신형은 마구 나뒹굴며 발버둥을 친다.

그렇다.

만춘추가 불망을 죽이고자 하는 악독한 마음을 품자 연수의 자아가 초인적인 의지로 만춘추의 자아에 대항한 것이다. 불망의 눈에서 피눈물이 흐르는 순간 연수의 심장에서도 피가 흘렀다. 비록 의식을 지배당했다 할지라도 어찌 자신의 손으로 불망을 죽일 수 있겠는가. 차라리 그녀 자신이 죽고 말 것이다.

연수의 육체는 비감(悲感)이 난무했다. 입에서는 하나도 알아들을 수 없는 외침이 봇물처럼 터져 나온다. 운명의 소용돌이는 그녀의 육신에서 가파르게 곡선을 그렸다. 그녀는 마치 주화입마에 빠진 것처럼 텅텅! 거리며 지면과 허공을 교차했다.

"연수! 연수야!"

불망은 엉금엉금 연수를 향해 기며 울부짖었다.

"크크크!"

만춘추의 괴소가 들려온다.

"아아아악!"

그러나 웃음소리 뒤에는 연수의 절규가 터져 나왔다.

발광에 가까운 연수의 자박(自縛)에 온몸에서 후두둑 소리를 내며 실핏줄이 터졌다. 입 꼬리에서도 선혈이 기어 올라온다. 연수의 내부는 이 세상에서 다시없을 참혹한 전쟁이 벌어진 것이었다.

"……!"

불망은 아무것도 할 수 없다. 그녀를 도울 수 있는 방법은 아무리 생각해도 떠오르지 않았다.

그 외중에서도 불망을 바라보는 연수의 눈은 고통과 사악을 사선처럼 넘나들었다. 육신 자체가 한순간마다 만감이 교차하는 것이다.

"아저씨, 어서 피하세요!"

"불망! 죽여 버리겠다!"

슈가가가각!

연수의 신형이 허공을 날며 불망을 덮쳐 온다. 하나 그녀의 신형은 날아오는 도중 허공에서 뚝 떨어졌다.

"도대체 왜 이러는 것이야!"

만춘추는 미쳐 버릴 것 같았다.

연수는 이미 미쳐 있었다.

만춘추는 불망이고 뭐고 다 포기했다. 시간이 더 흐른다면 정말로 미쳐 버릴지도 몰랐다. 어떻게 다시 일어섰는데, 만송암도 나가보지 못하고 미쳐 버릴 수 있겠는가. 시간이 촉박해 그녀의 자아를 완전히 지배하지 못한 것이 실수였다.

"알았어! 알았으니까 진정해! 제발 진정해!"

만춘추는 연수에게 사정을 했다.

"알았다니까! 가면 될 거 아니야. 일단 이곳을 벗어난 후 다시 생각해 보자고!"

연수의 신형이 까마득한 허공으로 날아올랐다.

"연수! 가면 안 돼!"

불망은 있는 힘을 다해 소리쳤다. 그러나 그것은 모깃소리보다 작아 그저 입 안에서 웅얼웅얼거릴 뿐이었다.

불망의 아득한 시선 속으로 연수의 어기비행이 점점 멀어지더니, 이내 한 점 점(點)으로 화했다.

"연수……."

그녀마저 떠나고 나자 불망은 정신이 아득해져 왔다. 기력이 모조리 소진된 듯 육체가 밑으로 가라앉는 것 같다.

그러나 정신을 잃을 수 없었다.

불망은 사력을 다해 정신을 집중했다. 여기에서 눕는다면 어쩌면 영원히 깨어나지 못할 것이다. 그렇게 되면 잃어버린 연수를 되찾을 수 없다.

第3章

우리는 함께 간다

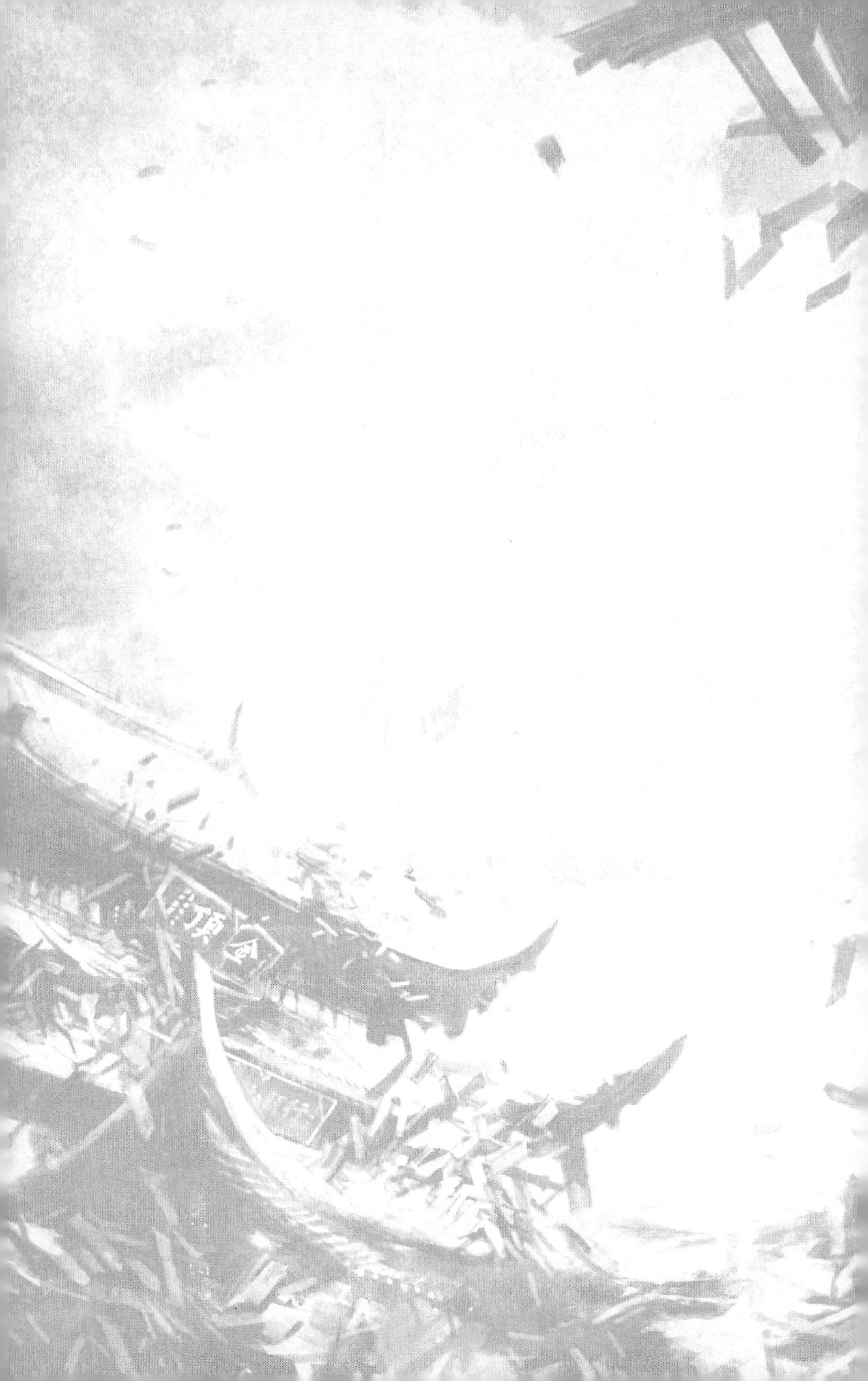

 **1**

콰쾅! 콰콰쾅!

천지를 진동하는 첫 번째 폭발음이 터졌다.

그것은 새로운 역사의 시작을 알리는 포달랍궁의 피에 젖은 고고지성(呱呱之聲)이었다. 지난 수백 년을 참고 참았던 울분의 외침이었다.

사천당가의 제일방어선이 갑작스런 폭발음과 충천하는 화광(火光)으로 인해 산산이 부서졌다.

환상수(幻像手) 당표(唐彪)는 가주 천수옹 당헌의 사촌동생이자, 그가 제일 신임하는 당가의 명숙이다. 때문에 그는 당가로 들어오는 길목 중 전초 기지에 해당하는 제일방어선을 맡고 있었다.

새벽이었다.

화광과 함께 적의 침입을 알리는 북소리가 밤하늘에 울려 퍼졌다.

숙소에서 휴식을 취하고 있던 당표는 의복도 제대로 챙겨 입지 못한 채 뛰어나왔다.

전면, 협곡을 따라 이어진 산언덕을 바라보는 순간 그는 핏물이 밀려 내려오는 것 같은 착각을 받았다. 그러나 그것은 핏물이 아니라 일백 명 라마승들의 핏빛 가사였다.

당표는 그들이 전면 공격을 감행해 오자 흰 수염을 표표히 휘날리며 부르르 떨었다.

그의 뒤로 삼십여 명의 당가 식솔들이 보좌했다.

"이놈들이 먼저 공격을 해오는구나!"

당가의 방어 태세는 아직 완벽하지 못했다. 왜냐하면 영웅대회에 참가하기 위해 오는 군웅의 길을 열어놓아야 했기 때문이다. 그러나 영웅대회가 열리기 전, 파황성은 선전 포고도 없이 바로 공격을 감행해 왔다.

"세가로 전서구를 날려라. 그리고 모두 위치로 가 방어 태세를 갖춰!"

바야흐로 사천에 모인 정도 연합의 군웅과 파황성의 전면전이 시작된 것이다.

2

아무 곳에서나 드러내 놓고 운기조식을 취하는 것은 다른 사람에게 죽여달라고 목숨을 내놓고 있는 것과 마찬가지다. 하지만 워낙 내상이

엄엄한 불망은 급한 대로 운기조식을 취하지 않을 수 없었다.

"울컥!"

그러나 운기조식 도중 내장 부스러기와 함께 다시 피가 쏟아졌다.

내상은 상상을 초월할 정도로 심각했다. 그러나 불망은 초인적인 의지로 다시 몸을 일으켰다. 그나마 약간의 운기조식으로 가슴을 답답하게 막고 있던 피를 쏟아내니 한결 몸이 가벼워진 것 같았다.

'움직일 수 있다면 지금이라도 움직여서 이곳을 피해야 한다!'

그는 오직 살아야 한다는 일념으로 목옥이 있던 공터를 벗어나기 시작했다. 하나 그의 움직임은 기는 것인지 걷는 것인지 알 수 없었다.

하늘의 별빛마저 구름에 가려 아무것도 보이지 않았다. 사방은 온통 폐허가 된 채 부서져 방향도 가늠하기 어려웠다. 그나마 정신이라도 혼미하지 않다면 생각해 볼 여력이라도 있으련만 그것마저 지금의 불망에겐 쉽지 않은 일이었다.

하지만 그는 기었다.

'일단 후미진 곳을 찾아 몸을 추슬러야 해. 이 상태로는 만송암을 나갈 수 없어.'

태초 이래 인적이라곤 접해보지 못한 것 같은 산악은 점점 더 형세가 험해지고 있었다. 불망은 밖으로 나가기는커녕 더 깊은 산악으로 들어가고 있었다.

만춘추의 일장은 최소한 한 달 이상의 치료를 요하는 중상이었다.

그는 의원이 아니었지만 다행히 백수인과 함께 강호를 유랑할 때 그 자신이 약방문을 쓸 수 있을 정도였으니 반은 의원이나 마찬가지였다. 그래서 누구보다 그 자신의 상처를 잘 알고 있었다.

그가 움직인 자리에 핏물이 선을 긋듯 점점이 새겨졌다.

누구라도 그 핏자국을 본다면 그의 뒤를 추적할 수 있을 것이다.

그래서일까?

스스스스……..

풀잎을 스치며 미끄러지듯 누군가 다가오고 있는 미세한 음향이 들려왔다.

"……!"

불망의 눈에 경련이 일었다. 그는 움직임을 멈췄다.

그때, 허공 중에서 그를 조롱하는 듯한 가볍고 경쾌한 음성이 들려왔다.

"친구, 먼 길 가기에는 너무 초라한 행색인걸."

3

핏빛 가사의 라마승들이 전면에서 공격해 들어왔고 양옆으로 파황성의 일반 고수들이 진격해 들었다. 그들은 모두 파황성의 힘에 굴복한 각 문파의 고수들이었다.

서서히 새벽이 오고 있었다.

"으악!"

"크아악!"

회뿌연 여명 아래 피가 튄다.

살육의 쾌락에 취한 무리들이 저마다 미친 듯 무기를 휘두르는 가운데 살랑거리는 미풍은 혈향을 품고 불어온다.

싸움은 파황성의 일방적인 우세로 기울고 있었다.

기선과 수적 우세에 제압당한 당가의 제일방어선은 사정없이 뒤로 밀려나고 있었다. 이미 한 줌 부토로 화한 목숨이 부지기수다.

환상수 당표는 백발을 피로 물들인 채 홀로 고군분투하고 있었다. 그의 얼굴에 새겨진 절망의 기색은 희뿌연 여명과 대비될 정도로 어둡다.

진격하는 파황성 고수들의 뒤로 백마를 탄 설옥상의 모습이 보였다.

제왕총에서 친형제나 다를 바 없던 혈검련의 고수들을 모조리 잃고 그녀는 홀로 살아남았다. 함께 죽지 않았던 것은 복수를 하기 위함이었다. 그래서 그녀는 파황성에 굴복한 문파를 총괄 지휘하는 대동회(大同會)의 장령 자리를 기꺼이 맡았다.

'보고 있느냐?'

설옥상은 하늘을 향해 말했다.

그곳에서 세상을 떠난 혈검련의 형제들이 그녀를 내려다보고 있다.

'불망, 그자에게 너희들 목숨 값을 받는 그날까지 멈추지 않겠다!'

4

희미한 여명 아래 검은색 장포를 입고 있는 남자다.

불망은 이 남자가 누군지 알지 못했다.

검은 장포의 남자는 불망을 향해 천천히 걸어오며 웃는다.

"누구냐?"

"나를 모르던가?"

검은 장포의 남자는 고개를 갸웃거렸다.

"그렇군. 친구는 내가 초면인 모양이군. 뭐, 어쨌든 이렇게 만나서 반가워, 친구."

"나를 안다는 식이군."

말을 하는 불망의 입에서 피가 흘러나왔다.

"꼭 쌍방이 알고 있어야 반가운 건 아니지. 오랫동안 마음속에 담고 있어서 반가운 사람도 있는 법이야."

검은 장포의 남자는 웃으면서 다가왔으나 불망은 자신이 절체절명의 위기에 빠져 있음을 직감했다.

"반드시 죽여야 할 자를 죽일 수 있는 천우신조의 기회를 잡았는데 어찌 반갑지 않겠는가? 그건 여자의 몸 안에 사정을 하는 것보다 더 큰 쾌락을 가져오지."

"듣고 보니 우린 불구대천(不俱戴天)의 원수인 모양이군."

"왜 아니겠나? 나 북리진강일세. 이만하면 설명이 된 거 같은데?"

"……!"

순간 불망의 가슴이 덜컥 내려앉았다.

북리진강이 불망을 잘 알고 있듯 불망 역시 북리진강에 대해 귀가 따갑게 들어왔다. 그러나 구마존 중 한 명인 자가 저런 청년의 모습이 라는 건 믿기 어려웠다.

"북리진강은 최소 백 살이 넘은 걸로 알고 있는데, 그 손자라면 나이가 맞겠는걸. 이름도 대를 물려 쓰나?"

"하하하. 이 와중에도 농담을 할 수 있다니 대단한 만용일걸. 뭐, 하여튼 젊게 봐주니 고맙네. 그러나 고마운 건 고마운 거고, 차라리 만춘추의 손에 죽는 게 나을 뻔했는데 용케 살아남아 내 손에 떨어지게 되었으니 너도 지지리 운이 없는 놈이야."

북리진강은 검을 뽑았다.

그는 웃으며 말하는 가운데, 불망을 죽일 준비를 하고 있는 것이다.

"만춘추가 어디로 갔는지 알고 있나?"

"그는 어린 여자가 되었더군. 태교주를 가로챈 것도 그렇더니 이번에도 나는 겨우 젊어졌을 뿐인데, 그놈은 성별까지 바꿔 어린애가 되었어. 좌우지간 나보다 항상 한발 빠른 놈이라니까."

검을 뽑은 북리진강이 다시 한 발을 걸어왔다.

그는 어느새 불망의 일 장여 앞에까지 도달해 있었다.

불망도 천천히 몸을 일으켰다. 그러나 그의 상체는 술에 취한 것처럼 흔들거린다.

"이런. 많이 아픈 모양이군. 쯧쯧. 편장백을 상대할 때의 그 기백은 다 어디로 가고."

"쥐새끼처럼 숨어서 모조리 본 모양이군."

"하하하. 당연하지 않은가? 머리를 써야지. 무턱대고 나타날 수는 없지."

북리진강은 두 다리를 정(丁) 자 형태로 벌리며 자세를 잡았다. 이미 불망은 건드리기만 해도 쓰러지고 말 것 같은 상처 입은 짐승에 불과했으나 북리진강은 자만하지 않았다.

불망은 마지막 진기까지 쥐어짜며 방어 태세를 갖췄다.

북리진강은 불망을 보며 피식 웃었다.

"허점투성이군."

“난 원래 그래. 허점을 보인 후 그 틈을 노리고 상대가 공격해 들어오면 반격하지.”

“하하하. 그래, 그 말을 믿어주도록 하지. 그럼 시작해 볼까? 반격 잘하게.”

슈슈슈슈슉!

북리진강은 불망을 향해 몸을 날리며 공격해 왔다. 순간 가공할 검기가 불망의 전신을 압박해 왔다.

불망은 핏물이 나도록 입술을 깨물며 월인신공을 운용해 북리진강의 공격을 막았다. 하나 검기에 부딪치는 순간 불망의 신형은 피화살을 뿜으며 재주넘기를 하듯 뒤로 데굴데굴 굴렀다.

북리진강의 일초도 막아내지 못한 것이다.

“우웩!”

바닥에 쓰러진 불망은 크게 피를 토했다. 그의 내상은 점점 더 심각해지고 있었다.

“이런! 왜 반격을 하지 않지? 말이 틀리잖아.”

“이것도 허점이야.”

불망은 비틀거리며 상체를 일으켜 세웠다.

“이제부터 제대로 승부를 내자고. 네가 조롱할 정도로 나는 약하지 않아.”

말을 하는 와중에도 불망은 신형을 비틀거렸고 입에서는 터진 둑처럼 핏물이 줄줄 흘렀다.

“그렇지. 아무리 상처를 입었어도 호랑이인데 조롱을 당하고 죽을 순 없지. 그건 내가 잘못했네. 자네 말대로 제대로 승부를 내자고.”

북리진강의 검이 허공으로 올라갔다.

불망은 진기를 모으려 했으나 모이지 않았다. 그러니 무형지검조차 꺼낼 수 없었다.

'피할 수 없다면 즐겨라!'

죽음 또한 마찬가지다.

육신이 산산조각나서 장렬히 전사하면 그뿐이다. 그 순간까지 최선을 다하며 죽음을 받아들이는 것이다.

불망은 부서질지언정 북리진강에게 목숨을 구걸할 생각은 없다.

그는 피가 나도록 입술을 깨물며 주먹을 불끈 쥐었다. 내공이 모이지 않는 그는 오직 박투술(搏鬪術)뿐이다. 들어오는 상대를 한주먹에 깨부숴야 한다.

ㅊㅊㅊㅊ!

그러나 강력한 공력을 앞세운 채 밀려드는 북리진강의 검기에 불망의 신형은 파도에 무방비 상태인 모래성처럼 위태롭다.

북리진강의 검에서 붉은 아지랑이 기운이 피어올랐다.

"너를 죽여 본 성의 화근을 제거하겠다!"

쐐애애애액!

수백 개의 검기가 환영처럼 피어올랐다.

불망은 오로지 박투술만을 믿으며 북리진강을 기다렸으나 오라는 북리진강은 오지 않고 오는 것은 오직 검기뿐이다.

불망은 아득해졌다.

처음 일초식은 북리진강이 은연중 저어하는 마음이 있어 강력한 공격을 감행하지 못해 겨우 목숨을 건질 수 있었다. 그러나 두 번째 이 공격은 불망의 상태를 모조리 파악한 후에 펼쳐진 회심의 일격이었다.

평상시의 불망이라면 어찌 막아내지 못하겠는가.

그러나 지금의 그는 속수무책으로 자신의 모든 것을 내보이며 우뚝 서 있을 뿐이다.

죽음이 문턱을 넘고 코앞에까지 왔다.

휘몰아치는 검기 아래 불망은 아무 생각도 나지 않았다. 장렬히 죽으면 그뿐이다.

'양정!

불망은 있는 힘을 다해 마음속으로 외쳤다.

그때, 운명처럼 그녀가 왔다.

허공에서 백색 그림자가 섬전처럼 날아오며 불망의 앞을 막았다.

까까까깡!

백색 그림자의 병기가 북리진강의 검기와 부딪치며 마치 폭죽 놀이를 하듯 시퍼런 불꽃을 피어 올린다. 동시에 익숙한 체향이 불망의 코끝에 전해졌다.

'패옥!'

그렇다.

나타난 백색 그림자는 바로 구양패옥이었다. 그녀의 칼이 허공을 가르며 북리진강의 검기를 차단한 것이다. 그래서 그녀는 절체절명의 순간에 불망의 목숨을 구할 수 있었다.

그녀는 방어하는 것에 그치지 않고 항마도법(降魔刀法)을 연속적으로 펼치며 북리진강을 압박해 들어갔다.

북리진강은 불망을 향했던 검세를 황급히 거뒀다.

"이런! 내가 모르는 조력자를 숨겨두었군!"

북리진강은 구양패옥의 칼을 피하는 와중에 조소했으나 이내 눈을 크게 떴다. 나타난 조력자는 세상에서 두 번 다시 찾아보기 힘들 정도의 절세미녀가 아닌가. 그녀가 강호에서 세류요라는 별호로 그 미모를 떨쳐 울리는 구양패옥이라는 걸 알았다면 북리진강은 크게 고개를 끄덕이며 소문은 가끔 와전 증폭되지 않고 축소되기도 한다고 생각했을 것이다.

"패옥, 네가 어떻게 여길……?"

불망은 반갑고 놀랍다.

"이야기는 나중에 해요!"

그녀는 공격을 멈추지 않았다. 이 싸움의 승패에 두 사람의 목숨이 한꺼번에 달려 있기 때문에 그녀의 초식은 갈수록 독랄해졌다.

그러나 북리진강이 누구인가?

한때 천하십대고수로 알려졌던 인물이다. 만약 그녀의 외모가 평범하여 북리진강이 다른 생각을 하지 않았더라면 그가 이처럼 수비에 치중하며 '이 여자를 어떻게 해야 하나?' 라는 고민을 할 까닭이 없었다.

불망은 그녀가 나타나자 겨우 한숨을 돌릴 수 있었다. 하지만 얼굴은 백지장보다 더 핼쑥했고 입꼬리에선 쉬지 않고 핏물이 흘러내렸다. 겨우 목숨을 연장하였으나 아직 살길은 보이지 않았다. 더욱이 구양패옥은 결국 북리진강을 이길 수 없을 것이다.

불망은 그녀에게 몇 가지 위력적인 무공을 가르쳐 놓지 않은 것을 후회했으나 그건 이미 배 떠난 뒤에 손 흔들기다. 그는 이 난국을 타개하기 위한 방법을 모색해야 했으나, 그 자신이 움직일 수 없을 정도로 중상을 입었으니 아무런 처방도 나올 수 없었다.

북리진강의 고민은 오래가지 않았다.

제압하지 않는다면 고민 자체가 소용없는 것이다.

물러서기만 하던 북리진강이 검세를 바꿨다. 허공에서 검화가 피어오르며 죽음의 기운이 밀려든다.

슈슈슈슉!

북리진강이 작심을 하고 공격을 가하자 구양패옥은 손발이 답답해지기 시작했다. 기실 그녀는 북리진강의 적수가 될 수 없었던 것이다.

그녀는 연신 뒤로 밀리기 시작했다. 칼을 잡은 손이 축축하게 젖어온다.

'잘못하다가는 우리 두 사람이 모두 뼈를 묻어야 하겠구나!'

구양패옥의 전신이 북리진강의 검기에 휘말렸다.

북리진강은 단숨에 그녀를 죽일 수 있었지만 그러고 싶지 않았다. 예쁜 여자는 이유 불문하고 오래 살아야 한다.

구양패옥은 사람들이 외모만 보고 평가하는 것을 매우 싫어했지만 원하든 원하지 않든 그 자신의 외모가 출중했기에 힘겹게나마 목숨을 연명하고 있었다.

"대형, 피하세요!"

그녀는 북리진강의 검화 속에서 소리쳤다. 자신을 포기해서라도 불망을 살리고 싶은 것이다.

"너를 여기 두고 내가 어딜…… 간단 말이냐. 우리는 함께 간다."

"대형……."

"네가 나를 찾아 이곳에 왔듯 나도 너와 함께가 아니라면 아무 곳에도 가지 않아.”

너무 힘이 없어 미약하기 그지없는 음성이었다.

하지만 구양패옥은 똑똑히 들을 수 있었다. 가슴이 미어질 것 같았다. 이 순간 그를 위해 해줄 수 있는 게 없다는 것이 이토록 서러움으로 찾아올 줄 몰랐다.

“그래요! 죽더라도 함께 죽어요! 이 악적부터 처리한 후에 말이에요!”

“마보…… 쌍교(馬步雙交)…….”

불망이 힘겹게 다시 말했다.

‘마보쌍교!’

구양패옥의 머리 속으로 마보쌍교가 울린다.

마보쌍교는 강호의 삼류무사라 할지라도 펼칠 수 있는 아주 간단한 보법의 이름이었다.

‘그런데 그가 왜 뜬금없이 마보쌍교라는 말을 했을까?

머리 속에 저절로 마보쌍교가 펼쳐졌다. 그 순간 퍼뜩 스치고 지나가는 것이 있었다.

구양패옥은 불망의 말대로 양발을 교차시켰다.

“초…… 혼…… 도수(招魂刀受)…….”

그것은 그녀가 익힌 항마도법의 제육식이다.

이 또한 불망의 입에서 나오자마자 머리 속에서 확 떠오르며 답답했던 가슴이 훤히 뚫리는 것 같았다.

구양패옥은 고개를 끄덕였다.

그녀는 밀려드는 북리진강의 검화를 향해 교묘하게 칼을 변형시켰다. 검화의 틈을 뚫고 혼백이 빠져나가듯 도풍(刀風)이 휘몰아친다.

'그래, 이거야!'

구양패옥은 속으로 만세라도 부르고 싶은 심정이었다.

도영(刀影)과 검화가 얽혀들었다. 두 사람의 형체는 이내 구분할 수 없을 지경에 이르렀다.

"도풍…… 만리혈(刀風萬里血)……."

그 와중에 불망은 계속해서 초식 이름을 말하고 있다.

구양패옥의 칼은 마치 발이 달린 것처럼 그녀의 의식보다 빠르게 움직였다.

콰쾅! 콰콰쾅!

두 사람의 주변에서 천지를 초토화시킬 것 같은 개벽의 기운이 회오리처럼 몰아쳤다.

"으윽!"

"으……."

회오리 속에서 구양패옥은 부상을 입으며 밖으로 퉁겨 나갔다.

북리진강 역시 입고 있던 장포가 너덜너덜해진 상태로 뒤로 밀려 나왔다.

만약 불망이었다면 결코 그 자신이 퉁겨 나가거나 북리진강이 밀려 나는 것으로 끝나지 않았을 것이다. 그러나 구양패옥의 공력은 불망이나 북리진강에 비해 현격히 떨어졌다. 아무리 초식의 세밀함으로 내력을 극복한다 해도 정도가 있는 것이다. 때문에 구양패옥은 퉁겨 나갔으며 북리진강을 물러서게 하는 것으로 만족해야 했다.

북리진강은 자신의 앞섶이 도풍에 잘려 나간 걸 보자 살기가 일었다. 그는 자신의 것에 흠이 남는 것을 굉장히 싫어하는 사람이었다. 북리진강은 신형을 바로 세우며 악귀처럼 그녀의 앞으로 다가갔다.

"반반한 계집이라 그래도 손에 사정을 두었건만 더 이상 봐줄 수 없구나! 숨통을 끊어주겠다!"

구양패옥은 절망적이다. 내력마저 소진돼 핏물이 목구멍을 타고 올라온다.

"북리진강! 네 상대는 나야!"

불망이 일어섰다.

이미 온몸에 피칠을 한 그는 남은 것이라곤 악뿐이다. 그러나 그는 몸을 일으키는 순간 픽 쓰러지고 말았다. 두 다리가 신형을 지탱할 힘조차 없었던 것이다.

그가 당당하게 일어서다 말고 다시 쓰러지자 북리진강은 허탈했다.

"계집보다 아무래도 네놈을 먼저 죽여야 할 것 같군."

"그러려면 내 허락을 받아야 해! 최소한 너를 저승길 동반자로 삼겠다!"

구양패옥은 칼에 지탱해 몸을 일으켰다.

그녀는 부상을 입었으나 불망만큼은 아니었다. 그녀는 아직 움직일 수 있었다. 구양패옥의 칼이 직도양단(直刀兩斷)의 기세로 북리진강을 내려쳤다.

"귀찮아!"

북리진강은 불망에게 다가가는 것을 멈추지 않으며 왼팔을 휘둘렀다.

펑!

구양패옥의 신형이 그의 장력에 실 끊어진 연처럼 날아갔다.

"더 이상 방해자가 없군."

불망을 내려다보는 북리진강의 얼굴에 잔인한 미소가 떠올랐다.

"그녀를 살려준다면 순순히 죽겠다!"

"네가 순순히 죽지 않는다면 어쩔 것이냐?"

"죽어서라도 널 찾아가 괴롭히겠어!"

"그런 일은 없을 거야! 너의 영혼까지 산산조각 내줄 테니!"

북리진강의 발이 불망의 목을 밟았다. 그대로 힘을 주어 누른다면 그는 숨이 막혀 죽어버릴 것이다.

"안 돼!"

구양패옥은 초인적인 의지로 다시 일어서며 달려들었다.

"여자들은 정말 귀찮은 존재군."

북리진강은 다시 장력을 날렸다.

펑!

방어는 전혀 생각하지 않은 채 달려들던 구양패옥은 피화살을 뿜으며 다시 허공을 날았다.

그런데 그때였다.

"크하하하핫!"

허공 중에서 듣는 이의 고막을 찢어버릴 듯한 앙천광소성이 터져 나왔다. 동시에 한줄기 금의인영(錦衣人影)이 벼락처럼 날아와 날아가는 구양패옥을 감싸 안았다.

구양패옥의 신형이 마치 약속이라도 한 것처럼 금의인영의 품에 안겼다. 금의인영은 그 상태로 다시 허공으로 도약했다.

북리진강이 그를 바라본다.

금의인영은 북리진강을 향해 손을 뻗었다.

쿠아아아앙!

한 팔로 구양패옥을 안고 허공에 도약한 채 다른 한 팔을 내리친 금의인영의 장력은 상상할 수 없을 정도로 개세적일뿐더러 강호의 일류 고수라 할지라도 흉내 낼 수 없는 신쾌무비한 공격이었다.

폭풍기류를 동반한 장력이 북리진강에게 밀어닥친다.

그의 숨통을 완전히 끊어놓으려는 기세다.

북리진강은 또 다른 누군가가 나타날 거라고는 꿈에도 생각할 수 없었다. 특히 이 금의인영은 자신에 비해서 조금도 뒤지지 않는 절대고수였다.

북리진강은 나타난 상대를 감히 만만히 보지 못하고 허공에서 신형을 구르며 장력을 피했다.

"감히!"

금의인영이 다시 일장을 내질렀다.

북리진강은 허공에서 떨어져 내리며 다시 반 보를 물러났다.

이때, 금의인영이 허공에서 엄청난 회전을 보이며 구양패옥을 안은 채 지면으로 착지했다.

오순가량의 금의인영은 등 뒤로 거대한 칼을 메고 있다. 일신에서 풍기는 기운은 지독히 사악하다.

"너는……."

뒤로 밀려 나간 북리진강은 금의인영의 진면목을 보는 순간 경악했다.

불망도 경직된 얼굴이다.

'평생 보아온 고수 중 어떤 자도 저처럼 무서운 분위기를 풍기지 못했다. 대체 누구기에…… 날 돕는가?'

강호를 쩌렁쩌렁 울리는 수많은 고수들을 보아온 불망이었다. 그러나 이처럼 패도적인 기운을 풍기는 자는 본 적이 없다.

이때, 구양패옥이 입에 흐르는 핏물을 닦으며 환하게 웃었다.

"아버지, 너무 늦었잖아요! 나…… 죽을 뻔했다고요."

5

당헌의 방에는 백유 대사를 비롯한 각 문파의 장문지존들이 머리를 맞대고 모여 앉아 회의를 하고 있다.

조천수는 당헌의 배려로 그중 말석이나마 차지하고 앉아 대화 내용을 경청했다.

"반나절 만에 다섯 개의 방어진 중."

탁자 위 지형도(地形圖)를 내려다보며 설명을 하는 당헌의 음성은 침통하다.

"네 개가 파괴되었소."

"……!"

"……!"

일순간 방 안에 정적이 흐른다.

당가가 그토록 자랑했던 방어진이 단 반나절 만에 제사방어선까지 뚫렸다는데 무슨 말을 할 수 있겠는가.

당헌은 고통스러워하며 다시 말했다.

"말하자면 남은 방어진은 하나뿐이고 그것 역시 곧 뚫릴 거라 예상되는 바요. 작금의 상황은 불행히도 오히려 우리가 고립된 형태요."

"으음……."

"음."

곳곳에서 침음성이 흘러나왔다.

"나는 상황을 솔직히 밝히고 여러분의 고견을 듣고자 모시었소. 선택은 두 가지요. 옥쇄하느냐? 아니면…… 도망치느냐?"

당헌은 좌중을 둘러보았으나 모두 괴로워할 뿐, 먼저 입을 여는 사람은 없었다.

당헌은 백유 대사를 바라보았다. 일단 그가 먼저 말을 해야 다른 사람도 입을 열 수 있을 것 같았기 때문이다.

백유 대사는 초조해서인지 아니면 이미 버릇이 되어버렸기 때문인지 검버섯이 푸석하게 피어난 손으로 쉼없이 백팔염주를 굴리고 있었다.

"아미타불…… 빈승이 먼저 한마디 하겠소."

그는 목이 타는지 마른침을 꿀꺽 삼킨 후 말을 이었다.

"어차피 싸울 마음이 없는 자들은 모두 떠났소이다. 여기 계신 분들은 끝까지 파황성에 대적하고자 남아 있는 것이 아니겠소? 그렇다면 우리만이라도 힘을 합쳐 파황성에 대항한다면 그 역시 의미있는 일이 될 것이오."

원론적인 말이다.

백유 대사의 옆에 앉아 있던 무산(巫山) 조령각(朝嶺閣)의 각주(閣主) 건곤척(乾坤擲) 남도해(藍都海)는 무엇이 못마땅한지 입이 잔뜩 부풀어 있었다.

"남 각주께서도 의견이 있다면 주저하지 말고 말씀해보시오."

당헌이 그의 표정을 살피더니 발언권을 넘겼다.

"가주께서 그리 말씀하시니 감히 한말씀 드리리다. 백유 대사의 말씀대로 옥쇄하면 그것은 분명 우리의 명예를 지키는 일이외다. 하나 현실적인 의미는 없소."

"아미타불…… 그 자체로 의미있는 일이외다."

"명예를 지켰다는 의미, 우리의 의지를 보여주었다는 의미 말씀이지요?"

"그렇소이다."

"그러면 현실적으론 무슨 의미가 있소이까? 승부가 뻔한 싸움에 뛰어들어 개죽음당했다는 의미밖에 없지 않소이까?"

개죽음이란 말에 백유 대사의 얼굴이 뻘겋게 달아올랐다.

당헌이 두 사람을 중재했다.

"남 각주, 그건 말씀이 지나친 것 같소. 백유 대사의 말씀은……."

"아니요, 아니에요. 전혀 지나치지 않소. 저들 조무래기 몇 놈을 죽이고 우리 모두가 죽는다면 어찌 개죽음이 아니겠소. 나는 살아남아 후일을 기약하는 것이 낫다고 보오."

"우리가 조무래기들에게 개죽음을 당하거나 쫓겨 도망친다는 말씀이오?"

몇몇 장령들의 얼굴에 불쾌한 기색이 역력했다.

"혈불이 직접 나타난 건 아니지 않소? 그러니 조무래기들일 수밖에."

"남 각주, 해야 할 말이 있고 하지 말아야 할 말이 있소!"

천화파(天華派)의 장문인 대호신장(大虎神掌) 구한성(邱漢星)은 탁자를 쾅! 소리나도록 내리치며 벌떡 일어났다.

"당신의 그 말, 우리 모두를 싸잡아 비난하는 것이 아니오! 이곳은 당신의 조령각이 아니야! 말을 함부로 하지 마시오!"

그의 부리부리한 눈이 남 각주를 잡아먹을 듯 노려본다.

"당신? 대호신장 구한성의 명성이 사천 땅을 쩌렁쩌렁 울린다더니 과연 그 기개가 남다르군. 그렇다면 구 장문인이 나가 저들을 모조리 죽여 버리면 되겠구려!"

"뭣이!"

"자자, 그만 되었소! 구 장문인, 앉으시오. 서로 의견을 나누자는 것이지 우리끼리 말다툼을 하자는 건 아니지 않소? 상황이 상황이다 보니 모두들 민감하신 것 같은데, 조금씩 양보하는 게 좋지 않겠소?"

당헌이 극구 말리자 구한성은 못 이기는 척 다시 자리에 앉았다. 홀로 나가 싸운다면, 그 자신이 어찌 조무래기(?)들을 이길 수 있겠는가.

'쯧. 일사불란하게 움직여도 될까 말까인 것을.'

묵묵히 지켜보고 있던 조천수는 풍전등화의 위기 속에서도 아랑곳하지 않고 자신의 의견을 관철시키려 드는 사람들의 머리 속을 이해하기 어려웠다.

"우리 젊은 사람들의 이야기도 들어보도록 합시다. 팽 대장, 자네도 의견을 말씀해보게."

당헌이 팽사무에게 발언권을 넘긴 건 분위기를 식히기 위함이었다.

팽사무는 자리가 자리인만큼 몇 번 헛기침을 한 후 정중히 말했다.

"배수의 진을 치고 싸우는 것도, 후일을 기약하는 것도 모두 일리가 있습니다. 다만 한 가지 생각해 볼 것은 이곳이 무너지면 그 다음은 어떻게 되겠습니까?"

팽사무는 의견을 구하는 것처럼 좌중을 둘러보았다.

"우리는 목숨을 구할 수 있을지 몰라도 그 터전은 폐허가 될 것이며 놈들은 파죽지세로 올라올 것입니다. 우리가 버텨주는 시간이 길면 길어질수록 무림맹을 비롯한 타 문파에서도 다음 대책을 세울 수 있지 않겠습니까?"

"팽 대장, 다른 문파를 위해 우리가 목숨을 버리란 말이오?"

남도해는 여전히 못마땅한 어조다.

"세가에 도착한 백여 개의 관을 생각해 보십시오. 그들이 어떻게 죽었습니까? 파황성의 매복에 걸려 죽었습니다. 우리가 도망치면 살아서 사천을 빠져나갈 수 있을 것 같습니까?"

"아무리 그래도 살 확률은 그쪽이 더 높지?"

"남 각주님! 도망치자는 말씀을 하기 위해 세가에 오신 겁니까?"

"……!"

"원래 이곳에 오신 의도를 좀 생각해 보시고 말씀하십시오! 그렇게 도망치는 게 좋다면 오지를 말았어야 했고 왔더라도 다른 자들이 도망칠 때 함께 도망칠 것이지 왜 남으신 겁니까?"

그의 계속되는 딴죽에 팽사무도 흥분했다.

"소생이 말을 해도 되겠습니까?"

조천수도 더 이상 참지 못하고 좌중을 향해 포권하며 자리에서 일어났다.

"의견이 있다면 말씀하시오."

"다들 의견이 좋으십니다. 그러나 지금은 이렇게 탁상머리에 앉아 대화를 나누고 있을 때가 아닙니다. 초반에 가주님이 말씀하셨듯 제사 방어선까지 뚫렸다면 놈들이 여기까지 오는 데는 시간이 얼마 남지 않았다고 보여집니다. 이렇게 한가하게 시간을 낭비한다면 도망치지도 못하고 맞서 싸우지도 못할 겁니다. 어느 쪽이든 결단을 내리고 합심 단결하는 것만이 난국을 수습하는 길이라 사료됩니다."

"거, 시원하게 잘 말씀하시었소. 나도 그 생각에 동의하오."

누군가가 조천수의 말을 거들었다.

"싸우겠다면 작전을 세워 싸워야 하고 도망치겠다면 그 역시 작전을 세워 한 사람이라도 더 살아남을 수 있게 도망쳐야 합니다."

"옳은 말씀이오. 서 대협의 의견은 어떠시오?"

"모두 한마디씩 하면 의견 통일은 되지 않습니다. 가주님께서 임의 대로 결정을 하시던가 아니면 다수결로 정하면 됩니다. 물론 다른 분 들은 다시 의견을 낼 수 없으니 정해진 결정을 따라야지요."

"다수가 결정하면 그 의견이 옳지 않다 해도 따르라는 말에 나는 동 의할 수 없소."

"남 각주께서는 어떤 결론이 도출돼도 본인의 의견과 상충되면 따르 지 않겠다는 말씀인가요?"

조천수도 은근히 부아가 치밀기 시작했다.

"당연하지 않소! 각자에게는 자신의 소신이 있는 법이오!"

"그것이 바로 이적 행위요! 당신은 파황성의 간자가 틀림없소!"

"……!"

"......!"

순간 좌중은 찬물을 뿌린 것처럼 가라앉았다.

어안이 벙벙한 얼굴로 조천수를 바라보던 남도해는 번뜩 정신이 돌아온 것처럼 버럭 소리쳤다.

"네이노옴! 감히 누구에게……!"

그는 참지 못하고 검을 뽑았다.

그 순간 조천수의 옆에 앉아 있던 군염기의 검이 남도해의 목을 겨눴다.

누가 말릴 겨를도 없는 찰나의 순간이었다.

그런데 그때였다.

쾅! 소리와 함께 방문이 열리며 당문령이 하얗게 질린 얼굴로 뛰어들어왔다.

"할아버지! 놈들이 제오방어선을 뚫고 세가를 포위했어요!"

6

"녹림 총표파자시다! 허리를 숙여라!"

허공에서 사람의 마음을 격탕시키는 음성이 터져 나왔다.

동시에 다섯 줄기 괴영이 제비가 날아오듯 허공에서 수직 하강하더니 금의인영의 뒤로 나타났다. 그뿐 아니었다. 숲이 울리며 수많은 사람들이 달려오는 소리가 들렸다.

'녹림 총표파자……? 그렇다면 대도신기 구양천조!'

현 사도무림에서 최고 고수로 알려진 자다.

또한 녹림칠십이채를 이끄는 실질적인 지배자로 그 권위는 무림맹주 못지않았다. 알려지기를 그는 오직 자신의 능력에 대한 자만과 믿음으로 자기가 하고 싶은 일을 행할 뿐, 그 결과에 대한 파장을 생각하지 않는다 한다. 그것은 대단한 자신감의 또 다른 표현인 것이다.

파황성도 되도록 구양천조와 부딪치는 것을 거려왔다. 왜냐하면 그가 같은 중원인이란 이유로 정도무림의 편에 선다면 그만큼 파황성의 대륙 정복이 어려워지기 때문이었다. 정도무림을 지배할 때까지는 그를 건드리지 말라는 것이 혈불의 명이었다.

그러니 북리진강이 어찌 그 이름을 모르겠는가.

우뚝 선 구양천조를 바라보는 북리진강은 깊은 충격을 받은 듯 비틀거렸다.

'저분이 녹림 총표파자인 패옥의 아버지…….'

불망도 놀라기는 마찬가지였다.

구양패옥도 구양패옥이지만 구양천조까지 나타날 것이라고 어떻게 생각할 수 있었겠는가.

'구양천조의 뒤에 선 저 다섯 명의 늙은이는 녹림방 최고 고수이자 놈의 절대적 신임을 받고 있는 녹림의 다섯 기둥 녹림오주(綠林五柱)겠구나. 그리고 저 계집은 구양패옥! 과연 세류요란 별호에 걸맞는 계집이다. 그런데 불망 저놈이 어떻게 녹림방과 관련되어 있단 말인가?'

북리진강의 머리 속은 복잡하기 그지없었다.

특히 구양천조와 녹림오주가 함께 출몰한 것으로 보아 녹림방은 우연히 만송암에 나타난 것이 아니다. 아니 오히려 만송암에 힘을 집중시키고 있다는 증거다.

스스스스…….

풀잎을 밟으며 녹림방의 제자들이 사방을 포위하고 있었다.

구양패옥은 북리진강을 보며 싸늘하게 웃었다.

"이젠 보기 좋게 상황이 역전됐군."

북리진강은 구양패옥을 상대할 여력이 없었다. 그는 구양천조를 보며 담담하게 말했다.

"녹림 총표파자께서 이 먼 오지까지 무슨 일이 있어 납시었소? 이렇게 만났으니 우선 인사라도 합시다. 나 귀군자 북리진강이오."

"늙은이, 내 아이와 사위에게 칼질을 해대놓고 이제 와서 통성명을 하여 선배 대접을 받겠다는 건가?"

"……!"

북리진강은 손을 내밀었으나 구양천조는 서슬 퍼런 음성으로 거부했다.

'사위?'

불망은 그게 무슨 소리인가 싶어 구양천조와 구양패옥을 번갈아 바라보았다. 하나 구양천조의 얼굴에선 아무것도 알아낼 수 없고 구양패옥의 얼굴은 뻘겋게 달아올랐다.

"녹림오주, 저자를 죽여라!"

"속하들은 총표파자의 명을 받듭니다!"

녹림오주가 동시에 칼을 뽑았다.

구양천조가 녹림 총표파자라고 하나 북리진강의 명성 역시 일조일석에 이루어진 것이 아니다. 그는 오십 년 전, 그러니까 구양천조가 아장아장 걸어 다닐 때부터 무림십대고수 중 한 명이었다.

구양천조가 아예 상대를 하지 않자 그의 자존심은 휴지처럼 구겨지고 말았다.

"구양천조! 사람을 너무 우습게 아는구나!"

파아앗!

환상처럼 한줄기 광채가 북리진강으로부터 공간을 갈랐다.

온 천하를 단숨에 뒤엎을 듯 어마어마한 빛의 행렬이다. 하늘은 일시에 어두워지고 존재하던 모든 광휘는 색깔을 잃고 말았다.

검기는 하늘을 베고 검광은 대지를 반 토막 냈다.

"크아악!"

"으악!"

녹림오주가 녹림의 최고 고수라 하나 북리진강을 능가할 수 없었다.

눈 깜짝할 사이 녹림오주 중 이주(二柱)가 죽음을 당했다.

"직접 나서지 않을 수 없게 하는군."

구양천조의 눈썹이 꿈틀거렸다.

그는 대도를 뽑았다. 얼마나 갈고 갈았는지 시퍼런 도신(刀身)이다.

칼끝에서 뇌전이 치듯 파츠츠! 소리가 난다.

북리진강은 가슴이 철렁! 내려앉았다.

적수공권일 때와 대도를 들었을 때, 구양천조의 기도는 완전히 달랐다. 구양천조의 뒤로는 끝없는 망망대해가 펼쳐져 있었다. 그리고 그는 태산이었다.

"천심혈류생사결(穿心血流生死訣)!"

북리진강의 눈에서 기광이 번뜩였다.

천심혈류생사결은 천하의 어느 누구도 삼 초 이상을 견뎌내지 못했다는 구양천조의 비전도학이었다.

번쩍―!

뇌전의 기운이 점점 거대해진다.

"숨이 끊어지는 그날까지 내가 구하는 것은 오로지 도리(刀理)! 이제 천하에 다시없는 고수를 만났으니 어찌 그냥 보낼 수 있으랴!"

"죽고 사는 것만 있을 뿐이지! 도리 따위는 집어치워!"

쐐애액!

칼과 검이 부딪친다.

수천 개의 산봉우리들이 동시에 불을 뿜는 듯한 가공할 압박이 밀어닥친다.

번쩍! 버번쩍!

검광과 도광이 뇌전처럼 휘몰아친다.

두 사람이 일으킨 공력으로 인해 사방의 모든 것들이 회오리 기류에 휩싸인다. 불망은 도저히 눈을 뜰 수 없을 지경이었다. 단지 지켜보고 있을 뿐인데, 내력이 격탕쳐 다시 피가 흐른다.

구양패옥은 피 토하는 불망을 도왔다.

그녀의 장심이 불망의 명문혈에 따뜻한 온기를 불어넣었다. 불망은 그제야 메스꺼운 속을 어느 정도 다스릴 수 있었다.

쿠앙!

아무것도 보이지 않는 회오리 기류 속에서 격타음이 터졌다.

허공 중에서 구양천조가 떨어지며 주르륵 뒤로 미끄러졌다. 그의 앞섶은 갈가리 찢겨진 채 시뻘겋게 달아오른 가슴 털이 드러났다.

"감히 암수를 써!"

벌떡 일어난 구양천조는 머리끝까지 분노가 치밀어 올랐다.

두 사람이 회오리 기류에 밀린 상태에서 북리진강의 소매 끝에서 무형지독이 발출된 것이다.

"하하하! 좋은 새벽이야. 구양천조, 다음에 다시 보자고!"

그 틈을 놓치지 않고 멀리 사라져 버린 북리진강의 음성이 구양천조의 귓전을 후벼 팠다.

7

당가는 무섭게 항거했다.

그중에서도 환상수 당표는 제일방어선에서부터 지금까지 살아남아 죽기를 각오하고 항거했다. 수십 년 동안 함께 웃고 즐기던 가족들이 핏빛 가사 아래 산산조각이 나는 모습을 지켜보았다. 아들과 어린 손자가 시퍼런 창날 아래 떡반죽이 되는 것도 보았다.

그는 자신의 분노를 주체할 수 없었다. 미쳐 버릴 것 같았다.

"뇌신화폭전(雷神火暴箭)을 가져와!"

그는 폭발할 듯 소리쳤다.

누군가 그의 손에 당가의 삼대극품암기(三大極品暗器) 중 하나인 뇌신화폭전을 건네주었다.

슈슈슈슉!

탄두(彈頭)를 장착한 화살이 한 번에 일곱 개씩 뿌려진다.

그 위력은 상상 초월지경이다.

목표물에 부딪치는 순간 뇌신화폭전에 라마승들의 신형이 육시난비

되며 허공에 뿌려졌다. 그것은 암천에서 피떡이 흘러내리는 무서운 광경이었다.

"크하하하핫! 개 같은 놈들! 다 죽어버려라!"

당표는 닥치는 대로 뇌신화폭전을 발사했다.

"으악!"

"크아아악!"

파황성은 당가의 문 앞까지 전진했으나 선불맞은 멧돼지처럼 날뛰는 당표 때문에 더 이상 나가지 못하고 있었다.

멀리서 당표를 지켜보던 설옥상이 쓴웃음을 지으며 말했다.

"당가에 한 마리 괴물이 산다고 하더니 과연 소문대로야."

장내의 싸움은 거의 끝나가고 있었다.

남은 사람이라곤 당표를 비롯한 그의 몇몇 수하뿐이다. 그를 죽인다면 당가의 숯을대문을 부수고 안으로 진입해 들어갈 수 있었다.

"이에는 이. 화살에는 화살이지!"

하지만 설옥상에게는 화살이 없다.

대신 그녀는 백마 위에서 격공섭물의 놀라운 수법으로 죽은 자들이 떨군 병장기를 닥치는 대로 들어올렸다.

슈슈슉!

칼과 검, 창 등 각종의 수십 병장기가 공간을 관통하며 당표를 향해 날아간다.

뇌신화폭전을 날리기에 여념이 없던 당표는 한 순간 귓전을 어지럽히는 파공음을 들었다. 그는 파공음을 찾아 고개를 돌렸다.

픽!

그 순간 검이 심장을 꿰뚫는다.

퍼퍽! 퍽!

그리고 그의 이마에, 배에, 다리에, 팔에, 그리고 단전에 칼과 검과 창이 마구 꽂힌다.

어둠이 가득했던 하늘에는 희뿌연 여명이 떠올랐다.

여명 속에서 당표는 뒤뚱거리며 뒤로 물러났다.

그는 죽을 때 죽더라도 호탕하게 죽고 싶었다. 시체라도 보존하고 싶었다. 하지만 난도당했다.

'빌어먹을!'

언뜻 오래전에 죽어 기억조차 희미한 어머니가 주마등처럼 머리를 스치고 지나간다.

"어…… 머…… 니……!"

당가의 마지막 방어선을 지키고자 온 힘을 다했던 그가 이 땅에서 떠올린 마지막 사람은 바로 그를 낳아준 어머니였다.

그렇게 모든 방어선이 뚫리고 세가의 솟을대문이 부서졌다.

담벼락이 와르르 무너지며 라마승들이 밀려들었다. 그 뒤를 대동회의 고수들이 따른다.

달려나온 당헌은 아연실색했다.

당가가 사천에 자리를 잡고 개파한 지 어언 사백 년. 그 긴 세월 동안 위용을 자랑하던 솟을대문이 무너진 건 역사상 처음이었다.

'내 대에서…… 가문이 무너지는구나!'

그 참담함이란 형용할 수 없다.

　더욱이 당가의 세력뿐 아니라 곳곳에서 싸움이 벌어졌고 무림대회에 참여하기 위해 온 각 문파의 제자들도 연전연패하며 시체가 산처럼 쌓이고 있었다.

　당헌은 암담함 속에 사로잡혀 있을 수만은 없었다.

　“모두 탈출하시오! 내가 막겠소!”

　“아미타불…… 노납이 가주를 돕겠소!”

　“지금 이 순간에 누가 남고 누가 떠나겠소! 모두 죽던가 모두 떠납시다! 가주께서 남겠다면 우리 모두 남을 것이오!”

　남도해는 당헌보다 먼저 장내로 번쩍! 몸을 날렸다.

　도망치자고 했던 그가 먼저 싸움판으로 뛰어들자 팽사무도 가만히 있을 수 없었다.

　“각주님의 뒤를 제가 따르겠습니다!”

　주인 된 입장인 당헌도 가만히 있을 수 없었다.

　“크하하핫! 한번 놀아보세!”

　그는 하늘이 무너지는 듯한 대소를 터뜨리는가 싶더니 돌연 소매에서 가죽 주머니를 꺼내 사방에 치뿌렸다.

　슈슉! 슉!

　허공을 자욱이 뒤덮는 콩알 같은 크기의 단환들이다.

　어둠과 같은 색깔이라 그 숫자와 모양이 드러나지 않는다.

　선두에 서 오던 라미승들의 안색이 돌변했다.

　“흑령신탄(黑靈神彈)이닷! 어서 피하……!”

　외침이 끝나기도 전이다.

　콰쾅! 쾅!

흑령신탄. 단 한 알로 한 채의 대전을 송두리째 날려 버릴 수 있다는 당가의 전설적인 비전이다.

폭발의 여세는 엄청났다.

순식간에 먹물 같은 풍사(風沙)가 허공을 가득 뒤덮었다. 사람과 건물이 같이 부서져 허공으로 솟아오르고 그 사이로 비명과 피가 폭포처럼 난무했다.

콰쾅! 쾅쾅—!

"으악!"

"크으윽!"

눈을 얼릴 듯한 섬광이 여명을 꿰뚫었다. 라마승들은 병기를 휘둘러 볼 여유도 없이 온몸이 폭풍에 휩쓸리듯 발기발기 찢겨 나갔다.

순식간에 파황성의 선두가 와르르 무너졌다.

"시간이 없소. 모두 탈출하시오!"

당헌은 절규하듯 외친다.

'서 대협의 말이 맞았어. 우리가 탁상공론하는 동안 모든 것이 무너지고 있었어!'

후회는 아무리 빨라도 늦는 법이다.

"살아남는 사람은 천화산(天華山)에 모이시오. 많은 사람을 다시 만나보게 되길 바라오!"

백유 대사가 팽사무와 눈빛을 교환했다.

팽사무가 고개를 끄덕였다.

"용호대원들은 모두 전면을 방어하고 장령들의 퇴로를 확보하라!"

어쩌면 마지막이 될지도 모르는 뜨거운 시선들이 교환되었다.

흑령신탄이 터지는 사이를 틈타 살아남은 각 파의 제자들이 우르르 도망치기 시작했다.

"할아버지, 저도 남겠어요!"

당문령은 당헌을 향해 달려왔다.

"당 소저, 위험하오!"

조천수가 깜짝 놀라며 병기 속을 헤집고 당문령에게 달려갔다.

당헌은 당문령을 향해 어서 가라고 손짓했다. 당문령은 막무가내로 검을 뽑았다.

"서 대협, 령아를 부탁하오. 부디 그 아이를 안전한 곳까지……."

목이 메여 더 이상 말이 나오지 않았다.

조천수는 뒤에서 당문령의 혈도를 짚었다.

당문령이 짚단처럼 그에게로 쓰러졌다.

조천수는 눈빛으로 당헌에게 인사를 하며 도망치기 시작했다. 혼절한 채 떠나는 당문령을 안타깝게 일별한 당헌은 최후의 순간까지 남아 악착같이 파황성의 전진을 막았다.

第4章

대우주의 테두리에서
윤회하는 것

눈을 뜨자 보이는 것은 천장이었다.

불망은 편안한 침상에 이불을 덮고 누워 있었다.

몸은 여전히 무겁고 온통 상처투성이였으나 만송암에 있을 때와 비교하면 날아갈 것처럼 가볍다.

'내가 요행히 사선에서 살아 돌아왔구나.'

구양패옥에게 운기조식을 도움받은 것까지는 알겠는데, 그 이후는 전혀 생각이 나질 않는다.

구양패옥은 침상 옆 의자에 앉은 채 잠들어 있었다.

불망은 무엇이 어떻게 된 것인지 궁금한 것이 많았으나 잠들어 있는 그녀를 차마 깨우지 못하고 혼자 곰곰이 생각했다. 한데 바로 그때 귓전을 파고드는 음성이 있었다.

“깨었으면 조용히 밖으로 나와라.”

구양천조의 전음이었다.

불망은 구양패옥을 힐끗 보았다. 그때 다시 전음이 들려왔다.

“그 아이는 상관하지 말고.”

불망은 조용히 침상에서 내려와 천천히 문을 밀었다.

문밖에는 등을 지고 선 금의의 중년인이 서 있었다.

구양천조다. 다시 만난 그는 북리진강과 싸울 때처럼 패도적인 모습이 아니었다. 그는 단순하게 설명해 도적 떼의 수괴였으나 그 모습이 무릉도원의 신선처럼 고고했다.

불망이 구명지은의 인사를 하기 위해 허리를 굽히기도 전, 구양천조는 따라오라는 말을 남기고 먼저 몸을 날렸다. 바람을 타고 날아가는 것처럼 자연스러운 신법이었다.

불망은 몸이 완전하지 못해 그처럼 자연스럽게 하늘을 날 수 없었다. 대신 그는 천천히 걸으며 구양천조의 뒤를 따랐다.

구양천조는 불망의 걸음걸이를 생각해 아주 느리게 날았다. 빠르게 나는 것보다 훨씬 어려운 경신술이었다.

이윽고 구양천조의 걸음이 멈춘 곳은 오랫동안 돌보지 않아 폐정원이 되어버린 곳이다. 그곳에는 대나무로 만든 흔들의자가 놓여 있었다. 흔들의자는 풍상에 오랫동안 버려져 있었는지 세월의 때로 인해 낡고 더러웠다. 구양천조는 먼 곳을 내다보며 바로 그곳에 앉아 있었다.

거처에서 폐장원까지는 멀지 않은 길이다.

하지만 불망은 숨이 턱까지 차 올라 헉헉거렸다.

구양천조는 그가 가까이 다가오자 힐끗 쳐다보더니 그다지 마땅치
않은 어투로 말했다.

"묻겠다. 너는 내 딸아이를 어찌 생각하느냐?"

구양천조의 물음은 간단했으나 불망은 오랫동안 입을 열지 못했다.
만송암에서 그가 했던 '사위'라는 말이 머릿속을 웅웅 떠다녔다. 그랬
기에 그의 물음은 간단했으나 의미는 대단히 무거운 것이었다.

불망은 구양패옥을 여자로 심각하게 생각해 본 적이 없었다. 그건
처음 그녀를 만났을 때, 그녀 자신이 먼저 선을 그어두었기 때문이다.
또한 불망은 오직 양정만을 사랑한다고 믿었기에 선까지 그어두었던
사람을 여자로 받아들일 생각 자체를 못했다.

"그녀는…… 좋은 동생입니다."

더하고 뺄 것 없는 솔직한 감정이었다.

구양천조는 물끄러미 불망을 바라보더니 다시 말했다.

"내가 굳이 산을 내려온 이유는 그 아이가 네게 모든 것을 걸었기 때
문이야."

"……!"

"남자를 발길에 차이는 돌멩이처럼 여기던 아이였다. 그런 아이가
처음으로 남자에게 정을 주었어. 나의 모든 것까지 가져갈 정도로."

"모든 것이라니요?"

"패옥은 내게 녹림방을 요구했다."

"……!"

그녀는 어릴 때부터 영특하고 지혜로워 모든 문제를 스스로 해결하
는 자립심 강한 아이였다. 때문에 어마어마한 신분의 아버지를 두었음

에도 불구하고 요구라는 걸 해본 적이 없다.

그런데 어느 날 그녀는 얼굴이 새하얗게 질려 구양천조를 찾아왔다. 모든 것을 잃은 자만이 보이는 절망의 빛이 그녀의 얼굴에 역력했다. 그녀는 그 얼굴로 터무니없는 말을 하기 시작했다.

"아무리 찾아보아도 살 만한 문파가 없어요. 그래서 아버지를 찾아왔어요. 어차피 녹림방을 제게 물려줄 거라면 지금 주세요. 아버지는 총표파자만 하셔도 되잖아요."

'문파를 사?'

밑도 끝도 없는 횡설수설이었다.

구양천조는 구양패옥의 일신에 중대한 일이 발생했다 생각했고 곧 그녀의 뒷조사를 시작했다. 그녀가 한 남자의 부탁(?)으로 지난 몇 달간 문파를 사기 위해 동분서주했다는 걸 알게 된 건 며칠이 지난 후였다. 결국 딸아이는 남자의 부탁을 들어주지 못하게 될 것 같자 마지막이라는 심정으로 아버지를 찾아왔던 것이다.

그것은 구양천조가 이룩한 모든 대업을 송두리째 듣도 보도 못한 놈에게 넘기겠다는 말이었다. 딸아이 키워봤자 아무 소용 없다더니 기가 찰 노릇이었다. 키워놓은 보람은 산산조각나고 배신감이 찾아왔다.

'어떤 놈이기에 패옥의 마음을 이처럼 송두리째 흔들어놓았단 말이냐?'

무림에서 개방의 정보력이 천하제일이라 하지만 녹림 총표파자의 정보력도 그에 못지않았다. 그는 단시간 내에 그 자신이 원하는 모든 정보를 입수할 수 있었다.

"다시 묻겠다. 너는 패옥과 평생을 함께하겠느냐? 그렇다면 내 평생의 대업은 모두 너의 것이다. 하나 거절한다면…… 너는 죽는다."

"……!"

"네가 죽는다면 패옥은 한동안 시름에 잠기겠지만 곧 극복할 것이다. 내가 아내의 죽음을 극복해 낸 것처럼."

불망은 내심 고개를 끄덕였다. 그도 구양천조의 생각에 동의하는 바다. 청춘남녀가 '연리지(連理枝)'니 '비익조(比翼鳥)'니 하며 옛이야기까지 들먹이며 아무리 좋아 죽는 열혈적인 사랑을 한다 해도 결국 한쪽이 죽음에 이르면 다른 한쪽은 자애(自愛)라는 이름으로 극복하고 만다. 그리고 점점 망각하며 오랜 시간이 지나면 예전에 그런 일이 있었지, 하며 가끔 추억에 잠길 뿐이다.

특별히 그렇지 않은 사람이 없는 건 아니지만 그건 그 사람이 별종(別種)일 뿐이다.

불망은 아직 젊다.

양정을 따라 죽지 못하였다면 앞으로 살아야 할 세월이 지금까지 살아온 세월의 열 배가 넘을지도 모른다. 그의 공력이라면 이백 살까지 사는 건 무리가 없다. 신선이 되어 하늘 위로 훨훨 날아가지 않는다면 그 긴 세월을 독야청청할 수 있을까?

"저는 굉장히 운이 나쁜 사람입니다."

"그녀가 너의 운을 좋게 해줄 것이다."

"감당할 수 없는 숙명을 무거운 짐처럼 짊어지고 있습니다."

"흔쾌히 너의 짐을 덜어줄 것이다."

"이룰 수 없는 꿈을 좇아 활활 타오르는 모닥불에 뛰어드는 불나방처럼 살고 있습니다."

"그것이 너의 매력이야."

"패옥이 허락한다면…… 총표파자님을 아버님으로 모시겠습니다."

그 순간 구양천조의 눈에 안도의 빛이 흘렀다.

"남아일언(男兒一言)은?"

"만금(萬金)의 무게를 갖습니다."

"좋다. 정말 좋아. 평생 후사를 걱정해야 했던 내가 드디어 사위를 보게 되는구나."

웃는 구양천조는 한시름 덜은 것 같다.

그는 미래의 사위 불망을 애정 어린 눈으로 바라보며 말했다.

"장부는 삼처사첩을 거느려도 흉이 되지 않지만 여자는 필종부(必從夫)하지 못하면 그 부끄러움이 누대에까지 전해진다. 이미 짧지 않은 시간 패옥은 너를 따랐어. 만약 패옥과 네가 헤어진다면 누구나 그 아이의 정절을 의심하여 가벼이 대할 것이다. 그러니 지금부터 너희 둘은 부부나 다름없다."

"그렇게 하겠습니다."

불망은 순순히 대답했다.

그것은 그의 마음이 인연에 연연해하지 않기 때문이었다. 따지고 보면 세상사의 희로애락이 다 번거로운 일이었다. 불망은 탈속하지 않았지만 개인사(個人事)라는 것에 대해서는 바람처럼 부드럽고 표연했다. 세상사가 저절로 흘러가도록 내버려 두는 것이 좋다. 바람이 불면 부는 대로, 비가 오면 오는 대로.

과거 천산에서 그에게 그러한 이치를 가르쳐 준 사람이 있었다. 하지만 그때는 이해할 수 없었다.

'능 소저……. 그녀는 지금 어디에 있을까?'

문득 그녀가 궁금하다.

"사위가 된 기념으로 선물을 주고 싶으나 달리 물질적으로 줄 것은 없고…… 몇 마디 말로써 대신하려 한다. 괜찮겠느냐?"

"경청하여 깊이 마음에 새기겠습니다."

"너는 사문을 갖지 않았다고 하는데 맞느냐?"

"사문이 없다는 건 맞습니다만 스승이 없었다고 말하기는 어렵습니다."

그는 백수인에게 천마흡성대법을 배웠고 고독 진인에게 월인신공을 배웠으며 검노에게는 잠원대능력과 무형지검을 배웠다. 또한 천하만물이 스승이요, 좋은 공부 거리였다.

구양천조는 고개를 끄덕였다.

"하나 너는 스스로 검리를 깨달아 물방울들이 모여 큰 강을 이루듯 작은 도움으로 큰 성취를 이뤘으니 천재라 하지 않을 수 없다."

"과찬이십니다."

"너라면 어느 것에도 얽매이지 않고 자유로이 초식을 만들어 무공을 창안할 수도 있다. 소혼참 같은 것도 그러한 경우라 할 수 있겠지. 하나 한 가지 명심해야 할 것은 그렇게 창안한 무공들은 대개가 가볍고 패악적이며 호흡이 떨어진다."

"……!"

"천재는 세상을 가벼이 알기에 그에 걸맞게 가벼운 무공이 나오는 것이며, 기존의 것보다 강한 걸 찾게 되니 패악적이 되는 것이며, 또 머리 속에서 그려지는 대로 내놓다 보니 긴 호흡을 가질 수가 없다."

구양천조는 그가 평생을 바쳐 깨달은 무공의 정화를 불망에게 몇 마디 말로 전수하고 있었다.

"그 점을 고치기 위해서는 근본을 잊어선 안 된다. 기본에 충실하자는 말이다. 하나 너와 같은 천재들은 기본을 튼튼히 하는 데 익숙하지 않다. 이 역시 가벼워지고 패악적이며 호흡이 떨어지는 길이다. 대개의 천재들이 마(魔)에 빠지는 것도 이 점에 기인한다."

그것은 불망이 고심하며 막연히 떠올리고 있는 경지였다. 구양천조가 그것을 확연하게 정리해 주니 불망은 머리가 환해지는 느낌이었다.

과연 그러했다.

정도의 무공은 그 원류가 수백 년을 이어 내려오며 다듬어져 오늘에 전해진 것이다. 어떤 천재도 일조일석에 그 진수를 모조리 파악해 낼 수 없다. 그에 반해 사마의 무공은 한 명의 천재로 인해 만들어지는 경우가 많으며 그가 죽고 난 후에 맥이 끊긴다. 왜냐하면 또 다른 천재가 나타나지 않는 이상 그 무공을 익힐 수 없기 때문이다.

"무공은 사람의 심성에도 영향을 미치는 법이다. 왜냐하면 초식은 머리로 배우는 것이지만 그 깊이는 마음에서 비롯되기 때문이다. 네가 사마에 치우친 무공을 사용하게 되면 마음 또한 점점 더 잔인하게 변할 것이다."

"그건…… 확실히 그렇습니다."

불망의 얼굴이 고통스럽다.

"세상이 어지럽다. 왜인 줄 아느냐? 너와 같은 경지를 지닌 한 명의 천재가 그 자신의 힘을 안으로 갈무리하지 못하고 표출하기 때문이다.

도를 구했으나 마음속의 잔인함을 버리지 못하니 그 자신만 옳고 세상의 모든 것이 틀렸다고 말하고 싶기 때문이다. 세상의 중심은 그 한 명이 아니라 우리 모두다. 각자가 서 있는 바로 이곳이 세상의 중심이거늘, 누가 그를 중심으로 세상이 펼쳐져 있다고 한단 말이냐! 오직 각자의 도를 구하는 것만이 세상을 그대로 내버려 두는 일이다. 그렇다면 도는 무엇이냐?"

"도……."

오래전이었다.

천산에서 불망은 무릎을 꿇은 채 지면을 내려다보며 능소언에게 악을 쓰듯 외쳤다.

"도란 무엇입니까?"

능소언은 말했다.

"만물이 저절로 흘러가도록 내버려 두는 것이 아닐까요?"

저절로 흘러가는 것. 그래서 세상천지의 분간이 없는 것.

불망은 인정할 수 없었다.

희로애락과 오욕칠정을 통달하지 못한다면 그러한 경지를 이해할 수 없다는 것을 당시의 불망은 알 수 없었던 것이다.

불망은 그 이후 단 한 번도 도란 무엇인가를 생각해 본 적이 없었다. 그러나 지금 구양천조로부터 도는 무엇이냐? 라는 물음을 받자 막연히 그것을 생각하며 혼잣말처럼 중얼거렸다.

"점점적적(漸漸滴滴)……."

작은 물방울이 조금씩 떨어져 바위를 뚫는 것. 저절로 흘러 조금씩 변하는 것. 내버려 두어도 세상은 대우주의 테두리에서 윤회하는 것.

“……!”

불망의 답에 질문을 던진 구양천조가 놀란다.

누가 그에게 도가 무엇이냐고 물어본다면 구양천조는 이처럼 확연하게 대답할 수 없었다.

'이 아이는 자신도 모르는 사이 모든 것을 다 깨닫고 있구나. 점점 적적. 그야말로 나를 알고, 내가 남과 다르지 않음을 알고, 내가 천지와 다른 물건이 아니라는 것을 알고, 존재함과 존재하지 않음이 하나라는 것을 아는 것이다. 이것이 물방울이 바위를 뚫고 물도 바위도 하나가 되어 존재함과 존재하지 않음이 분간되지 않아 결국 무로 돌아가는 이치가 아니고 무엇이랴! 아…… 나는 되지도 않는 논리로 이 아이를 가르치려 들다 오히려 가르침을 받고 마는구나. 되었다. 나는 이제 패옥에 대해서는 걱정하지 않아도 되게 되었다.'

그러나 지난 이십여 년의 쉽지 않은 세월이 불망에게 쌓였고, 구양천조가 쌓인 둑에 물꼬를 터주지 않았다면 불망이 어찌 봇물을 쏟아낼 수 있겠는가.

불망은 구양천조로부터 깊은 이치를 듣고 나서 흩어져 있던 마음의 갈래들을 한길로 모아 결국 속이 후련한 한 가지 진언(眞言)을 찾아낸 것이다.

“하하하하하!”

구양천조는 하늘을 올려다보며 한참 동안 통쾌하게 웃었다. 이어 그는 말했다.

“네가 이미 도리(道理)를 깨닫고 있으니 더 이상 말하고 말고 할 것도 없겠다. 나와 패옥은 네가 그 도리를 망망세상에 펼칠 수 있도록 옆에서 힘껏 도울 뿐이다. 가겠다. 나는 돌아가 네가 다시 세상에 나올 날을 기다리며 준비하겠다. 부디 그 마음을 잃지 말라.”

구양천조는 불망을 돌아보지도 않고 휘적휘적 폐정원을 걸어나갔다. 그는 그대로 걸어서 녹림방으로 돌아갔다.

2

확! 화르륵!

하늘과 땅이 불길에 사로잡혀 시야를 차단했다.

매캐한 검은 연기가 용천풍(龍天風)처럼 치솟으며 다 타버린 잿더미들을 휘날렸다.

그 속에서 군웅들은 도망쳤다.

화마가 뱀의 혀처럼 집요하게 군웅을 공격했다.

군웅들은 코끝으로 들어오는 검은 연기에 심하게 재채기를 했다.

백유 대사가 길을 열었다.

쿠아아아앙!

그는 보리불장(菩提佛掌)을 연속적으로 내지르며 밀고 들어오는 불길을 갈랐다. 하나 그것은 임시방편의 갈라짐일 뿐 몇 사람이 빠져나가기도 전에 다시 화마가 덮쳤다.

“으악!”

“으아악!”

사람들이 불에 타 죽었다. 하지만 누구도 죽어가는 그들을 구해낼 수 없었다. 불은 전염병보다 더 무서워 구해내려고 달려드는 자까지 활활 태워 버릴 테니.

동료들을 두고 떠나는 군웅들은 속으로 피눈물을 흘렸다.

팽사무도 눈물이 비 오듯 쏟아졌다. 수하들의 죽음도 죽음이지만 오늘의 이 일전은 용호대에 씻을 수 없는 불명예를 안겨줄 것이다. 이 수치를 어떻게 씻어낸단 말인가!

'살아도 고통이다! 오늘의 패배는 내 이름 석 자에 영원히 따라붙으리라!'

그것을 생각하자 너무 비참해 차라리 죽어버리고 싶다는 생각이 들었다. 하지만 이대로 죽을 수 없다. 이대로 죽는다면 명예는 회복되지 않는다. 그의 생을 기억해 주는 자 역시 없을 것이다. 비참함은 극에 달할 것이고 억울함은 대대손손 이어질 것이다.

'반드시 돌려주어야 한다! 반드시! 실추된 명예를 회복하지 않는다면 죽어도 눈을 감지 못할 것이다!'

하늘 끝까지 치솟은 노송이 휘감긴 불길을 이기지 못하고 쓰러지며 군웅을 덮쳤다. 그 상황은 창졸간이라 팽사무는 보기는 하였으나 손을 쓸 틈이 없다.

"위험하오!"

군염기가 벼락처럼 날아가며 장력을 내질렀다.

쿠아아아아아앙!

쓰러지던 노송이 허공으로 붕 떠오르며 파편을 토해냈다. 몇몇 피하지 못한 군웅의 머리카락이 불길에 휘감기며 타 들어갔다. 머리카락 타는 냄새가 코끝을 찌른다.

조천수는 막소미와 당문령을 보호하며 군웅의 뒤를 받치고 있었다.

당문령은 당헌이 걱정되는지 연신 뒤를 돌아보았으나 화마에 불타오르는 세가는 처절한 비애만 안겨줄 뿐이다.

조천수는 그녀를 위로하고 싶었다.

하지만 무슨 말로 그녀를 위로할 수 있단 말인가. 그는 다만 묵묵히 그녀의 곁을 지켜주고 있을 뿐이다.

'살아서 다시 주군을 만날 수 있을까?

이 위기, 오직 불망만이 해결할 수 있을 거라고 조천수는 믿어 의심치 않았다. 다만 그를 다시 만날 때까지 살아남아야 한다는 것이 문제다.

3

구양천조가 떠난 장원에는 불망과 구양패옥만이 남았다.

구양패옥은 구양천조가 말없이 떠났으나 불망에게 묻지 않았다.

불망도 그 이유를 구양패옥에게 말해주지 않았다. 또한 그와 했던 대화와 약속까지 구양패옥에게 말하지 않았고 궁금한 점을 물어보지도 않았다. 그는 처음부터 구양천조를 모르고 있는 사람 같았다.

구양패옥은 불망의 그러한 행동에 이미 익숙하다. 어쩌면 그녀도 불망과 함께 있는 동안 그러한 행동이 몸에 익어 묻지 않는 것인지도 모르겠다.

두 사람만의 동거가 시작된 장원은 앞으로 절벽을 두고 있었다. 그래서 앞이 확 트였으며 그 아래로 호수를 내려다보고 있었다. 다른 삼면은 울울창창한 숲이었다. 때문에 장원에 들어오기 위해서는 절벽을 타고 오르던가, 숲을 한 바퀴 삥 돌아야 한다. 그래서 길을 모르는 사람이라면 장원을 찾기도 어려우니 이곳은 천연의 요새와 다름없었다.

산바람에 추위를 느낀 불망은 얇은 이불을 두르고 있었다.

그 옆에서 구양패옥이 감회에 젖은 음성으로 말했다.

"경치가 너무 좋아서 어렸을 때는 아버지를 졸라 이곳에 가끔 놀러 왔어요. 하지만 언제부터인가 아버지와 함께 다니지 않게 되었고 그 후론 온 적이 없어요. 지금은 아버지도 오지 않아 이렇게 폐허가 되었네요."

"네 말대로 잘 가꾸어놓는다면 꽤 아름다운 곳인 것 같아."

"엄마가 이 장원에서 돌아가셨어요. 그래서 마음이 아파 오지 않았어요. 십 년 만에 다시 온 건데 이처럼 흉물스럽게 변했으니 마음이 더 아프네요."

구양패옥은 쓰게 웃었다.

"엄마와의 기억은 나쁘지 않지?"

"그럼요. 외동딸이라 귀여움만 받고 자랐는걸요. 가끔 저 때문에 두 분이 부부싸움을 하기는 했지만."

"왜?"

"아버지는 제게 칼을 들게 하셨고 엄마는 그게 못마땅하셨던 거죠. 그럴 때마다 아버지는 말씀하셨어요. 그럼 아들을 하나 낳아주던가."

"엄마가 남동생을 낳아주셨다면 너는 요조숙녀(窈窕淑女)가 되었을지도 모르겠군."

"지금 그거 나 욕한 거 맞죠?"

"그럼 넌 네가 요조숙녀라고 생각해?"

불망이 눈을 동그랗게 뜨고 물어보니 구양패옥은 할 말이 없었다.

"들어가요. 배고프지 않아요? 난 가서 맛있는 고기를 먹고 대형은 이번에 가져온 아주 쓴 약을 배 터지게 먹이고 말 테야!"

불망은 음식을 소화할 수 없었다.

그래서 그가 먹은 것이라곤 한약을 달인 물과 과일즙뿐이었다. 그렇게 삼 일을 보내고 난 후에야 부드러운 채소 종류를 소화할 수 있었으며 조금씩 몸을 회복할 수 있게 되었다.

불망은 구양패옥의 보호 없이 몸을 움직일 수 있게 되자 장원을 수리하기 시작했다.

가장 먼저 장원 곳곳의 먼지를 털고 지붕을 손봤다. 바람구멍이 숭숭 뚫린 벽은 석회를 사다가 메웠으며 부서진 문과 가구는 망치질을 해서 고쳤다. 무성하게 자란 잡초를 베고 사람이 다닐 수 있는 길도 냈다.

구양패옥은 그가 생각을 하거나 마음의 정리가 필요할 때는 저런 식으로 몸을 움직이는 습성이 있음을 알고 있었다. 예전 석불사 암자에서도 그는 밭을 일구고 채소를 가꾸며 소일한 적이 있지 않은가. 다만 구양패옥은 부상 치료가 급한 불망이 굳이 몸을 혹사시키고 있는 것이 마음에 들지 않을 뿐이었다. 하지만 그녀는 그가 하는 대로 내버려 두었다. 그가 이렇게 하면 이것이 맞는 것이고, 그가 그렇게 하면 그것이 맞는 것이다.

사실 구양패옥은 불망이 내상 치료를 위해 운기조식을 따로 할 필요가 없는 상태에 올랐음을 알지 못했다. 그는 자면서 걸으면서 일을 하면서 등 일상에서 자연스럽게 공력을 운용해 일주천시키는 경지에 이르렀던 것이다.

불망이 일을 하는 동안 구양패옥은 그녀대로 할 일이 있었다.

그녀는 부엌을 청소했다. 쓸 만한 그릇들을 정리했으며 일용할 양식을 사왔다. 그녀는 단 한 번도 그런 일을 해본 적이 없었기 때문에 부엌일은 매우 서툴렀지만 이것도 제법 재미가 붙었다.

그럭저럭 장원은 사람이 사는 곳처럼 되어갔다. 이 넓은 장원에 오직 청춘남녀만이 기거하고 있었으니 결국 이것이 신혼 살림이 아니고 무엇이겠는가.

그렇게 열흘이 흘렀다.

무료하다면 무료한 일상적 시간에 초조해지는 쪽은 구양패옥이었다.

그녀는 이삼 일에 한 번은 먹을 것을 사러 산을 내려갔기에 세상 소식을 대강 전해 듣는다.

강호는 급박하게 돌아가고 있었다.

파황성은 사천을 점령했고 살아남은 자들은 천화산으로 숨어들었다. 다른 사람이야 아무 상관이 없지만 연수까지 잃어버린 상황에서 조천수와 군염기마저 생사불명이 된다면 그는 참담한 절망에 빠질 것이다. 구양패옥에게는 오직 이것이 문제다.

"우리 여기서 그냥 살까요?"

살아보니 이 생활도 그럭저럭 재미가 있다.

잡초가 베어진 정원에 꽃을 심고 봉오리가 피어오르는 광경은 지금까지 몰랐던 새로운 재미였다.

"아니."

불망의 대답은 단조롭다.

구양패옥은 짐작했지만 실망이다.

“살 것도 아니면 손볼 필요 없잖아요.”

“언젠가는…… 돌아와 살 집이 있다는 희망이라도 가져야 할 것 같아서.”

“정말 여기서 산다고요?”

구양패옥은 손에 든 호미를 떨어뜨릴 정도로 놀라서 되물었다.

“왜? 안 돼?”

“뭐 안 되는 건 아닌데…… 대형이 너무 쉽게 말해서.”

“생각해 보니 부질없는 짓이었어. 죽으면 그만이잖아. 돈도 명예도 권력도 죽음 앞에서는 다 무력해. 탐욕을 버리고 신선처럼 자연과 살다가 자연으로 돌아가는 것이 제일 좋아. 하지만 지금 당장은 그렇게는 안 되겠지.”

“하면 하는 거지, 또 안 될 건 뭐예요?”

“나 하나 신선처럼 살자고 믿고 따르는 사람들을 버릴 수는 없잖아.”

“그건 또 그렇죠. 혼자 신선처럼 살고 뒤에선 욕하고 그러면 웃기긴 웃길 거예요.”

“그전에 움직여야지. 그래서 하는 말인데 여기서 천화산까지 얼마나 걸리지?”

“대형, 알고 있었어요?”

“뭘?”

“당가에 모였던 군웅이 천화산으로 도망쳤다는 거 말이에요.”

"전후 사정을 살펴 짐작할 뿐이지."

"어떻게요?"

"너는 산을 내려갔다 왔으면서도 바깥일을 내게 말해주지 않았어. 왜 그랬을까?"

"그야."

"그건 내가 불행하게 여길 만한 일이 발생했다는 뜻 아니겠어? 조대협과 염기가 죽었을 리는 없고 군웅 틈에 섞여 도망치는 상황이 되었다면 도주할 곳은 천화산뿐이야. 막다른 골목에 몰린 쥐는 미쳐 버리거든. 그래서 고양이를 물기도 해. 당연히 파황성은 퇴로를 열어주었을 거야."

"그런데 왜 하필이면 천화산이죠?"

"천화산을 넘어야 내륙으로 갈 수 있으니까. 그야말로 쌍방이 원하는 도주로지."

"말을 안 해줘도 다 알고 계셨군요. 그럼 내가 말 안 했다고 미안해할 필요는 없는 거죠?"

"물론이지. 오히려 말했으면 내가 곤란했을 거야. 들으면 안 갈 수 없잖아? 하나 이제는 가야지."

"대형의 상처는 아직 다 낫지 않았어요."

"가면서 천천히 치료하도록 하자고. 더 늦으면 정말 그들이 죽을지도 몰라."

4

"서 대협, 살아남은 자는 모두 몇 명이오?"

백유 대사는 온몸에 온통 피칠을 하여 도무지 불제자답지 않았다. 더욱이 자비를 근본으로 삼아 온화하기 그지없었던 얼굴은 초조와 불안으로 점철되어 있었다.

"모두 삼십 명 남짓입니다."

조천수는 주변에 삼삼오오 둘러앉아 휴식을 취하고 있는 군웅을 돌아보며 말했다. 살아남은 자가 삼십 명이라고 하나 그중 열 이상은 크고 작은 부상자였다. 수족을 온전하게 움직일 수 있는 사람은 스무 명도 되지 않았다.

"아미타불…… 부처님도 무심하시지. 당가를 나온 숫자가 일백이 넘었건만 겨우…… 삼십 명이라니……."

"앞으로가 문젭니다. 싸움은 아직 끝나지 않았으니까."

"그렇지. 그것도 아직 끝난 것이 아니라…… 언제 끝날지 모르는."

먼 산 아래를 내려다보는 백유 대사의 눈빛은 아득하다. 평생을 존경받으며 용맹정진해 온 그가 노련한 사냥꾼에게 쫓기는 상처 입은 짐승이 되어 살기 위해 도망치는 신세가 될 줄은 꿈에도 생각하지 못했다.

"힘을 내십시오, 대사. 지금까지 우리는 잘해오고 있습니다. 앞으로도 잘해낼 것입니다."

조천수는 실의에 빠진 백유 대사에게 용기를 불어넣어 주었다. 그리고 그건 자신에게 하는 말이기도 했다.

'그러나 얼마를 더 버틸 수 있을까?'

조천수는 주변을 둘러보았다.

군염기는 창백한 얼굴로 검을 가슴에 안은 채 비스듬히 고목에 기대 있었다. 왼팔은 적의 일검을 맞아 선혈이 낭자했다. 자신의 옷을 찢어 군염기의 상처를 싸매고 지혈하는 막소미의 얼굴에는 애인에 대한 걱정이 가득하다.

팽사무 역시 걷기 불편할 정도로 한쪽 다리에서 핏물을 질질 흘리고 있었다.

당문령은 함께 세가를 빠져나온 사촌동생 당천리(唐天理)의 옆에 기대 잠들어 있었다. 그 모습이 너무 애틋하고 가슴 저려 조천수는 눈물이 나올 것 같았다.

"서 대협, 이제 어떻게 해야 되겠는가? 우리가 휴식을 취한 지 벌써 반 시진. 놈들이 곧 공격해 오겠지?"

백유 대사는 무림의 명숙이었으나 위기의 대국을 장악하고 대처하는 능력은 조천수에 훨씬 미치지 못했다. 그래서 조천수를 믿고 의지했다. 때문에 조천수는 은연중 군웅을 이끄는 우두머리처럼 되어버렸다. 특히 도주에는 탁월한 능력을 가진 그다. 만약 그가 없었다면 군웅들은 벌써 몰살을 당했을지도 몰랐다. 처음 군웅들은 조천수가 근본이 없음을 알고 기피하는 면이 있었으나 지금은 믿고 의지하는 바가 컸다.

"대사, 우리는 반드시 구출될 것입니다. 그때까지 단단히 마음먹고 계셔야 합니다."

"누가 우리를 구해주러 온단 말인가?"

"그렇습니다."

조천수는 신념을 가지고 고개를 끄덕였다.

그는 절체절명의 위기에 빠진 이 순간에도 불망을 믿고 기다리고 있었다. 그는 신선교도들을 버리지 않을 것이다.

'기다리면 온다. 그가 오면 대국은 완전히 바뀌게 될 것이다!

조천수의 신념에 팽사무는 비릿하게 웃었다.

"누가 우리를 구해준단 말이오? 무림맹에서 여기까지 오려면 우리는 한 달 이상을 버텨야 하오. 그때까지 적들의 손에 죽지 않는다면 굶어 죽을 것이오. 살길은 우리의 힘으로 뚫고 나가는 길밖에 없소!"

"나는 무림맹이 우리를 구해줄 거라 말한 적 없네."

"무림맹이 아니라면 누구요? 사지를 뚫고 들어와 우리를 구해줄 자가!"

"두고 보면 알 수 있을 것일세."

조천수는 답을 주지 않았다. 불망을 직접 보지 않은 자에게 그를 소개해 보았자 비웃음만 살 뿐일 테니.

답답한 팽사무는 조천수와 호형호제하는 군염기를 바라보았다.

군염기의 얼굴에서 조천수와 같은 색깔의 굳건한 믿음이 보였다. 군염기는 팽사무가 바라보자 지나가는 말처럼 입을 열었다.

"간절히 원하면 반드시 이루어져."

"혹시 너의 그 형님이란 자냐?"

군염기는 웃을 뿐 말하지 않았다. 그것은 부정이 아닌 긍정의 표현이며 믿음을 넘어 신념에 가까운 행위였다.

"도대체 그가 누구냐? 나도 알고 있는 자냐?"

"그는…… 불망이오."

"불망? 잊지 않는다? 뭘 잊지 않아?"

"이름이 불망이오."

팽사무는 들어본 이름이 아니다. 때문에 그는 불망에게 어떤 경외감도 느낄 수 없었다.

'사람 이름을 불망이라고 쓴단 말인가? 미친 자가 아니라면 특이한 자로군.'

"놈들이 다시 모여들고 있습니다!"

그때, 계곡 아래에서 경계를 서고 있던 용호대원이 부리나케 달려오며 소리쳤다.

동시에 곳곳에서 우레와 같은 함성이 터져 나왔다.

"우와아아!"

"우와와!"

조천수를 비롯한 거동할 수 있는 군웅들은 황급히 행장을 꾸리며 달려와 계곡 아래를 내려다보았다.

오색의 깃발들이 계곡을 뒤덮고 펄럭거렸다.

그것은 파황성에 복종한, 그래서 대동회라는 이름으로 한데 묶인 각 문파의 깃발이었다.

"모두 전열을 정비하고 부상자들을 뒤로 물리시오!"

머리끝이 바짝 설 정도로 긴장한 조천수가 외쳤다.

5

사천성 현도현(玄道縣)은 천화산의 자락을 타고 앉은 자그마한 소도(小都)다. 그러나 인근 상업의 요충지로 중소 도시치고는 꽤 번잡스럽다. 모두 잠든 밤 시간이 아니라면 도시는 시끄럽고 장사꾼들의 말발

굽 소리가 끊이질 않는다.

그러나 지금 이 시각. 현도현은 쥐 죽은 듯한 정적이 사위를 짓누르는 가운데 한낮의 오수(午睡) 속으로 침잠해 가고 있었다. 이따금 황량한 바람이 스쳐 지나갈 뿐, 거리엔 사람의 그림자도 보이지 않는다. 바람을 피해 숨어든 듯 거리는 괴괴하다.

휘이이이잉…….

한 장의 종잇조각이 바람에 구른다.

구양패옥은 허리를 굽혀 종잇조각을 집어 들었다.

거기에는 불망과 똑같이 생긴 남자의 초상화가 그려져 있었다.

"대형의 용모파기예요. 신고하는 자에게 은 백 냥을 포상하겠다는데요."

구양패옥은 불망의 옆에서 용모파기를 보여준다.

불망은 물끄러미 자신의 초상화를 바라보더니 구양패옥에게서 빼앗아 품에 넣었다.

"잘 그렸는걸. 소장해야겠어."

시가(市街)의 정적은 어딘지 모르게 어색했다. 더욱이 거리를 휩쓰는 바람 속에 은밀히 스며드는 혈향은 긴장감마저 느끼게 해줬다.

피비린내에 익숙한 불망은 오히려 고향을 찾아온 것처럼 편안하다.

"나올 때가 됐는데."

불망은 혼잣말처럼 말했다.

그의 말을 기다렸다는 듯 대로변의 골목골목에서 무수한 흑의인들이 걸어나왔다. 철삭(鐵索)을 양손에 말아 쥐고 있는 흑의인들은 표정이 굴강하다. 굳이 살기를 숨기지 않는 것으로 보아 목표물을 뚜렷이 알고 있다는 뜻이다. 흑의인들을 제외하곤 이 거리에서 살아 있는 생명체는 불망과 구양패옥뿐이다.

흑의인들은 침묵했다. 그들은 오직 쌍방의 거리를 좁혀올 뿐이다.

불망은 우뚝 선 채 일말의 흔들림도 없었다.

"대형, 내상이 아직 완쾌되지 않았는데 괜찮겠어요? 숫자도 제법 많은걸요."

"줄여달라고 할 순 없잖아."

"밑져야 본전이니 말이나 해볼까요?"

"그렇게 하릴없으면 저녁때 뭐 먹을지 생각해 봐. 요즘 먹는 게 부실해서 영양실조 직전이야."

불망은 천천히 걸음을 옮겼다. 태연자약하고 당당한 걸음걸이였다.

불망이 다가오자 흑의인들도 걸음을 멈추고 막강한 포위망을 구축했다. 앞은 차단되었다. 불망은 흑의인들과 마주 섰다.

그들이 들고 있는 철삭에서 발해진 미세한 광망이 잔가시처럼 눈부시게 동공을 찔렀다.

"흔치 않은 무기군. 뭐 같아?"

"파혼삭(破魂索) 같은데요."

파혼삭은 상대의 몸에 격타되면 삭의 특성상 몸을 휘감게 된다. 그것을 다시 잡아당기면 삭에 붙은 철편들이 살점을 덩어리째 뭉텅 떼어내 버리는 악독하기 그지없는 병기다.

"파혼삭은 혈사교(血邪敎)의 독문병기로 알려져 있어요."

"혈사교라면 사천에서 악랄하기로 이름 높은 살수 집단 아닌가?"

"그렇죠. 살수 집단이 본업을 팽개치고 파황성의 주구가 되었네요."

"파황성이 의뢰를 한 것인지도 모르지. 은 백 냥이면 적은 돈은 아니잖아."

불망의 표정에는 여전히 변화가 없다.

도무지 지금 자신에게 무슨 일이 일어나고 있는지조차 모르는 듯 오히려 포위망의 중심으로 걸어 들어갔다. 대담한 경지를 넘어 무모하게까지 보이는 행동이었다.

팟!

극미의 찰나지간 날카로운 파공음과 함께 허공에 섬광이 일었다. 뼛골이 시릴 정도로 차디찬 강기가 뿜어지며 제일 앞에 서 있던 흑의인의 머리통을 박살 낸 것이다.

운 나쁜 흑의인은 거대한 얼음덩이가 자신의 동공으로 쏟아지는 것을 느꼈고 그 정체를 미처 생각해 내기도 전에 머리 속에서 모든 생각들이 무서운 속도로 사라져 갔다.

그리고 시작되었다. 다시 강호로 나온 불망의 첫 번째 도살은.

일 대 다수의 싸움에선 대체로 일인은 방어에 치중하기 마련이다. 왜냐하면 먼저 공격했다간 허점을 보일 수 있기 때문이다. 그러나 불망은 상대의 공격을 기다릴 만큼 혈사교도들을 대단하게 여기지 않았다.

슈파파파팟!

포위망의 중심부로 뛰어 들어간 불망의 무형지검과 신형에서 거대한 불기둥이 솟아오르며 사방으로 그 파편이 치뿌려졌다. 뛰어들자마자 가공할 공세를 폭발적으로 작렬시킨 것이다.

동시에 무수한 파혼삭이 한광을 발하며 허공을 뒤덮었다.

슈슈슈슉!

날카로운 파공음을 동반한 파혼삭은 미처 피할 사이도 없이 허공에서 그물처럼 천라지망을 형성한 채 불망의 머리 위를 덮쳐 왔다.

불망의 허리가 뒤로 활처럼 휘었다.

무형지검은 머리 위의 파혼삭과 뒤엉키며 무수한 불꽃을 토해냈다.

"크아악!"

"으악!"

여기저기서 처절한 절규가 밀물처럼 쏟아졌다.

파혼삭이 절삭되며 불기둥이 하늘을 덮는다. 뒤이어 쏟아져 내리는 것은 혈우. 그것들이 한데 뒤엉키며 현도현의 시가를 지옥도로 뒤바꾸는 데 소요된 시간은 극히 찰나였다.

불망은 어디를 노리고 무형지검을 휘두르지 않았다.

무차별 난사된 무형지검의 사정권 내에 있는 혈사교도들은 걸리는 대로 갈라지고 베어지며 절규와 피를 쏟았다.

불망이 지나간 자리마다 혈우가 쏟아졌다.

육편과 육괴가 후두둑 소리를 내며 지면에 쌓였다. 처절한 단말마는 끊이지 않았다.

인적이 끊어진 시가의 한복판에서 벌어지는 한 폭의 비장한 혈전도(血戰圖), 관전자는 오직 한 명 구양패옥뿐이다.

"사풍혼(死風魂)을 전개해!"

뒤에서 싸움을 지휘하던 혈사교주 삭폭야차(索暴夜叉) 냉무한(冷武

루)은 다급히 외쳤다. 소문보다 고수인 상대의 위력에 혈사교 극품진세(極品陣勢)를 발동한 것이다.

돌연 혈사교도들은 함성을 터뜨렸다.

그 순간 불망은 똑똑히 볼 수 있었다. 파혼삭의 광휘가 수십 배로 폭증됨을.

혈사교도들이 본격적으로 살수를 펼쳐 내기 시작했다.

허공이 한순간에 갈가리 찢기는 듯한 파공음과 함께 무수한 은빛 섬광들이 하늘을 덮었다.

그것은 상대의 진퇴를 모조리 막는 초극강의 그물망이다.

불망은 날카롭게 주변을 살폈다. 손가락 하나 빠져나갈 틈이 없다.

"제법인걸."

불망이 여유있게 중얼거리는 순간, 공세는 연속적으로 밀어닥쳤다.

이 사풍혼은 동료의 안전은 물론 그 자신의 안전도 보장되지 않는 공격 일변도의 진세였다. 천지사방에서 피아를 구분하지 않고 불망의 주변으로 무자비하게 파혼삭의 날카로운 은빛 광망이 쏟아졌다.

이 공세는 과연 불망에게 위기감을 가져다주었다.

상대가 동귀어진도 불사한 채 인해전술로 밀고 들어오니 아무리 불망이라 해도 수세로 돌아서지 않을 수 없었다. 그는 손가락 하나 빠져나갈 틈이 없는 허공을 무형지검으로 가르며 끊임없이 파혼삭의 예봉을 피했다.

하나 상대가 공격을 늦추지 않는다면 수비엔 한계가 있는 법이다.

시간이 지날수록 불망이 몸을 놀릴 수 있는 공간은 급속도로 줄어들었다. 그만큼 압박이 찾아왔다.

불망은 빠져나갈 공간을 만들기 위해 공력을 극대화했다. 그는 하늘을 뒤덮고 있는 파혼삭의 섬광 한 곳을 향해 무형지검을 발출했다.

콰!

몇 개의 파혼삭이 터져 나가며 다시 공간을 마련했다.

하나 곧 다른 파혼삭들이 더욱 촘촘하게 공간을 점령했다.

빠져나가기 위해 날아오르던 불망의 신형을 몇 개의 파혼삭이 포박했다.

"……!"

철삭의 잔가시들이 불망의 몸에 박힌다.

살점이 뜯겨 나가는 듯한 고통이 찾아왔다.

불망은 신형을 뒤틀었다. 움직일수록 고통은 더욱 강하게 찾아왔다.

단 한 번의 실수로 파혼삭이 전신을 옭아매자, 그는 꼼짝없이 갇혔다. 움직임이 둔해진 그에게 또 다른 파혼삭들이 쉴 새 없이 휘감아들었다.

불망은 두 눈을 부릅떴다.

말 그대로 절체절명의 위기였다.

만약 파혼삭이 그대로 뜯겨 나간다면 그의 육신은 갈가리 찢어져 흔적조차 남지 않을 것이다.

구양패옥이 불망에게 가지고 있는 것은 절대적 믿음이었다.

그녀는 그가 어떤 위기 상황 속에서도 패하지 않을 것이라 생각했다. 하나 지금의 불망은 몸 상태가 완전하지 못했다. 불망은 '괜찮아' 라고 말했으나 그는 결코 괜찮지 않았다.

불망을 진맥한 녹림방의 약왕단주(藥王團主) 구청의(邱靑義)는 최소한 달 이상의 절대 안정을 권했다. 그러나 불망은 겨우 십이 일을 쉬었을 뿐이다.

구양패옥은 칼을 뽑았다.

불망을 믿지만 나서지 않을 수 없다.

그 순간 불망은 체내의 진기를 모조리 끌어올렸다.

휘류류류류!

전신에서 가공할 기운이 휘몰아쳤다. 무형지검을 쥔 채 허공에 묶여버린 그의 손에서 파츠츠 소리와 함께 시퍼런 불꽃 기운이 다시 힘을 얻는다.

번쩍—!

기운은 폭출되었다.

불망은 최후의 기력을 모아 그대로 검강을 격사한 것이다.

허공을 차단하고 있는 파혼삭의 틈새로 시퍼런 검강이 불기둥처럼 작렬했다. 팽팽했던 파혼삭이 끊어지며 죽음을 부르는 단말마가 하늘을 뒤덮었다.

"으악!"

"크아아악!"

혈사교도들은 형체를 알아볼 수 없을 정도로 피떡이 되어 날아갔다.

검강은 불망의 마음이 가는 대로 파혼삭을 절삭한다. 그의 몸을 휘감고 있던 철삭이 모조리 끊어지며 오직 몸에 박힌 파혼삭만 남아 그는 마치 주렁주렁 철삭이 매달린 철갑을 입고 있는 것 같았다.

불망은 그 상태로 인(人)의 장막을 향해 신형을 내던졌다.

가공할 폭강(暴罡)이 전후사방을 향해 불기둥을 뿜었다. 검게 그늘진 그의 두 눈 속엔 무서운 살기의 화염이 걷잡을 수 없이 번져 나갔다.

굳게 입을 다물고 있는 그의 침묵 속에 뭉클뭉클 솟아오르는 형언키 어려운 살기다. 그것은 존재를 위협받으면서 폭발한 분노의 화염이었다.

파파파파팟!

가슴속에서 불타오르기 시작한 분노와 살기의 화염이 손끝에서 폭출했다. 불망은 강기에 휩싸여 그 신형조차 보이지 않는다. 보이는 것은 피비와 절단된 육편의 붉은 덩어리뿐이다.

승리는 눈앞에 있었다.

그런데 그 순간 단전에서 뜨거운 것이 확! 치밀어 올랐다. 심장 박동이 빨라지더니 혈맥이 거꾸로 치숫아오르는 것 같다.

'주화입마!'

무리한 내공의 운용 때문인지 기가 머리 위로 쏠린다.

불망의 얼굴에 당혹의 빛이 스치고 지나갔다. 무리한 내력의 폭출은 간신히 봉합된 혈맥을 터뜨리며 그에게 또 다른 내상을 가져다주었다. 그러나 주화입마에 빠져 불구가 된다 해도 이제 와서 멈출 수는 없다.

"혼천(混天)의 늪 속에서 너희가 말하는 영혼의 거짓! 모두 가져가라!"

불망의 눈빛이 악독하게 변했다.

그의 양팔 근육이 우두둑! 소리를 낸다.

그의 몸에 박혀 있던 파혼삭이 퉁겨 나가듯 사방으로 폭사되었다. 살점이 뜯겨 나가고 피가 쏟아진다. 그 순간 검과 몸이 하나가 되어 불망의 신형에서는 자욱한 검파(劍波)가 안개처럼 일어났다. 천지가 파랑을 일으킨다. 뼈와 살이 뜯겨 나가는 파쇄음과 처절의 극한을 달리는 절규가 삽시간에 허공을 메워 버렸다.

"으아아악!"

"크아악!"

피가 튀고 살이 튀고 잘려 나간 시족이 수급과 뒤엉켰다.

파랑에 부딪친 모든 것들이 난자되며 형체를 잃었다.

구양패옥은 기겁하며 황급히 뒤로 물러났다.

수많은 자들이 일시에 떼 몰살을 당하고 거리는 삽시간에 시산혈해로 변했다. 운 좋게 살아남은 혈사교의 잔당들은 불망의 놀라운 기세에 전의를 상실했다. 죽음이 두렵기 때문이 아니었다. 불망, 그 자체가 두렵다.

살아남은 자들이 썰물처럼 좌우로 밀려 나갔다.

그러면서 드러나는 전면, 혈사교의 깃발이 펄럭인다.

그 깃발 아래, 혈사교주 삭폭야차 냉무한이 넋 나간 얼굴로 서 있었다.

'이, 이런…… 사신(死神)이…… 존재하다니…….'

온몸에서 피를 흘리는 불망은 잔인하게 웃으며 냉무한을 향해 다가갔다.

第5章

고금의 어느 황제가
백성을 위해
피의 투쟁을 벌였습니까?

무림맹 청해분타주 조수방은 한 달 전, 무림맹에 복귀했다.

죽은 줄 알았던 그가 피폐한 몰골로 살아 돌아오자 무림맹은 발칵 뒤집혔다.

조수방은 맹주 관무정과 십대장로 앞에서 제왕총의 일을 보고했다. 대부분의 무림인들이 파황성에 잡혔다가 죽음을 당하고 그 자신만이 탈출에 성공하여 맹에 돌아와 보고를 올리기까지의 역경……. 그것은 숨 막히도록 아슬아슬하고 때로는 눈물 없이 들을 수 없는 이야기였다.

하나 모두 죽고 홀로 살아 돌아왔다면 그것이 어떻게 정상적인 일이라 할 수 있겠는가.

더욱이 지금은 비상시국이었다.

지난 세월 무림맹에 보인 조수방의 충성심은 의심의 여지가 없었다.

하지만 지금의 그는 뭔가 개운치 못했다. 특히 조수방의 보고는 이의를 제기할 수 없을 정도로 완벽하다. 또한 파황성에 대한 몇 가지 중대한 정보를 맹에 제공했다.

'도망치기 급급했음에도 불구하고 몇 가지 고급 정보까지 가지고 왔다?'

관무정은 먼저 몸을 추스르라는 이유로 그를 쉬게 한 후 십대장로들과 상의하여 암암리에 사람을 붙여 감시했다.

그렇게 한 달이 지났다.

그러나 조수방에게서 어떤 의심스러운 점도 찾지 못했다.

관무정은 자신이 너무 과민했다고 생각했다. 하나 한 번 든 의심은 쉽게 떨칠 수 없었다. 그는 좀 더 지켜보아야겠다 결정하고 조수방의 일은 십대장로 중 한 명인 유표에게 맡겼다. 급변하는 시국에서 무림맹주가 그를 지켜볼 정도로 한가할 수 없었던 것이다.

2

이제 살아남은 자는 열다섯.

하지만 이것이 살아 있는 것이라 할 수 있을까? 그들은 입에서 단내가 날 정도로 지쳤고 크고 작은 부상을 입지 않은 자가 없었다.

하지만 잠시의 휴식도 가질 수 없었다.

파황성의 추격은 무서웠고, 가도 가도 놈들의 마수 속을 헤매는 중이다.

군염기는 다친 왼팔로 막소미를 업은 채 능선을 타 넘었다.

혼절한 막소미는 그의 등에서 축 늘어진 채 움직이지 못했다.

'죽으면 안 돼! 절대!'

군염기의 검 연월은 지팡이처럼 바닥을 찍으며 그들의 지친 신형을 한 발 한 발 전진시켰다.

당문령의 베어진 왼팔에서는 피가 줄줄 흘러내리고 있었다. 하지만 그녀는 지혈해야 한다는 생각을 잊어버릴 정도로 정신이 없었다. 너무 피를 흘려 머리 속이 혼미할 따름이었다. 또한 누구도 그녀의 부상에 신경 쓰지 못했다. 다들 제 자신의 안위를 돌보기에 정신이 없는 것이다.

"당 소저, 업히시오."

오직 조천수만이 그녀가 안타까워 등을 내밀었다.

"고마워요."

당문령은 희미하게 웃더니 그의 등을 외면한 채 휘적휘적 걸어갔다. 무림의 예의범절이 속세와 사뭇 다르다 할지라도 어찌 젊은 여자가 외간 남자의 등에 업힐 수 있겠는가.

"나는 가주께 당 소저를 돌봐주겠다고 약속했소."

"내 몸은 내가 지켜요. 다른 사람에게 피해를 끼칠 거라면 차라리 죽고 말겠어요."

"그렇다면 이거라도 좀 드시오."

조천수는 저만치 앞서 간 당문령에게 뛰어가 붉은색 단약을 내밀었다.

당문령은 반쯤 풀린 눈으로 조천수의 피에 절은 손바닥에 놓인 단약을 내려다보았다.

“이게 뭐죠?”

“대단한 건 아니지만 복용하면 상처가 쉽게 아물고 기력을 회복할 수 있을 것이오.”

그는 대단한 것이 아니라고 말했으나 그가 당문령에게 준 단약은 소림의 소환단(小還丹)이었다. 비록 그 효력은 신약(神藥) 대환단(大還丹)에 미치지 못하나 만년삼왕(萬年蔘王)에 버금간다고 알려진 단약이었다.

“어차피 죽을 목숨 먹어서 뭘 해요. 서 대협께서 드세요.”

“나는 괜찮소. 당 소저만…… 괜찮다면…….”

그녀가 거절하자 조천수는 애가 탄다.

‘소림사의 소환단이다!’

그들의 옆에서 숨을 헐떡거리며 지친 걸음을 떼고 있던 남도해의 눈빛이 빈뜩인다.

‘저것만 있으면 나는 기력을 회복할 수 있어!’

지금은 모두가 죽음으로 뭉쳐진 동지다. 그래서 조천수는 누군가 자신의 손 위에 놓인 소환단을 빼앗아갈 것이라고는 생각하지 않았다. 그 틈을 노리고 남도해의 갈고리 손이 짓쳐들어왔다.

‘헛!’

조천수는 헛바람을 들이켰고 남도해는 독수리가 급강하하여 병아리를 채가듯 소환단을 움켜쥐었다.

“이런 미친놈! 그걸 노려?”

팽사무도 지켜보고 있었던 모양이다.

그의 검이 남도해를 노리고 들어왔다. 그는 당가에서 대책 회의를 할 때부터 남도해에 대한 감정이 좋지 않았다.

평생 남의 것을 훔치거나 빼앗아본 경험만 있는 조천수다. 그런데 그 자신이 당문령의 기력을 회복시킬 수 있는 소환단을 빼앗기자 눈물이 핑 돌며 돌아버릴 것 같다.

"돌려주시오!"

조천수도 팽사무를 따라 손을 뻗었으나, 그의 소환단은 이미 남도해의 입 안으로 들어간 후다.

"어차피 다들 안 먹겠다는 거! 내가 먹으면 어때!"

"네놈을 죽여 버리겠다!"

"내가 기력을 회복해 놈들을 한 놈이라도 더 죽이면 그만큼 너희에게도 이득인 거 아냐!"

세 사람이 한데 뒤엉켜 육박전을 벌인다.

"아가리를 찢어서라도 찾아내고 말겠어!"

지켜보는 남은 자들이 한숨을 쉰다. 말릴 기력이 있는 자도 없다. 다만 몇몇 자들은 사라져 버린 소환단이 아쉬웠을 뿐이다.

"그만두시오, 제발! 살아날 수만 있다면 노납이 소림에 가 모두에게 소환단을 한 알씩 얻어다 주겠소!"

피융!

그때 허공으로 신호탄이 쏘아졌다.

파황성의 대동회가 그들의 족적을 발견했다는 신호였다.

이미 죽을 대로 죽어버린 군웅의 눈동자가 아직도 흐려질 기력이 남았는지 더욱 암울해졌다.

외부의 적에 의해 내부의 싸움은 거짓말처럼 멈췄다.

"어서 갑시다!"

언제 싸움을 벌였냐는 듯 조천수는 벌떡 일어나더니 당문령을 강제로 업고는 앞서 걷기 시작했다.

군염기가 조천수의 뒤를 따른다.

"조 대협은…… 정말 그녀를 사랑하나 봐요."

군염기의 등에 업힌 막소미는 앞서 가는 두 사람을 바라보며 힘겹게 말했다.

군염기가 피식 웃었다.

"그래 봤자 내 사랑보다 약해."

그렇게 그들이 떠난 자리에는, 핏물만이 흥건하게 남겨졌다.

3

조수방은 자신이 맹주의 의심을 받고 있다는 걸 어찌 모르겠는가. 입장이 바뀌어 그가 맹주라 해도 의심하지 않을 수 없었다. 그래서 조수방은 동료들도 만나지 않으며 근신했다. 더욱이 무림맹에서 그는 아직 직책을 명받지 못했기에 하는 일도 없었다.

그는 책을 읽었고 하인들과 바둑을 두며 무료한 생활을 이어갔다. 언젠가는 무림맹에서 자신을 불러줄 그날을 기다리며.

그날은 한 달 만에 찾아왔다.

유표가 그를 부른 것이다.

조수방은 맹주의 명으로 유표가 자신을 감시하고 있음을 알고 있었다. 그래서 유표의 거처로 가는 동안 그는 두근거리는 마음을 진정시키지 못했다.

‘유표는 화산파를 대표하여 맹의 장로로 있는 자다. 특히 그는 강호 경험이 많고 두뇌 회전이 빨라 꽤나 상대하기 어려운 인물로 알려져 있다. 이자에게 믿음만 줄 수 있다면 나의 안전은 보장된다.’

조수방이 파황성에서 목숨을 건질 수 있었던 건 투항했기 때문이다.

그는 영웅처럼 죽기보다 개처럼 살기를 원했다. 그래서 그는 멍멍 짖어야 했고, 그 결과 목숨을 구걸받았다. 그리고 이제 파황성을 위해 일을 한다.

그는 자신이 간자가 되었다는 현실이 고통스러웠으나 이제 모든 것을 털어버렸다. 사람이란 누구나 자기 자신을 사랑하기 때문에 오랜 시간 자학하긴 어려운 법, 조수방도 스스로를 용서했다.

그는 오히려 이것을 전화위복(轉禍爲福)의 기회로 삼았다.

파황성이 강호를 제패한다면 그는 무림맹에서 유일하게 살아남는 인물이 될 것이다. 파황성이 강호를 제패하지 못해도 좋다. 그는 여전히 무림맹 소속이었으니 조금만 조심한다면 안전을 보장받을 것이다.

결국, 모든 문제는 들키지 말아야 한다는 것.

조수방은 유표의 거처가 가까워오자 길게 심호흡을 했다. 마음을 가다듬고 누가 보지도 않건만 조심스럽게 허리를 굽혔다.

“유 장로님, 조수방입니다.”

“들어와.”

방 안에서 들려온 음성은 무미건조하다.

조수방은 마른침을 삼키며 안으로 들어갔다.

유표는 그를 한번 쳐다보았을 뿐, 책상에 앉아 검토 중이던 서류를 여전히 보고 있었다.

조수방은 엉거주춤 서서 안으로 더 들어가지도 못하고, 그렇다고 나갈 수도 없는 상태에서 유표의 명을 기다렸다. 그 시간은 길지도 짧지도 않았으나 조수방은 꽤 아득했고 속이 바짝바짝 탔다. 참으로 견디기 어려운 시간이었다.

뜨거운 차 한 잔 마실 정도의 시간이 흘렀다.

조수방은 기다리다 미칠 지경이었다.

이윽고 유표는 검토 중이던 서류를 정리하여 서랍 속에 넣었다. 그리고 지나가는 말처럼 입을 열었다.

"사천의 군웅이 궤멸을 당했네."

"아, 그렇습니까?"

조수방은 마땅히 답변할 말을 찾지 못해 그렇게 말했다.

"당 노사(唐老師)는 꽤나 의협심이 강한 분인데…… 안됐어."

"네."

유표는 서류를 넣어둔 서랍에서 두 개의 옥함을 꺼내 책상 위에 올렸다.

"받게."

"무엇인지요?"

"하나는 해약이고 다른 하나는 장로전(長老殿)의 열쇠일세."

"……!"

순간 조수방의 눈이 교활하게 번뜩였다. 하지만 그는 이내 눈빛을 감추며 무슨 말인지 전혀 이해하지 못하는 사람처럼 유표를 바라보았다.

"해약은 뭐고 장로전의 열쇠는 또 무엇인지요?"

“자네, 고에 중독되었으니 한 달에 한 번 해약을 먹어야 하지 않나?”

“……!”

조수방은 말문이 막혔다.

유표의 말대로 그는 고에 중독되어 파황성의 명을 듣지 않을 수 없는 상태로 무림맹에 돌아왔다. 그것을 유표가 어떻게 안단 말인가?

‘그렇다면 이자도 파황성의 간자란 말인가?

“임무가 떨어졌어. 자네는 장로전에 숨어 들어가 십대장로인(十大長老印)을 훔쳐 와 내게 가져다주어야 하네.”

“유 장로님, 소인은 무슨 말씀인지 모르겠습니다. 소인이 고에 중독되었다니요? 그리고 십대장로인을 가져오는 일이라면 굳이 소인을 시키지 않으셔도…….”

“허어! 말이 많은 친구로군. 해약을 가져갈 텐가? 가져가지 않을 텐가?”

“……!”

만약 그것이 한 달에 한 번씩 반드시 먹어야 하는 해독약이라면 조수방에게 절대적으로 필요한 것이다.

‘유표는 정도무림의 명숙이다. 그의 모든 기반이 화산과 이곳에 있는데 어떻게 파황성의 간자가 될 수 있단 말인가? 나를 시험해 보려는 것이다. 여기에 속는다면 나는 고스란히 신분이 드러날 수밖에 없어. 하지만…….’

그가 고에 중독된 사실을 아는 자는 파황성의 인물들 외에 없다.

파황성과 연루된 자가 아니라면 그 사실을 어떻게 알 수 있단 말인가?

'진짜 해약이라면 안 받을 수 없어. 고에 중독된 자들이 얼마나 잔혹하게 죽어가는지 직접 보지 않았던가. 하지만 이것이 나를 떠보는 것이라면?'

심장이 벌렁거렸다.

선택에 운명이 달려 있었다.

'해약은 그렇다 치자. 유표는 십대장로 중 한 명이다. 그가 장로전에 들어가 십대장로인을 가져오는 건 손바닥을 뒤집는 것보다 쉽다. 그런데 왜 내게 그 일을 시키는 것일까?'

"십대장로인은 각 문파에 맹주의 서명보다 우선하는 걸로 알고 있습니다. 그래서 맹주 이하 십대장로 누구도 개인적으로는 소지할 수 없게 되어 있지 않습니까? 누구보다 그 점을 잘 알고 계실 유 장로님께서 어찌 소인에게 그것을 가져오라고 하시는지요?"

"의심이 많은 친구로군. 나는 현장부재증명(現場不在證明)을 해야 하니 직접 움직일 수 없어."

"……!"

간단한 이유였다.

십대장로인이 사라진다면 제일 먼저 장로전에 출입이 자유로운 맹주 이하 십대장로의 현장부재증명을 조사할 것이다. 그 일에 자유로우려면 직접 장로전에 들어갈 수 없다는 논리였다.

'내가 간자인지 아닌지를 알아보기 위해 십대장로인을 가져오라고 하긴 어렵다. 왜냐하면 십대장로인은 성물(聖物)에 가깝고 시비의 대상이 아니다. 그렇다면……'

조수방은 교활하게 유표를 훔쳐보았다.

'이자도 간자다. 그는 지금 내부 교란을 위해 서찰을 위조하려 하고 있다!'

조수방은 결론을 내렸다.

"알겠습니다. 명을 받들겠습니다."

그는 두 개의 옥함을 향해 손을 내밀었다. 자신의 정체를 드러낸 것이다.

"과연 네놈이 간자였구나."

"……!"

침음성을 발하는 유표가 그를 노려본다.

옥함을 향해 가던 조수방의 손이 멈칫하며 와들와들 떨린다.

"아무도 모르게 삼 일 내에 그것을 내게 가져와. 더 이상 할 말이 없으니 그만 나가봐, 쥐새끼 같은 놈!"

유표는 팔을 휘휘 저으며 축객령을 내렸다.

4

중천(中天)에 뜬 태양은 모든 것을 녹여 버릴 듯 강렬하다.

그 아래 수많은 사람들이 쓰러졌고, 강물처럼 흐르는 피를 머금은 천화산의 능선은 마치 죽어버린 것처럼 검붉다.

"크아악!"

"으악!"

아침부터 시작된 처절무비한 비명은 아직까지 대지를 떨어 울린다.

헤아릴 수 없는 무림인들이 곳곳에서 쏟아지며 단 두 사람을 향해 짓쳐들고 있었다. 바로 불망과 구양패옥이다.

상의를 벗은 채 불끈거리는 근육과 검흔들을 드러내 보이는 불망이다. 아랫배엔 복대(腹帶)처럼 붕대를 칭칭 감고 있었다.

이미 수십 차례의 혈전을 거치며 여기에 이른 불망이었다.

싸각!

파육음과 함께 불망의 무형지검이 피 무지개를 뿌렸다.

"비키지 않는다면 모두 죽는다!"

쐐애애액!

그의 무형지검은 마치 허수아비를 베어내며 전진하는 것 같았다.

구양패옥은 불망의 뒤만 방비해 줄 뿐이다.

불망은 이 싸움이 자신의 숙명인 양 혼자서 놈들을 해치우고 있었던 것이다.

달빛마저 구름에 가린 야심한 시각이다.

칠흑 같은 어둠 속에서 대지는 아비지옥(阿鼻地獄)으로 들끓고 있었다.

미친 듯이 난무하는 도광검영(刀光劍影) 속에서 혈무는 피어오르고 피보라는 휘날렸다. 그 속에서 생명은 무참히 짓밟히고 으깨지며 처연히 쓰러져 갔다.

그렇게 불망은 천화산의 정봉(頂峰)에 기어이 올랐다.

아스라한 정상에 서서 사방을 내려다본다. 멀리 대평원 위에서 이리저리 휘몰아치는 죽음의 아귀(餓鬼)들이 보인다.

"조 대협과 염기! 드디어 찾았어."

불망의 피범벅 얼굴에 감회가 어렸다.

구양패옥은 불망의 옆에 서서 길게 한숨을 쉬었다.

"이제 이 지긋지긋한 싸움도 끝이 보이는 건가요?"

"끝은 또 다른 시작이야. 가자고."

불망은 호흡을 고른 후 구양패옥의 손을 잡았다. 그리고 지면을 박차 올랐다.

그의 신형은 한줄기 바람이 되어 구름과 구름 사이를 날며 대평원으로 향했다.

5

포위되었다.

퇴로가 차단되어 더 이상 도망칠 곳도 없었다.

대평원의 끝에서 독전대(督戰臺)가 모습을 나타냈다. 그것은 거대한 운제(雲梯)처럼 만들어진 병거(兵車)다. 때문에 이동이 가능하고 위에서 내려다보는 까닭에 전투의 진행에 대한 지휘가 용이했다.

노라마가 앉아 있고 그 뒤로 다섯 명의 라마가 시립해 있었다.

조천수는 직감적으로 그자가 혈불임을 느꼈다.

'놈을 죽인다면 이 지긋지긋한 싸움을 끝낼 수 있다!'

하지만 독전대까지의 거리는 백여 장. 결코 멀지 않은 길이나 거기까지 가기 위해서는 피의 강과 시체의 산을 만들어야 한다. 조천수는 자신이 없다.

"소미! 나를 꼭 잡아! 절대 놓치면 안 돼!"

군염기는 막소미를 보호하며 미친 듯이 검을 휘둘렀다. 이런 상황에서 초식은 무소용이다. 팔이 부러지거나 베어지지 않는 이상 몰려드는 적들을 향해 닥치는 대로 검을 휘두르는 것이 능사다.

"기다리면 형님은 오실 거야! 소미, 그때까지만 제발!"

쐐애애애액!

수십 개의 칼날이 군염기를 쑤셔왔다.

부상당한 막소미도 군염기와 등을 맞대고 검을 휘둘렀다.

칼날이 막소미의 옆구리를 찔렀다. 화끈한 통증과 함께 참을 수 없는 비명이 터져 나왔다.

"아악!"

그녀의 상체가 휘청거리며 피가 터져 나왔다.

"소미! 내게서 떨어지면 안 돼!"

군염기는 소리쳤으나 지면에 허리를 굽힌 그녀를 보호할 시간적 여유가 없었다. 또다시 수십 개의 칼날이 군염기의 요혈을 향해 밀려들고 있었다.

막소미는 움직일 수 없을 정도로 치명적인 부상을 당했다.

그녀는 군염기의 옆으로 가고 싶었으나 마음뿐이다. 죽음에 대한 공포가 찾아왔다. 과거 석불사에서 한 번 느껴본 적이 있는 놈은 익숙하다. 하지만 익숙하다고 해서 공포가 약해지는 건 아니다.

쓰러진 막소미를 향해 칼날이 날아왔다.

'마지막인가?'

막소미는 마지막 순간까지 군염기의 모습을 담고 싶다. 그녀는 핏물이 떨어지는 눈꺼풀을 깜박이지도 않고 바라본다.

“사랑해요……”

그 순간 군염기가 시야에서 사라지며 시커먼 그림자의 조천수가 막소미를 덮쳤다. 그가 목숨을 걸고 막소미를 구하여 신형을 날린 것이다.

“제수씨! 내가 왔소!”

그의 한 팔이 막소미의 허리를 낚아챘다.

그때였다.

퍼엉!

노도와 같은 장력이 밀려들며 조천수의 명문혈을 강타했다.

“크윽!”

미처 도망칠 여력도 없이 조천수의 신형이 막소미의 앞으로 고꾸라졌다. 그 위로 이름도 알 수 없는 자의 방천극이 쑤셔 들어왔다.

“서 대협! 피하시오!”

백유 대사가 다급한 김에 백팔염주의 알을 풀어 날렸다. 방천극을 꼬나 쥔 자가 온몸에 염주가 콩알처럼 박히며 뒤로 자빠진다.

막소미와 조천수는 간발의 차이로 위기를 넘겼다. 조천수는 눈인사로 백유 대사에게 감사를 표했다.

군염기의 눈이 뒤집혔다.

싸늘한 핏물이 머리끝에서 곤두서는 느낌이었다.

“결코 살아서 내려가지 않겠다! 끝장을 보겠어!”

부모 형제가 모두 죽고 그 혼자 살아남았다.

오욕 속에 오로지 복수만을 생각하며 살아온 모진 세월이었다.

군염기의 검이 닥치는 대로 베고 찌르며 내려쳤다. 어디에 그런 힘이 남아 있는지 알 수 없을 정도로 그는 파괴력을 발휘했다.

군염기의 전면에서 세 개의 칼날이 날아왔다.

"죽을 놈들이 또 찾아왔구나!"

군염기는 호신강기를 일으키며 연월을 내질렀다.

쌍방의 검이 허공을 격하고 불꽃을 토했다.

당문령은 숲에 기댄 채 숨을 헐떡거리며 움직이지 못하고 있었다.

싸움은 한 치 앞을 분간할 수 없을 정도로 급박했으나 이 모든 것이 모두 남의 일인 것처럼 아스라하다.

막소미를 안은 조천수가 달려온다. 그의 모습이 보이자 당문령은 반갑다. 자신을 위해 이토록 헌신하는 사람은 어머니 이후 처음이다.

"서 대협…… 괜찮으세요……?"

병거 안, 태사의에 앉은 혈불은 대국을 주시하고 있다. 그의 눈앞에 펼쳐진 광경은 피가 튀고 살점이 터져 나가는 아수라 지옥도였지만, 한가하게 차까지 마시고 있는 그는 마치 경극을 감상하는 관객처럼 담담하다.

대동회주 설옥상은 혈불의 옆에 시립해 있었다. 지금 그녀는 혈불을 대신해 천화산의 대국을 주재하고 있었다. 그러나 이 모든 상황은 그녀의 의지대로 이루어진 것이 아니다. 만약 그녀가 마음먹고 잔당을 처리하고자 했다면 천화산의 골이 아무리 깊어도 삼 일 이상 소요되지 않았을 것이다. 그러나 혈불은 그들에게 도망칠 숨통을 항상 열어두었다. 그래서 장장 보름간이나 이 짓을 계속하고 있었던 것이다.

'왜 그랬을까?'

설옥상은 힐끗 혈불의 표정을 살폈다.

자욱한 먼지바람 때문에 손부채를 만들어 휘휘 젓고 있던 혈불이 그녀를 바라보았다.

"옥상아."

"네."

"궁금한 것이냐?"

설옥상은 아무 말도 하지 않았으나 혈불은 족집게처럼 그녀의 마음을 읽어냈다.

"네가 대동회주로 있다면 알 것이다. 저들이 진정으로 나를 따른다고 생각하느냐?"

"그건……."

"그저 나의 힘을 따를 뿐이겠지. 그래서 나의 힘이 약해지면 언제든지 배신을 할 수 있겠지. 그전에 모두 상잔(相殘)시켜야지."

"……!"

"또한 나는 천산의 젊은 구도자라고 알려진 그 아이를 기다리고 있다."

'불망!'

"만송암에서 그 아이는 녹림 총표파자의 구출을 받았다. 그 아이가 녹림방과도 인연이 있다면 두고두고 나의 후환 거리가 될 것이야. 그러니 이리로 오게 해야지. 아참, 너도 그 아이와 인연이 있다고 들었는데?"

"그 인연…… 제왕총에 모두 묻었습니다."

"가슴에 묻어라."

“……?”

“그래야 그것이 복수의 불길로 활활 타오를 게야.”

“그렇게 하겠습니다.”

“이제 올 때가 되었어. 옳지, 저기 오고 있군.”

혈불은 설옥상에게 턱짓으로 먼 허공을 가리켰다.

그곳, 하늘 위에서 비조처럼 두 사람이 떨어져 내리고 있었다.

과연 그 두 사람은 불망과 구양패옥이었다.

쏟아져 내리는 불망의 속도는 상상불가의 기쾌무비다.

그는 아직 땅에 발을 딛기도 전, 아득한 굉음과 함께 수천 줄기의 불기둥을 폭사시켰다. 그것은 미증유의 거대한 위력으로 파황성의 무리들을 덮쳐 갔다.

퍼퍼퍼퍼퍽!

소름 끼치는 파육음이 연속적으로 터져 나왔다.

순식간에 끊어진 팔다리와 무수한 핏줄기가 허공으로 솟구쳤다. 일거에 칠팔 명의 고수가 불망의 검세에 격중되어 박살난 것이다.

실로 통천가공할 위세다.

적당들은 한순간 움찔거렸다. 그러나 곧 정신을 차리곤 불망을 향해 맹렬한 반격을 퍼붓기 시작하였다. 그러나 적의 반발이 거세면 거셀수록 불망은 일기단신으로 더욱 깊이 그들 속으로 파묻혀 들며 위력적인 살수를 전개했다.

불망을 바라보는 혈불의 눈에 처음으로 이채가 띤다. 그는 자신도 모르는 사이 태사의에서 허리를 반쯤 숙이며 장내를 내려다보았다.

“이런, 소문보다 더 흥미로운 청년이군.”

죽기를 각오하고 악전고투를 벌이던 군염기가 불망을 발견하고 희열에 차 소리쳤다.

"형님, 드디어 오셨군요!"

"주군, 놈들 때문에 예를 갖추지 못함을 용서하세요!"

조천수도 눈앞의 적당을 때려잡으며 격동했다.

'주군이라고?'

팽사무의 피에 젖은 눈이 불망을 보았다. 윗통을 벗은 채 배에 붕대까지 칭칭 감고 있는 그의 몰골은 '주군' 과는 전혀 거리가 있어 보인다.

"일단 이자들을 모두 물리치고 이야기하자. 패옥, 중상자들을 살펴!"

"네, 알았어요!"

불망이 앞에 서서 중심을 잡자 군염기와 조천수도 힘을 내기 시작했다. 이미 접전의 주도권은 불망이 쥐고 있었다. 그는 마치 잡초를 베어 넘기듯 닥치는 대로 도살했다.

'불망! 드디어 나타났구나!'

설옥상의 예쁜 얼굴은 바위로 짓눌러 놓은 것처럼 무겁고 얼음처럼 냉막하다.

그에 반해 혈불은 알 듯 모를 듯 기묘한 표정이었다.

"설마 저런 경지에 달해 있을 줄은 몰랐군."

"제왕총에서 보았을 때보다 몇 배는 더 강해진 것 같습니다."

"그럴 거야. 그러니 북리 호법이 애를 먹었지."

불망은 닥치는 대로 검강을 발출하여 적들을 도륙했다.

그의 가공할 도륙에 백유 대사는 입을 쩌억 벌렸다.

"아미타불…… 일검경천하니 진정한 사신이로다."

불가의 입장에서 보면 불망은 야차다. 그러나 이 순간 백유 대사는 그 야차가 자신의 편이라는 것에 대해 희열을 느낄 지경이었다. 부처의 말씀 중 '내가 지옥에 가지 않는다면 누가 지옥에 가겠는가'를 그는 몸으로 따르고 있었던 것이다.

팽사무도 눈이 휘둥그레졌다.

그는 무림 후기지수 중 최고의 능력을 가지고 있다 자부했으나, 이번 천화산에서 대원들을 모두 잃고 느끼는 바가 많았다. 그런데 불망의 신위까지 견식하자 우물 안 개구리처럼 자신이 얼마나 보잘것없는 인물인지를 절감했다.

'과연 하늘 밖에 또 하늘이 있다는 옛말이 틀리지 않구나.'

불망은 도륙을 하는 와중에도 암암리에 전황을 살폈다.

이건 절대적 세불리였다. 더욱이 대부분 부상을 당해 나서서 싸울 만한 자도 거의 없다. 자칫하면 전원이 몰살할 판국이었다.

'내가 너무 늦었구나. 지금이라도 서두르지 않으면 안 되겠어!'

불망은 독한 마음을 먹으며 공력을 더욱 배가시켰다.

무형지검의 끝에서 무수한 혈화와 죽음이 허공에 피어올랐다.

6

불망은 독전대를 예의 주시했다.

그는 비록 혈불을 알지 못했지만 적의 수뇌가 독전대에 있을 것이라는 건 불문가지였다. 그러나 싸움이 급박해 독전대로 뛰어오를 수 없었다. 만약 이곳을 포기하고 독전대로 오른다면 군염기를 비롯한 나머지 군웅이 상대의 칼 아래 목숨을 잃을 건 분명하다.

'어쩐다?'

불망은 쉽게 판단을 내리지 못하고 있었다.

그런데 그때였다. 저 멀리 하늘 끝 지평선에서 아스라한 함성이 터져 나왔다.

"불법여래(佛法如來)."

"혈불천하(血佛天下)."

은은한 뇌성같이 고공(高空)에 메아리치는 외침이다.

그것은 처음에는 잘 들리지 않을 정도로 아득하게 먼 곳에서 터져 나왔는데 곧 군웅의 귀에 청천벽력처럼 들렸다.

불망은 안력을 집중해 주위를 둘러보았다.

아스라한 곳에서 전권(戰圈)을 향해 누런 흙먼지를 일으키며 구름처럼 밀려오는 라미승들이 시야에 들어왔다.

수를 헤아릴 수 없다.

'아뿔싸! 증원군이 도착했구나.'

"싸움을 멈추어라!"

그때 독전대에서 고고지성(高高之聲)이 터져 나왔다.

대동회의 무사들이 일제히 뒤로 물러났다. 장내에는 불망을 비롯한 정도 연합의 군웅만 남았다.

흙먼지를 일으키며 날아온 라미승들은 독전대의 주변에 포진했다.

"형님!"

군염기 등이 불망의 뒤로 다가왔다.

"괜찮으냐?"

"형님이 늦지 않게 도착했소. 뭐 아직 끝났다고 할 수는 없지만."

피범벅이 된 군염기는 하얀 이를 드러내며 웃었다.

"아미타불…… 노납은 아미의 백유요. 오늘 시주의 구함을 받아 늙고 보잘것없는 목숨을 부지하였구려."

백유 대사는 불망을 향해 합장배례했다. 강호의 대선배이자 한 문파의 장령이 한 젊은이에게 취하는 예로서는 과분할 정도다.

팽사무는 한쪽에 서 있을 뿐 먼저 가서 불망을 향해 인사하지 않았다. 그는 절실히 느끼는 바도 있었지만 용호대장으로서 아직 자존심은 남아 있었던 것이다.

"주군, 저곳을 보십시오."

조천수가 독전대를 가리켰고 불망도 그곳으로 고개를 돌렸다.

핏빛 가사를 입은 노승이 태사의에서 일어나는 모습이 보였다. 그리고 그 옆에 우뚝 서 있는 설옥상을 보자 불망의 눈빛이 움찔거렸다. 그러나 그는 예의 유쾌함을 담아 소리쳤다.

"설 련주, 오랜만이오!"

"아는 여자예요?"

구양패옥이 설옥상을 노려보며 물었다.

"혈검련주 설옥상이야. 천산에서 우는 아이도 울음을 뚝 그치게 한다고 알려진 무서운 여자지. 그런데 알고 보면 꼭 그렇진 않은 거 같아."

그때, 혈불이 독전대 앞으로 걸어나왔다.

“네가 천산의 젊은 구도자라고 알려진 불망이냐?”

불망과 혈불의 거리는 오십여 장, 소리치지 않으면 음성이 들리지 않을 정도의 거리다. 하나 혈불은 마치 옆에 있는 사람과 대화하듯 저 음이었으나 불망을 비롯한 모든 군웅들은 그의 음성을 또렷하게 들을 수 있었다.

“그렇소. 대사가 그 유명한 혈불이오?”

불망은 그러한 공부를 배우지 못했기 때문에 소리쳤다.

“그렇다. 본불이 바로 도탄에 빠진 세상을 구하고 중생들에게 인간의 도리를 전해주러 온 혈불이다.”

“푸하하하하핫!”

순간 불망은 참지 못하고 웃음을 터뜨렸다.

“지금 인간의 도리라고 했소? 입에서 나왔으니 말인 것은 맞는데, 도대체 무슨 말인지 알아들을 수가 없소이다. 천하를 도탄에 빠뜨리고 인간의 도리와 역행하는 자는 다름 아닌 당신인 것 같은데.”

“형님, 저 자식 개념을 상실한 것 같습니다. 탑재 좀 시켜야겠는데요.”

혈불의 안색이 대변했다.

‘당신’ 도 당신이지만 그가 어디서 ‘저 자식’ 이란 표현을 들어보았겠는가.

“말은 책임을 동반하느니 힘이 없다면 함부로 말하지 말라.”

혈불은 군염기를 쳐다보았다.

순간 그의 눈에서 오십여 장을 격하고 폭발적인 기운이 폭사되며 군염기는 마치 최면에 걸린 사람처럼 그 자리에서 털썩 무릎을 꿇었다.

“헉!”

군염기는 깜짝 놀라 벌떡 일어나려 했으나 무릎이 지면과 아교로 달라붙은 것처럼 움직일 수 없었다.

“그 죄를 빌라!”

무릎을 꿇은 채 군염기의 등이 앞으로 구부러진다.

혈불에게 죄를 빌기 위해 절을 하는 격이다.

군염기가 누구인가! 청해군가의 유일한 혈육으로 집안이 파황성에 몰살을 당했다. 어찌 혈불에게 무릎 꿇고 절까지 할 수 있단 말인가. 그는 절을 하지 않기 위해 상체에 있는 힘을 모조리 실었지만 불가항력이었다. 그러나 군염기는 어금니를 깨물며 버텼다. 이마에서 실핏줄이 툭툭 불거졌다.

불망의 장심이 군염기의 등에 닿았다.

군염기의 등은 더 이상 구부러지지 않았다.

“도탄에 빠진 세상을 구하고 중생들에게 인간의 도리를 전하려 오셨다니 내 묻겠소. 천하를 구하고 사람의 도리를 찾는 것이 바로 이것이오?”

불망은 시산혈해로 변한 주변을 가리켰다.

“인간의 역사가 이어져 오는 이래로 천하를 뒤집어엎고 새로운 판을 짜기 위해서는 피의 투쟁을 동반한다. 천하를 얻은 자치고 피를 흘리지 않고 황제가 된 자가 어디 있단 말이냐?”

“고금의 어느 황제가 백성을 위해 피의 투쟁을 벌였단 말이오? 권력을 얻기 위해 사람을 죽이고 힘으로 정복하여 천하를 얻은 것 아니오? 그 본을 따라 당신 역시 수천 수만의 피를 뿌리고 권력을 잡겠단 것이오? 누구를 위해? 어느 백성 어느 민초가 당신의 도리를 원하고 있단 말이오? 서장으로 돌아가시오. 그곳에서 부처를 모시는 제자답게 수행을 좀 더 쌓고 생각을 정리하시오!"

그것은 폐장원에서 내내 생각을 정리한 불망의 안타까운 절규다.

답답했던 가슴이 뻥! 뚫리듯 속이 시원한 말이다.

백유 대사는 다 떨어져 이제 줄만 남은 염주를 굴리며 '아미타불'을 연발했다.

혈불은 말문이 막히는지 몸을 부들 떨었다. 하지만 그것은 말 그대로 잠시였다.

"과연 그 재주가 아까운 자로구나. 안타깝고 안타깝도다. 왜 미리 본불을 만나지 못했을꼬. 지금이라도 늦지 않았다. 어떠냐? 본불과 더불어 중원 계도(啓導)에 나서보지 않겠느냐? 네가 원하는 것은 무엇이든 들어주겠다."

"나는 누군가를 계도할 만큼 심성이 바르지 못하오. 내 한 몸 건사하기도 힘들 지경이오."

"네가 본불을 따른다면 너의 동료들은 목숨을 구할 수 있을 것이다."

"고마운 말씀이오. 하나 내가 당신을 따른다면 이들을 구해 무엇 하겠소? 자비를 베풀겠다면 조건을 달지 마시오."

"권주를 마다하고 기어이 벌주를 마실 셈이냐?"

"당신이 벌주라고 생각하는 그것이 내게 약주가 될 수 있음을 어찌 모르시오?"

혈불은 불망의 대답이 내심 흡족했다. 강호에 나온 이후 그에게 이처럼 당당하게 말하는 자를 처음 만난 것이다. 이런 자를 죽여야 하다니 안타깝다.

"너의 무공은 오기조원 우화등선의 경지를 뛰어넘어 칠극오환의 경지에 달했다. 하나 내상이 심각하여 그 경지의 절반도 사용할 수 없는 상태다. 이 상태로는 너는 나를 이기지 못한다. 만용도 때와 장소를 가려야 그 명을 보존할 수 있는 법이다."

"당신을 만나기 전까지 나는 내 무공에 자신감을 가지고 있었소. 하나 일면식하고 보니 확실히 나의 능력으로는 당신을 이기기 힘들 것 같소. 하나 이것 하나는 확실하게 알아두시오. 나는 여기서 죽어도 나의 뜻은 전해질 것이오. 내가 선배들의 전철을 따라 당신을 막아섰듯 수많은 사람들이 내 뒤를 따라 당신을 막게 될 것이오. 그래서…… 강호에 단 한 명의 무림인도 존재하지 않게 된다면…… 그때서야 비로소 당신의 세상이 될 것이오."

좌중이 숙연하다.

"죽으면 그것으로 끝이다. 모든 것이 무(無)로 돌아가는 것이다. 네가 죽은 이후 세상은 너와 아무 상관이 없다. 세월이 흐르고 누구도 너를 기억하지 않을 것이다. 너는 이곳 천화산에게 개죽음을 당했을 뿐이다."

"그렇소. 죽으면 그것으로 끝이오. 그런데 당신은 이 짧은 삶 속에서 무엇을 위해 부귀와 영화, 권력에 대한 탐욕을 버리지 못한단 말이오? 어차피 다 두고 가야 한다면 쓸 만큼만 가지고 쓰다 가시오."

이러한 대화로는 쌍방을 서로 설득할 수가 없다.

쌍방의 지향점이 다르기 때문이다.

혈불은 그를 설득하는 것을 포기했다.

"그렇다면 이제 서로의 가야 할 길을 위해 시체를 밟고 가는 수밖에 없겠구나."

"기다리던 바요. 최선을 다해 당신을 막겠소."

혈불은 고개를 끄덕였다.

"천산! 북명(北溟)이라는 전설의 호수가 있다. 그 호수 속엔 곤(鯤)이라는 물고기가 살고 있는데 길이가 수천 리라 북명의 호수가 아니면 자랄 수 없다. 수많은 세월이 흘러 곤은 붕(鵬)으로 변해 북명을 뛰어나가 구만리장천(九萬里長天)을 단숨에 날아오른다!"

"……!"

"인간은 신이 아니기에 한계가 있다. 아무리 수련을 한다 해도 그 한계를 뛰어넘을 수 없다! 그러나 나에게는 인간의 능력을 극대화시켜 도저히 넘을 수 없는 그 한계를 뛰어넘는 무공이 있다! 바로 북명신공이다!"

혈불은 양팔을 사방으로 펼쳤다.

순간 맑은 하늘에 거대한 암흑이 밀려온다.

"모두 뒤로 물러나!"

불망은 무형지검을 뽑아 올리며 소리쳤다.

군웅이 급급히 뒤로 물러났다.

혈불은 암흑을 뒤로하고 불망을 향해 날아왔다.

쿠아아아앙!

불망의 무형지검은 한줄기 불기둥이 되어 혈불을 향해 폭사됐다.

양옆으로 뻗은 혈불의 팔에서 검은 연기처럼 암흑이 번진다. 바로

북명신공에서 비롯한, 세상의 모든 것을 모조리 암흑 속에 가둬 버린다
는 암흑대천사(暗黑大天死)다.

혈불은 불망의 불기둥 검강을 양손으로 잡아챘다. 활활 타오르는 불
기둥이 암흑 속에 갇힌다.

"헉!"

생각조차 해본 적 없는 놀라운 광경이다. 그의 검강이 마치 무저갱
속으로 빨려 들어가 흔적도 찾을 수 없는 것처럼 혈불의 암흑 속에서
사라져 버렸다.

"크하하하핫!"

혈불의 신형도 점점 암흑 속에 갇히며 광소가 터져 나왔다.

그 순간 거대한 암흑이 열리며 불망의 불기둥 검강이 그를 향해 되
쏘아졌다.

쾅!

"크윽!"

섬전처럼 날아온 불기둥은 불망의 가슴을 격타했다. 불망은 그 힘을
이기지 못하고 수장을 뒤로 나가떨어지며 피를 토했다.

"대형!"

"주군!"

"대협!"

군웅이 소리친다.

암흑이 점점 밀려오며 태풍이 휘몰아친다. 사람들이 움직일 수 없을
정도로 강력한 태풍이었다. 의복이 폭풍에 휘날리며 앞으로 나가려는
사람들을 뒤로 밀어냈다.

"아득한 태초의 암흑 속으로 너를 보내주마!"

"제길! 이화접목(移花接木) 따위의 수법에 당하다니!"

불망은 무릎을 세웠다. 그러나 뚫린 가슴에서 피가 쏟아지며 그는 짚단처럼 앞으로 쓰러진다. 아무리 내상을 입은 몸이라 할지라도 단 한 수를 견디지 못하고 정신을 잃고 만 것이다.

쓰러진 불망의 위로 암흑이 밀려들었다.

"대형!"

구양패옥은 부르짖었다. 동시에 그녀는 아무도 움직일 수 없는 용권풍보다 더 강한 태풍 속에서 초인적인 힘을 발휘하며 불망을 향해 달려갔다.

눈조차 제대로 뜰 수 없는 태풍이다. 그래서 군웅들은 무엇이 어떻게 된 것인지 제대로 볼 여력조차 없다.

그때, 불망의 전신에서 백색 기류의 발광체가 떠올랐다.

그것은 밀려오는 암흑에 대항하여 점점 더 부풀어 오르며 이윽고 거대한 광구(光球)를 형성했다.

그 상태로 불망의 신형은 허공으로 떠올랐다.

"허억!"

혈불이 깜짝 놀라며 뒤로 물러났다.

하늘 위에서 안개처럼 오색 서광(瑞光)이 밀려든다. 그것은 혈불의 암흑을 한쪽으로 밀어내며 가려진 태양을 되찾는다.

거대한 새 한 마리가 태양 아래 날개를 편다.

그러나 그것은 새의 형체를 갖췄으나 새가 아니다. 새라면, 살아 있는 생명체라면 저토록 투명하게 보일 수 있겠는가.

투명한 새.

그리고 그 위에 천지를 부유(浮遊)하듯 한 사람이 서광을 비치며 서 있다. 그 사람은 너무 눈이 부셔 형체가 짐작되지 않았다. 어떻게 보면 빛무리였고 어떻게 보면 사람이다.

"……!"

"……!"

군웅들은 마치 꿈을 꾸듯 몽롱한 눈으로 그 사람을 바라본다. 아무도 다른 생각을 할 수 없을 정도로 마음이 경건하다.

부유하는 새에서 서광이 내려오며 불망은 하늘로 올라간다.

불망뿐 아니다. 불망의 주변에 있던 모든 군웅이 승천한다. 자신의 신체가 하늘 위로 둥둥 떠오르자 구양패옥은 기가 막혀 말도 나오지 않았다.

군염기는 그 와중에서도 막소미를 챙겼다.

백유 대사는 아미타불을 연발하며 하늘 위 사람의 형체가 관세음보살임을 믿어 의심치 않았다.

"능 노사(凌老師)! 이제 와서 날 방해해!"

저 아래 지면에서 혈불이 두 눈으로 피를 철철 흐리며 부르짖는 모습이 보인다.

그가 북명신공을 극성으로 끌어올리며 암흑을 펼친다.

하나 하늘로 떠오른 군웅들은 어느 순간 사라지고 없었다.

第6章

부디 이 세상을
가엾이 여기소서

무당산(武當山).

산세는 험준하고 수목은 울울창창하다. 세상은 혈불과의 싸움으로 암흑이었으나, 이곳의 새들은 귀가 따갑도록 지저귀며 삶의 즐거움을 노래한다. 그 아래 계곡으로 물 흐르는 소리가 청아하다.

산로를 따라 '대무당' 이라는 팻말이 있었다.

그 길을 따라 좀 더 걸어 올라가면 해검지(解劍池)가 있고 그 뒤로 웅장한 전각들이 산허리를 등지고 높고 낮게 펼쳐져 있었다.

한 마리 비둘기가 하늘 높은 곳에서 해검지를 지나 전각으로 향한다.

이 비둘기의 발목에는 연락용 동관(銅管)이 매달려 있었다.

전서구에 매달린 서찰은 무당파 장문인 진허 도장(眞虛道長)에게 전

달되었다. 진허 도장의 옆에는 어릴 때부터 함께 커온 사제 진천 도장
(眞天道長)이 굳은 얼굴로 서 있었다.

서찰을 읽은 진허 도장은 엄숙한 신색으로 진천 도장에게 말했다.

"무림맹 십대장로들의 긴급 전언일세."

진허 도장은 서찰을 진천 도장에게 넘겼다.

"오는 보름까지 구파일방이 태산(泰山) 관일봉(觀日峰)에 모여 비밀
회담을 갖겠다는 내용일세. 보름까지라면 시간이 촉박한걸."

서찰을 읽던 진천 도장이 고개를 갸웃거렸다.

"장문사형, 구파일방에서 파견한 대표들이 모두 무림맹에 있는데,
굳이 따로 태산 관일봉에 모여 회담을 할 이유가 있습니까? 뭔가 이상
합니다."

"타 문파의 이목을 피하기 위함이라고 쓰여 있지 않은가?"

"오히려 이렇게 따로 모이는 것이 더 이목을 끌 수 있습니다. 그리
고 지금은 모두 합심협력해야 할 때입니다. 구파일방만 따로 행동한다
니요? 아무래도 문제가 있습니다."

"나도 그 점은 마땅치 않아. 하지만 어쩌겠나? 오라니 가야지."

"일단 맹에 사람을 보내 서찰의 진위 여부를 확인해야 하지 않습니
까?"

"자네, 서찰이 위조되었다고 보는가?"

"시기가 시기인만큼 뭐든지 철저히 알아보는 게 좋습니다."

"하나 맹에 알아본 후 출발한다면 늦지. 서찰은 틀림없네."

"그렇습니까?"

진허 도장은 고개를 끄덕였다.

"일단 서체가 유 장로의 것이야. 그리고 서찰에 찍힌 십대장로인은 위조가 불가능하네. 무림맹을 창설할 때, 각 파의 장문인들께서 십대장로인을 만들면서 도장에 비밀리에 자파의 문장을 조각해 넣었어. 우리 무당도 마찬가지고. 나는 이미 직인 속에서 본 파의 문장을 확인했네."

그렇다면 의심의 여지가 없다.

하나 진천 도장은 못내 의심스러움을 지우지 못했다.

비상시국에 장문인이 무당을 비우는 일도 마음에 들지 않았다.

"어서 떠날 준비를 해야겠어. 보름까지라면 길이 바빠. 내가 없는 동안 자네가 일을 봐야 할 거야."

진허 도장은 의자에서 일어나 진천 도장의 어깨를 툭툭 치며 말했다.

외부의 눈을 피해 비밀리에 움직이라는 서찰이었다.

때문에 진허 도장은 많은 제자를 거느리고 갈 수 없었다. 그는 자신의 제자인 무당칠협 중 두 명의 제자만을 대동한 채 무당을 떠났다.

진천 도장을 비롯하여 남은 제자들은 무당산 아래까지 세 사람을 배웅했다.

'예감이 좋지 않아……'

그때까지도 진천 도장의 표정은 무거웠다.

휘이이이잉.

무심한 바람 속에서 진허 도장이 멀어진다.

그때까지만 해도 진천 도장은 상상도 하지 못하고 있었다. 이것이 평생을 함께해 온 장문사형, 진허 도장의 마지막 모습이라는 것을.

"사숙, 무림맹에서 긴급 전서 연락입니다!"

다음날 아침 업무 개시 전, 차를 마시고 있던 진천 도장에게 제자는 한 통의 서찰을 가지고 왔다.

진천 도장은 무심결에 서찰을 펼쳐 들었다.

쨍그랑!

순간 그는 깜짝 놀라 들고 있던 찻잔을 떨어뜨리고 말았다.

찻잔의 사기 조각이 발등에 박히며 피가 배어 나왔다. 하지만 그는 아픔을 느낄 여력도 없었다.

"십대장로인을 분실했다고! 그렇다면 장문사형은!"

그는 앉은자리에서 벌떡 일어났다.

"이것은 가공할 음모다!"

그는 피가 흐르는 발로 밖으로 뛰어나가며 경계를 서고 있던 제자들에게 외쳤다.

"비상사태다! 당장 제자들을 연무장으로 모이게 해!"

"사숙, 무슨 일이십니까?"

영문을 모르는 제자들이 달려오며 눈을 동그랗게 떴다.

"시간이 없다, 어서!"

뎅뎅뎅뎅!

눈 깜짝할 사이에 무당의 곳곳에서 비상 종소리가 울렸다.

다시 방으로 돌아온 진천 도장을 의복을 갈아입었다. 그 자신이 직접 태산 관일봉으로 출발하기 위함이었다. 발등에선 계속해서 피가 흐르고 있었으나 그는 신경도 쓰지 않았다.

“사형, 내가 가겠소! 기다리시오!”

그는 검가(劍架)에 걸린 애검 태극(太極)을 집어 들었다.

그런데 그때였다.

스스스스.

돌연 그의 뒤 천장에서 시커먼 연기가 흘러 내려온다.

연기는 진천 도장이 한 번 호흡을 하는 동안 그의 콧속으로 스며들었다.

“독연!”

진천 도장은 눈을 부릅떴다.

그때 시커먼 그림자 하나가 벽을 타고 내려오더니 진천 도장의 뒷덜미를 낚아챘다.

“웬 놈……!”

목이 졸려 호흡이 곤란하고 말이 나오질 않는다. 그는 컥컥거렸다.

그는 신형을 옆으로 비틀며 상대의 조르기를 피하려 하였으나 역부족이었다. 단 한 모금의 독연을 들이마셨을 뿐인데, 내공이 모이질 않았다.

“크크크!”

사악한 흉수의 웃음이 진천 도장의 심장을 후벼 판다.

진천 도장은 너무 숨이 막혀 눈알이 튀어나올 것 같았다.

‘내가 이렇게 죽는구나! 하지만 놈의 흔적이라도 남겨야 한다!’

진천 도장은 그 절체절명의 순간에 흉수의 옷자락을 움켜쥐었다.

목에 감긴 흉수의 팔에 힘이 들어간다.

"도장, 잘 가시오."

우두둑!

목뼈 부러지는 소리가 났다.

진천 도장은 비명조차 제대로 지르지 못한 채 그 자리에서 픽 쓰러졌다.

흉수는 책상 위에 놓인 무림맹의 서찰을 훑어보았다.

이윽고 그는 서찰을 품에 넣은 후 올 때와 마찬가지로 미풍처럼 무당에서 사라져 갔다.

뎅뎅뎅뎅!

비상 종소리는 무당산 곳곳을 울려 퍼졌다.

연락을 받은 제자들이 비쾌하게 연무장으로 모였지만 진천 도장은 끝내 나타나지 않았다.

기다리다 지친 제자들이 그의 거처를 찾았을 때, 볼 수 있었던 건 푸르뎅뎅하게 중독되어 죽은 시체뿐이었다.

십대장로인이 찍힌 가짜 서찰이 도착한 방파는 무당뿐이 아니었다.

구파일방의 모든 장문지존들이 같은 종류의 서찰을 받은 것이다.

그들은 모두 서찰을 받는 즉시 태산 관일봉으로 떠났다. 다만 소림의 장문방장만은 부재(不在)를 이유로 달마원주(達磨院主)가 대신 갔고 곤륜과 아미는 문파가 몰살된 까닭에 참여하지 못했다.

2

오악(五岳) 중 동악(東岳)이라 불리는 태산은 특히 오악독존(五岳獨尊)이라 하여 천하제일 명산이라 꼽힌다.

그 이유는 역대 황조의 황제가 이곳에서 하늘의 뜻을 받드는 봉선(封禪) 의식을 거행했기 때문이다. 또한 일반 백성들에게도 태산은 신령스러운 산으로 한 번 오르면 적어도 십 년은 장수한다고 믿었다.

태산 정상 관일봉은 새벽이면 구름바다를 뚫고 나타나는 태양을 볼 수 있다. 이때의 해돋이는 우리가 흔히 바다에서 보는 것과 달리 그 빛이 너무 찬란해서 어래광(御來光)이라 불리기도 한다.

이 신비로운 곳에 검을 든 무림인들이 모여들고 있었다.

그것도 강호를 손안에 넣고 휘저을 수 있는 장문지존들이다.

찬란한 태양이 떠오르는 새벽부터 각 문파의 장문지존들과 제자들이 모여들기 시작했다. 오랜만에 만난 자들은 서로 안부를 물으며 친분을 나눈다.

무당의 진허 도장 역시 평소 왕래가 빈번했던 화산파의 장문인 천기일검(穿氣一劍) 오차우(吳車羽)와 소림의 달마원주 경하 대사(敬霞大師)와 담소를 나눴다.

"무림맹에서 이 먼 곳까지 오라고 한 연유가 무엇입니까? 빈승은 장문사형 대신 참석하라는 말만 들었을 뿐 그 이유를 알지 못하온데, 혹시 두 분께서는 따로 들은 말씀이 있으신지요?"

"글쎄요. 빈도도 서찰을 받고 바로 오는 길이라 이유를 모르겠소이다. 필체를 보니 서찰은 화산의 유 장로께서 쓴 것 같은데, 화산에는 달리 이유를 설명해 두었소이까?"

진허 도장이 화산의 오차우에게 물었다.

오차우는 고개를 저었다.

"나 역시 명을 받고 달려왔을 뿐, 내막은 모르오. 그러나 한 가지 짚이는 바는 이번에 사천에서 당가와 아미파의 멸문이 있었다고 하니…… 그에 대한 대책을 논의하기 위함이 아닌가 싶소."

달마원주 경하 대사가 눈살을 찌푸리며 손 안의 염주를 굴렸다.

"사천에선 당가와 아미파뿐 아니라 많은 영웅들이 목숨을 잃었다 들었소. 그중에는 용호대의 팽 대장도 있다고 하던데 사실이오이까?"

"불행히도 그렇다고 하더이다."

"놈들의 마수가 점점 더 뻗어오는구려."

"그건 그렇고 이미 해가 중천에 떴음에도 무림맹에서는 아무도 도착하지 않았구려."

진허 도장은 초조한 음성으로 무림맹의 늦음을 걱정했다. 무당을 떠나올 때, 진천 도장이 했던 염려가 내내 마음에 걸렸던 것이다.

"쯧. 객이 와서 기다리고 주인이 오지 않으니……. 시국이 시국이니만큼 좀 빨리빨리 움직여야 하는 것 아니겠소?"

오차우도 무림맹의 늦음이 마땅치가 않았다.

"곧 오겠지요."

불제자답게 경하 대사는 여유가 있다.

"오는 도중 무슨 일이 있는 건 아닌지 모르겠소."

"오, 저기 개방의 천 방주(天幫主)께서 오시는구려. 천 방주, 오랜만입니다!"

세 사람은 눈처럼 하얗게 늙은 거지 개방 방주 궁신귀검(窮神鬼劍)

천월명(天月命)을 향해 반갑게 걸어갔다.

천월명 역시 그들을 향해 타구봉(打狗棒)을 든 손을 흔든다.

그런데 그때였다.

우우우우우!

그들의 머리 위에서 사람의 심혼을 파헤칠 듯한 엄청난 장소성이 들려왔다.

장문지존들을 비롯한 군웅이 소리가 나는 쪽을 향해 고개를 돌렸다.

웃통을 벗은 여덟 명의 건장한 남자가 뿔고동을 불며 관일봉을 올라오고 있었다. 그 뒤로 지붕이 없는 화려한 팔인교(八人轎)가 둥실거리며 뒤따르고 있었다.

팔인교 위는 가루라 가면을 쓴 여자가 앉아 있었다.

그녀의 뒤로 아름다운 시녀들이 홍의나삼을 나풀거리며 호위하고 있었다.

"뭐냐?"

"저 여인은……?"

이제 막 도착한 궁신귀검 천월명의 작은 눈이 더욱 게슴츠레해졌다.

"아는 여인이오?"

오차우가 물었다.

"천외천의 자영부인이오."

"자영부인! 그녀가 이곳에 왜 오는 것이오?"

"그건 나도 모르겠소."

"그녀는 적이요, 친구요?"

"우리 개방의 정보에 의하면 그녀는 파황성과 손을 잡고 있소."

자영부인은 가루라 가면 아래 환하게 웃으며 여러 장문지존들 앞에 섰다. 그녀는 장문지존들을 둘러보며 오만하게 말했다.

"호호호. 역시 십대장로인의 위력은 대단하군요. 하늘 아래 무서운 것 없는 구파일방의 장령들을 모조리 모이게 하다니!"

"그게 무슨 말이냐?"

이미 천월명에게 그녀가 친구는 아니라는 말을 들은 오차우는 가는 말이 곱지 못했다.

"어떻게 이곳에 왔는지 모르지만 허튼수작을 하면 살려 보내지 않을 것이오!"

"당신은 화산의 오 장문인이로군요."

자영부인은 한눈에 그를 알아보았다.

"흥!"

"당신의 매화검법은 강호일절로 소문나 있지만, 그것이 과연 내게도 통할지 의문이군요."

"부인이 시험해 볼 의향이 있다면 기꺼이 상대해 드리지!"

"그럼 어디 구경해 볼까요?"

다짜고짜 시비다.

오히려 오차우가 어리둥절할 지경이었다. 하나 그녀가 공개적으로 도전장을 내밀었으니 뒤로 물러설 수 없는 일 아니겠는가.

다른 장령들은 그녀의 능력을 볼 수 있는 좋은 기회라 생각하여 오차우를 말리지 않았다.

오차우는 비릿하게 웃으며 검을 뽑았다.

"삼 초를 양보해 드리지."

“그럴 필요 없으니 있는 바 능력을 모두 펼쳐 보세요.”

그녀는 꽤 유명한 인물이었지만 강호에서 단 한 번도 신위를 공개한 적이 없는 신비의 인물이기도 했다.

그녀가 오차우에게 있는 바 능력을 모두 펼쳐 보이라고 말하자, 장령들은 모두 자신들이 잘못 듣기라도 한 것처럼 귀를 팠다.

자존심이 상한 오차우의 얼굴이 일그러졌다.

“그렇다면 나 역시 부인의 놀라운 신위를 보겠소!”

그러나 선공할 수는 없는 법. 오차우는 기수식을 취한 채 자영부인의 공격을 기다렸다.

천월명이 다급히 말했다.

“오 장문인, 강호의 배분을 생각하시오. 장문인께서 나설 자리가 아니오. 우선 제자들에게 그녀를 상대하라 하시고 그들이 도저히 상대가 되지 않는다면 그때 장문인께서 나서도 늦지 않소.”

“그의 목숨을 조금이라도 늦춰보겠다는 천 방주의 생각이 눈물겹군요.”

자영부인은 비릿하게 웃으며 천월명을 비웃었다.

“허허허. 잘못 짚었소. 노부는 아름다운 부인의 목숨을 잠시 늦추어 두어 더 오래 감상하기를 바랄 뿐이오. 미녀는 오래 살수록 좋소.”

“늙은 거지조차 나의 만수무강을 기원해 주니 고마워 몸 둘 바를 모르겠군요. 언제 시간 나시면 요요궁에 들러주세요. 좋은 음식과 아름다운 미녀들로 오늘의 고마운 마음을 갚도록 하지요. 그리고 오 장문인이 직접 나서지 않는다면 이 싸움은 의미가 없으니 나는 그만두겠어요. 닭 잡는 데 소 잡는 칼을 쓸 수는 없지 않나요?”

졸지에 닭이 된 화산파의 제자들은 얼굴을 붉히며 분노했으나, 자리
가 자리인지라 여러 장령들 앞에서 감히 나서서 이치를 따질 수 없었
다.

대신 오차우가 뭐라고 입을 열려던 찰나였다. 천월명이 오차우를 막
으며 다시 말했다.

"옳은 말씀이오. 이 경치 좋은 관일봉에서 서로 손발을 다투는 것은
옳지 않소. 부인께서 초대받지 못했음에도 불구하고 굳이 오늘의 회합
에 참석한 것은 달리 이유가 있을 터, 하교해 주신다면 세이경청하겠소
이다."

"천 방주, 당신은 한 가지 잘못 알고 있는 것이 있습니다."

"말씀해주시오."

"여러분들이 이곳에서 일 년을 기다린다 해도 무림맹에서는 아무도
오지 않을 것입니다."

"그게 무슨 말이오? 그들이 오는 도중에 변이라도 당했단 말이오?"

자영부인은 고개를 저었다.

"내가 어러분을 불렀기 때문이지요."

"십대장로인이 찍힌 서찰을 부인이 보냈단 말씀이오?"

"과연 평생을 구걸로 보낸 천 방주의 눈치는 빠르군요."

"……!"

"……!"

달변으로 소문난 천월명조차 이 순간만큼은 말문이 막혔다. 머리가
하얗게 되는 것이 무슨 말을 해야 할지 분간조차 되지 않았다.

"십대장로인을 위조했단 말이오?"

"천 방주, 그럴 리 없소. 설사 십대장로인이 위조되었다 해도 서찰의 필체는 내 사제 유표의 것이었소. 아니, 그렇다면 필체마저 위조했단 말이냐?"

"나는 구질구질하게 위조 따위는 하지 않아요. 또 위조를 했다면 당신들 중 누구 한 명 정도는 진위 여부를 알아차릴 수도 있었겠죠."

"하면?"

"십대장로인은 진품이죠."

증명이라도 시켜주려는 듯 자영부인은 품에서 십대장로인을 꺼냈다.

장문인들은 더 이상 경악할 수 없을 정도로 경악했다.

"이것이 여러분들이 신물처럼 떠받는 십대장로인이죠. 내게는 돌덩어리나 다름없지만."

"그것을 어떻게 훔쳤느냐?"

"무림맹의 인사들이 목숨을 구걸하기 위해 내게 바친 것이죠. 여러분들도 내게 복종한다면 그 목숨, 보장해 드리죠."

이 정도면 조롱을 넘어 농락이다.

더욱이 유표의 필체까지 더해져 오차우는 더는 참지 못했다.

"죽어 버리겠다!"

쐐애애애애액!

이미 기수식을 취하고 있던 오차우의 검이 그대로 자영부인을 향해 날아갔다. 그 순간 닭이 되었던 분노를 누르지 못하고 있던 그의 제자들도 일제히 검을 뽑으며 사부의 뒤를 따랐다.

세 가닥의 가공할 검기가 자영부인의 전신을 덮칠 듯 밀려들었다.

“사이좋은 사제지간이군. 동시에 구천으로 보내 드리지!”

하지만 자영부인이 직접 손을 쓸 필요 없었다.

웃통을 벗은 채 뿔고동을 불며 올라왔던 여덟 명의 사내가 자영부인의 앞을 막으며 일제히 장력을 내질렀다.

콰앙!

천번지복의 파공음이 일며 사방은 자욱한 연기 속에 휘감겨들었다.

“크으윽!”

“크윽!”

그리고 그 연기 속에서 두 사람의 신형이 뚝 떨어져 내렸다.

바로 화산파의 두 제자다.

동시에 연기가 걷혀질 즈음, 오차우는 낭패한 기색으로 입가에 선혈을 흘리며 부들부들 떨고 있다.

팔 대 삼의 싸움이었지만 화산파의 명백한 패배였다.

오차우가 어떻게 이 현실을 받아들일 수 있겠는가.

그는 다시 기수식을 취하며 검을 세웠다.

“우웩!”

그러나 공력을 일으키는 순간 입 안 가득 한 사발의 검은 피가 토해졌다.

“장문인!”

진허 도장과 천월명은 황급히 오차우를 부축했다.

“이들은 나의 그림자까지 호위하는 팔대무사들이에요. 오 장문인이라면 좋은 승부가 될 줄 알았더니…… 쯧쯧.”

그녀는 사람을 조롱하는 데 타고난 듯하다.

분노와 수치로 점철된 오차우는 내력까지 격탕 쳐 주화입마에 빠질 지경이었다. 하지만 그녀의 말은 조금의 틀림도 없으니 반박할 근거도 없다.

"앞으로 일각의 시간을 주도록 하죠. 나를 따른다면 살 것이요, 그렇지 않다면 죽을 것입니다."

"부인께서 거느린 호위무사들의 무공이 뛰어남을 인정하겠소. 하나 우리는 개개인이 일파의 장문지존들이오. 그에 반해 부인은 혼자 몸이니 본격적으로 싸움이 벌어진다면 오히려 승운은 우리 쪽에 있소."

천월명은 이미 승부를 결할 각오가 되어 있었다.

하지만 자영부인이 아무리 대단하다 해도 구파일방의 장문인들을 상대하는데 홀로 나타났을 리가 없다. 싸움이 벌어지기 전 그녀의 수가 무엇인지 알아내야 했다.

그러나 자영부인은 천월명의 생각에 놀아날 만큼 만만한 상대가 아니었다. 그녀는 비릿하게 웃더니 말했다.

"이곳은 이미 천외천의 사람들로 완전 포위되어 있습니다."

자영부인은 천천히 팔인교 위로 올라가 앉더니 한 손을 들어올렸다.

순간 관일봉의 사방 등성이를 따라 그녀의 수하들이 새카맣게 나타났다.

"우와와와!"

그들은 사기충천한 음성으로 병기를 흔들며 일제히 소리쳤다.

천월명의 안색이 하얗게 변했다.

'족히 수백은 될 것 같구나. 자영부인의 능력이 이처럼 대단할 줄이야. 하나, 저들은 멀리 있고 우리는 자영부인과 가까이 있다. 그녀를

사로잡는다면 저들은 오합지졸에 불과할 뿐이다.'

천월명은 각 파의 장문인들에게 전음을 날려 자신의 생각을 전했다. 그러면서 겉으로는 웃으면서 말했다.

"부인의 위세가 대단하구려. 저들로만 우리를 대적하게 하는 건 우리를 너무 우습게 보는 처사가 아니오?"

"나는 피곤해 더 이상 말씨름할 생각이 없어요. 천 방주, 일각의 시각이 다 지났어요. 결정은 내리셨겠지요?"

"내 결정은."

타구봉을 쥔 천월명의 손에 힘이 들어갔다.

진허 도장 역시 발검식을 취한다.

경하 대사는 한 발 앞으로 걸어나왔다.

그들을 바라보는 가루라 가면 속 자영부인의 눈이 빛났다.

"바로 이것이오!"

타구봉이 허공을 가르며 천월명의 신형이 허공으로 떠올랐다. 각 문파의 장문지존들도 모조리 천월명의 뒤를 따랐다.

순간 산등성이에서 일제히 화살이 날아왔다. 자영부인이 탄 팔인교가 허공으로 붕 떠올랐고, 그 밑에서 암기들이 발사된다. 동시에 지면이 갈라지며 독이 발린 도검을 든 무사들이 솟아오른다.

하늘과 발밑에서 일제히 병기가 폭사되고 있는 것이다.

관일봉은 순식간에 아수라장이 되었다.

아무리 일파의 장문지존들이라 할지라도 하늘과 발밑에서 모조리 쏟아져 들어오는 병기를 피할 수 없었다.

"으아아아악!"

"으악!"

사방에서 처절무비한 비명성이 난무했다.

그들은 강호를 오시하던 대고수들이었지만 변변한 싸움 한 번 전개해 보지 못하고 그렇게 허무하게 죽음을 맞이했다.

"호호호호호!"

비명 속에 자영부인의 앙천광소가 섞인다.

"모조리! 모조리 죽여 버려라!"

명령하는 그녀의 눈에서 광기가 흐른다.

3

죽음.

보이는 것은 아무것도 없다.

사위는 오로지 어둠뿐이었다.

어디가 앞인지, 어디가 뒤인지, 내가 지금 어디를 바라보고 있는지도 알 수 없다.

그저 저 광활한 대우주 속에 나 홀로 둥둥 떠 있는 것 같다.

어디선가 미증유(未曾有)의 힘이 밀려온다.

아니, 밀려오는 것이 아니라 처음부터 그 힘은 거기에 있었던 것 같았다.

불망은 그 힘에 끌려가지 않기 위해 입술을 깨물고 버텼다.

나는 죽을 수 없어! 나는 절대 죽지 않아!

그는 지금 그 자신이 살았는지 죽었는지도 모르면서 죽을 수 없다고 있는 힘을 다해 외치고 있다.

뎅뎅뎅뎅!

공기의 미세한 파장 속에서 은은한 풍경 소리가 들려온다. 사람의 마음을 청아하게 만드는 맑고 고운 소리다.

불망은 눈을 떴다.

그는 부드러운 이불을 덮은 채 침상에 누워 있었다.

침상의 옆에는 사람의 주먹만한 석가여래(釋迦如來)가 그를 보며 미소 짓고 있다. 그 옆의 향로에서는 향불이 피어오르고 있었다.

'이게 어찌 된 일인가?'

불망은 머리 속이 텅 비는 느낌이었다.

'나는 분명 혈불에게 패했다. 그렇다면 죽어야 마땅하다. 이곳은 지옥인가? 아니면 극락인가? 내가 아직 죽은 것이 아니라면 누가 날 구한 것인가? 그리고 여기는 어디인가?'

온몸의 기운이 한 줌도 남지 못하고 소진된 것 같다. 그러나 몸은 거짓말처럼 멀쩡하다.

'시간은 얼마나 흘렀고 다들 어떻게 되었단 말인가?'

불망은 더 이상 침상에 누워 있을 수 없었다.

"누구 없소?"

그는 침상에서 상체를 일으키며 소리쳤다.

그러자 귀여운 소사미가 살짝 방문을 열며 안으로 들어온다. 소사미는 깨어 있는 불망을 보자 환하게 미소 지으며 합장했다.

"깨어나셨군요?"

‘이곳이 절이란 말인가?

불망도 소사미를 따라 합장했다.

“작은 스님, 여기가 어디인지 알 수 있겠습니까?”

“이름 없는 암자입니다.”

‘암자?

“그렇다면 누가 절 이곳으로 데려온 겁니까?”

“큰스님이십니다.”

“큰스님이시라면 그분의 법명이……? 그리고 저와 같이 온 사람들은 없었습니까?”

“소승은 잘 모릅니다. 그냥 큰스님께서 시주님을 잘 보살펴 드리라고 해서…… 그렇게 하는 중입니다.”

“……!”

분명 현실이었으나 마치 꿈을 꾸는 것처럼 몽롱하다.

불망은 생각을 정리하려 하였으나 아는 것이 없으니 정리할 생각도 없었다.

불망이 생각에 잠기자 소사미는 살짝 웃으며 부끄럽다는 듯 말했다.

“시주님을 구해오신 큰스님은 법력이 대단한 분이세요. 좌시천리(坐視千里) 입시만리(立視萬里)지요. 한마디로 신통력이 대단한 분이십니다.”

“그렇습니까?”

불망의 대답은 건성이었다.

“일전에는 하늘을 나는 새를 손으로 잡아 놓아주시는 신기를 보여주셨는데 얼마나 놀랐는지 아직도 그때를 생각하면 가슴이 두근두근거립니다. 그리고 어디 그뿐인 줄 아세요? 글쎄 며칠 전에는……."

"스님, 제가 곧 큰스님을 찾아뵐 수 있겠습니까?"

"지금 들어가는 중이니 굳이 자네가 만나러 오지 않아도 되네."

방문이 열리며 백발(白髮), 백염(白髯), 백미(白眉)의 눈처럼 하얗게 늙은 노승이 들어왔다. 한눈에도 법력이 대단한 승려로 보인다.

"큰스님!"

소사미가 조르르 달려가 노승을 향해 합장배례한다.

"너는 손님을 보살피라고 하였더니 먹이를 먹는 참새 새끼마냥 쉬지 않고 쫑알쫑알대고 있었구나."

"아, 아니에요. 저는 조금밖에 말하지 않았어요."

소사미는 팔을 휘휘 저으며 극구부인했다. 그는 도와달라는 듯 불망을 바라본다.

"시주님께서 말씀 좀 해주세요. 제가 그렇게 말이 많았나요?"

"아닙니다. 작은 스님께서는 아주 조금밖에 말씀하지 않았습니다."

노승에게 예를 갖추기 위해 침상에서 일어서 있던 불망은 웃으며 말했다.

"너는 그만 나가보아라. 시주, 몸은 어떠시오?"

"대사님의 보살핌 덕택에 건강을 회복했습니다."

불망은 허리를 굽혔다.

노승은 팔을 뻗어 그의 예를 만류했다.

"아직 몸도 완전치 않은데 굳이 예의를 차릴 필요는 없네."

"대사께서 저를 구해주셨다고 들었습니다. 그런데…… 염치없는 말씀이지만 혹시 저를 구해주셨을 때, 옆에 있던 저의 동료들을 보지 못하셨는지요?"

"노납이 자네를 구한 것이 아닐세."

"하면?"

불망의 눈이 동그랗게 떠졌다.

"자네를 구한 사람은 따로 있네. 곧 만나게 될 것이니 서두르지 말고 일단 요양을 하여 몸을 추스르도록 하게."

"그분께 제 동료들은 어떻게 되었는지 알아봐 주시겠습니까?"

"모두들 부상이 심각해. 하지만 조만간 자네와 만나게 될 것이니 그점 역시 너무 걱정하지 말게."

노승은 인자하게 웃으며 불망의 걱정을 덜어주었다.

"아!"

불망의 얼굴에 그제야 안도의 빛이 흘렀다.

"다만 그중 한 사람은…… 당분간 만나볼 수 없네."

불망은 요양에 힘을 쏟았다.

혈불의 무공을 생각하니 그 자신의 능력이 너무 보잘것없다는 생각을 지울 수 없었다. 하지만 그는 좌절하지 않았다. 가진 바 조건에서 최선을 다하고자 마음먹을 따름이다.

그날 이후 노승은 불망을 방문하지 않았다.

오직 소사미 명기(明基) 스님만이 그의 곁을 지키며 여러 가지 시중을 들어주었다.

불망은 그와 대화를 나누며 여러 가지 이야기를 들을 수 있었다.

암자는 숭산(嵩山)에 있었다. 숭산은 구파일방 중에서도 독존 격인 소림이 있는 산이다.

‘그렇다면 소림과 관련이 있는 암자가 아닐까?’

노승의 법명을 물어보니 ‘혜천(慧天)’이라고 했다. 소림에서 ‘혜’ 자 돌림을 쓰는 승려는 전무한 실정이다. 왜냐하면 당금 장문방장보다 한 배분이 높은 ‘혜’ 자 승려들은 대부분 해탈하였다고 알려졌기 때문이다.

하나 그런 심증만 있을 뿐, 이곳은 작은 암자일 뿐이다. 사방 어디를 둘러보아도 소림의 고루거각들은 보이지 않았다. 명기 스님 역시 소림에 대해서는 전혀 알지 못했다.

불망은 구양패옥과 군염기, 조천수 등의 안부가 궁금했으나 이 역시 명기 스님은 알고 있는 게 없었다. 이미 기다림에 익숙한 불망은 초조해하지 않고 언젠가 만날 그날을 기다릴 뿐이다.

그날, 불망은 나무를 깎아 명기 스님에게 줄 팽이를 만들고 있었다.

명기 스님은 혜천 대사를 모시고 있어 이린 날의 이런 재미를 알지 못한다. 불법을 공부하는 것이 잘못된 건 아니나 어린아이는 어린아이다워야 한다는 생각을 가진 불망은 성철 스님도 그랬지만 나이 어린 친구들이 어리지 않은 어린 시절을 보내는 것을 보면 안타깝다.

저 멀리서 명기 스님이 언덕을 달려오는 것이 보인다.

불망은 반갑게 손을 흔들며 말했다.

“스님, 이리 와보십시오. 제가 팽이를 만들었습니다.”

명기 스님이 합장한다.

"큰스님께서 시주님을 모셔오라십니다."

명기 스님과 약 반 시진가량 산을 올랐다.

황량한 구릉에 작은 간이형 목조 건물이 지어져 있고 그 주변에 키 작은 제비꽃들이 만발하다.

목조 건물은 보통의 건물과 다른 형태로 설계되어 있었다. 창문은 없었으며 밑이 넓고 위로 올라갈수록 뾰족한 금(金) 자 형태의 구조를 가지고 있었던 것이다.

'설마…….'

건물을 보는 순간 불망은 미미하게 가슴이 떨려온다.

그는 이러한 형태의 건물을 사용하는 사람을 단 한 사람 알고 있다.

"시주님을 모시고 왔습니다."

건물 앞에서 명기 스님은 지극히 공손하게 고한다.

"들어오세요."

건물 안에서 들린 음성은 작고 미약하여 겨우 들릴락 말락 했다.

"들어가세요. 소승은 돌아가겠습니다."

불망은 고개를 끄덕인 후 문을 열었다.

안으로 들어가자 짙은 향 냄새가 확! 코를 찔렀다.

빛 한 점 들어올 곳 없는 내실은 유등 빛에 희미하다. 주변을 둘러보니 차탁과 침상뿐, 가재도구는 아무것도 없다.

차탁에는 십팔구 세가량의 소녀가 앉아 있었다.

"……!"

불망의 시선이 그녀를 보며 움찔거렸다.

소녀는 불망을 보자 창백한 얼굴에 미소 지으며 가볍게 목례했다.

불망은 넋을 놓고 소녀를 바라보았다.

여름 가뭄에 말라비틀어진 벼이삭처럼 앙상한 소녀, 과연 불망의 짐작대로 그녀는 능소언이었다.

'그녀가 나를 구했단 말인가?'

불망은 이 순간 혜천 대사가 한 '자네를 구한 사람은 따로 있네' 라는 말이 떠올랐다. 어쨌든 약 구 년 만에 그녀를 다시 만나니 꿈인지 생시인지 분간이 안 갈 지경이었다.

"어서 오세요. 오랜만에 상공을 뵙습니다."

그녀는 차탁에서 일어나며 허리까지 굽혔다.

"그렇군요. 역시 아가씨였군요."

능소언은 희미하게 미소 지으며 자리를 권했고 불망은 그 자리에 앉았다.

"벌써 구 년이 흘렀습니다. 하지만 아가씨는 조금도 변하지 않으셨군요?"

변하지 않은 것이 아니라 그녀는 처음 보았을 때의 모습 그대로였다.

구 년은 불망을 소년에서 어엿한 청년으로 만들어줄 정도로 긴 시간이다. 하나 그녀에게는 세월이 빗겨가는 모양이다. 처음 그녀를 보았을 때 불망은 그녀보다 훨씬 어렸으나, 지금은 그녀가 불망보다 어려 보였다.

"세월은 물처럼 흐르고 저도 함께 흐를 뿐인걸요."

세월과 사람이 시공간을 함께 흘러 본래의 상태를 유지한다는 말인

가? 그녀는 일상적으로 평범히 말했다 해도 받아들이는 불망은 어렵고
난해하다.

'그녀는 내가 처음 만났을 때도 지금의 나이가 아니었을지 모르겠구
나.'

"예전 천산에서도 아가씨께 목숨을 구원받은 적이 있었지요. 이번에
다시 아가씨의 구원을 받게 되었으니 그 은혜를 어찌 갚아야 할지 모
르겠습니다."

"세상에 인연 아닌 것이 없으니 그 또한 인연일 뿐 마음에 담아두실
일은 아닙니다. 그저 흐르는 대로 맡기시면 되지 않겠습니까?"

"천산에서 언제 이곳으로 오셨습니까?"

"원래는 떠나려 하였으나 관음(觀音)께서 도탄의 세상이 안타까워
눈물을 보이시기에 감히 천기를 열었습니다. 오늘 제가 상공을 뵙고자
한 건 참언(讖言)을 드리기 위함입니다."

"참언이라면……?"

"잠시 밖으로 나와보시겠습니까?"

그녀는 불망과 함께 건물 밖으로 나갔다.

그녀는 걷는 것조차 힘이 드는 듯 제비꽃이 만발한 작은 암반 위에
숨을 헐떡이며 앉았다.

멀리 노을이 지며 어둠이 찾아들고 있었다.

그 속에서 제비꽃과 함께 초췌하게 앉아 있는 능소언은 보기만 해도
눈물이 날 것처럼 가련하다. 하지만 그녀는 절대 가련한 소녀가 아니
다, 라고 불망은 생각했다.

"저곳을 보시지요."

그녀의 파뿌리 같은 손가락이 하늘을 가리킨다.

"자세히 보면 달 아래, 빛을 잃어 점점 꺼져 가는 별이 있을 겁니다. 보이세요?"

보통의 사람은 볼 수 없는 별이다.

불망도 안력을 돋워야지만 겨우 희미한 그 별을 볼 수 있었다.

"보이긴 합니다만, 소생에게 천기를 말씀하실 생각이라면 그만두시는 게 어떻겠습니까? 세상일을 미리 안다고 해서 달라지는 것은 없겠지요."

"저는 담담하게 제 일을 말하고자 할 뿐, 천기를 엿보고 누설하고자 하지 않습니다. 저 별은…… 제 별입니다."

"……!"

"저 별이 더욱 희미해져 완전히 꺼져 버린다면 저의 운명도 끝나는 것이겠지요."

"그러면 신선이 되어 하늘로 올라가는 겁니까?"

"천지분간이 없으니 부처와 신선은 또 어디다 쓰겠습니까? 하지만 이제 마지막이 될지도 모르는 시간 속에서 한 가지 일만큼은 정리를 하고자 합니다. 우리 같은 속인들이야 천문을 배워도 자기만족 속에서 아무 쓸 데가 없지만, 자기 운명을 개척할 힘을 가지신 상공 같은 분들은 조금만 세상을 내다볼 줄 안다면 혹시 있을지 모르는 힘의 남용을 막을 수 있지 않겠습니까? 그래서 상공께 한 가지 부탁을 드리고 나는 떠날까 합니다."

4

“이제 황산으로 들어갈 모든 준비가 끝났소.”

군막(軍幕).

군웅 앞에 우뚝 선 항곡파찬은 금빛 번쩍이는 갑옷을 입고 있었다.

“파죽지세로 치고 올라온 우리는 이제 황산 무림맹의 점령을 눈앞에 두고 있소. 이미 구파일방의 장문인들이 목숨을 잃고 정도 연합에 내분이 일어난 이상 무림맹을 점령하는 건 손바닥을 뒤집는 것보다 쉬운 일이 되었소. 어른의 말씀을 전하겠소.”

항곡파찬은 금빛 두루마리를 펼쳤다.

군웅의 얼굴이 긴장으로 굳었다.

“설 회주는 대동회를 이끌고 지금 즉시 무림맹의 북문(北門)으로 달려가라! 달려가되, 공격은 하지 말고 함성만 지르며 기세를 올려 적의 사기를 꺾어라! 무림맹의 무사들이 싸우러 나오면 접응하여 받아치되 즉시 승부를 낸 후 남문(南門)으로 퇴진한다!”

“명을 받겠습니다!”

“대법왕은 일백 라마를 이끌고 서문(西門)에서 대기하되 공격은 하지 말고 함성을 지르며 기세를 올려라! 무림맹의 무사들이 나오면 접응하여 받아치고 그 자리를 지킨다!”

“명을 받겠소이다!”

“북리 호법은 파황성의 본진을 이끌고 동문(東門)으로 달려가 내부의 아군과 접응하여 생사불문 성문을 열라! 성문을 연 즉시 남문의 설 회주와 서문의 대법왕을 안으로 들게 하라! 장악한 성문은 적이 도망칠 수 없게 하여 놈들을 북문으로 몰아라!”

“그리하겠소!”

"자영부인은 생사천을 이끌고 군사와 함께 북문 십 리 밖에서 대기하라! 북소리가 울리면 진을 형성하고 도망치는 잔당을 한 놈도 남김없이 처리하라!"

"알겠어요!"

"준비는 끝났다. 모두 떠나라!"

군웅이 일제히 일어서며 군막을 떠났다.

5

능소언.

그녀는 불망의 눈앞에서 진혼귀신(鎭魂歸神)하였다.

진아(眞我)는 하늘로 둥실 떠올랐고 따로 남은 육체는 제비꽃 위에 눕는다.

불망은 고개를 들어 하늘을 올려다보았다. 하늘은 어둡고 달은 서산에 걸렸다. 그 속에서 그녀의 별은 빛을 잃고 꺼져 이제 보이지 않는다. 그러나 미소 짓고 있는 능소언의 마음엔 밤하늘의 수많은 별들이 쏟아져 들어온다.

목탁 소리가 청아하다.

혜천 대사가 제비꽃을 방석처럼 깔고 홀로 앉아 제(祭)를 한다.

불망이 그녀와 가진 인연은 적지 않다. 하지만 그녀가 떠난 이 순간에도 그녀를 알지 못한다. 그녀는 참언을 남기며 불망에게 미래를 당부했다.

"대형……."

구양패옥이 다가와 뒤에서 불망을 감싸 안았다.

그녀의 뒤로 조천수와 팽사무, 막소미와 당문령이 망연하게 서서 능소언을 바라본다.

하나, 감정을 잃은 능소언의 얼굴엔 아무 표정이 없다. 오직 창백할 뿐, 이제 그녀는 감정을 드러낼 미약한 힘도 남아 있지 않았다.

멀리서 산군(山君)의 포효 소리가 메아리친다.

놀란 밤새들이 일제히 날갯짓하며 숲을 날아오른다.

막소미와 당문령은 능소언의 앞에 와서 무릎을 꿇고 절을 했다.

단 며칠이었지만, 구양패옥을 비롯한 이 세 여인은 능소언을 만났고 그녀의 사람됨을 접했다. 사람을 사귐에 있어서 시간의 길고 짧음은 문제가 되지 않는다. 한순간 보았어도 그 마음이 전달될 수 있다면 천년의 교류만 못하겠는가.

아무도 소리 내지 않았지만 모두가 울고 있었다.

불망은 화석이 된 듯 가만히 서서 그녀가 남긴 참언을 생각했다.

어느덧 산군의 포효 소리가 잦아드는 가운데 하늘의 한 자락이 휘장처럼 젖혀지고 얼음보다 투명한 백색의 둥근 빛무리가 쏟아져 내려 능소언을 비추었다.

혜천 대사의 목탁 소리가 느리듯 빠르듯 가락을 맞춘다.

수천 수만의 별똥별이 긴 선을 그으며 봉우리를 넘어갔다.

하늘과 땅을 잇는 백색의 투명한 빛무리를 따라 날개가 달린 백의 소녀들이 천상에서 하강해 능소언의 머리 위에서 구름을 일으키며 휘돌았다.

마른하늘에 한바탕 먹장구름이 천지를 뒤덮었다.

꽈릉!

뇌성벽력이 대지를 질타했다.

쏴아아아아아!

비가 내린다.

비와 뇌성과 먹장구름을 뚫고 날개를 단 백의 소녀들이 승천하기 시작했다.

능소언은 올라가지 못하고 제비꽃의 거름이 되듯 함몰한다.

"부디 이 세상을 가엾이 여기소서."

불망은 신이 되지 못한 그녀에게 절한다.

우르르르릉! 꽈릉!

쏴아아아아아ー!

미친 듯이 벼락이 내리치며 천지사방 폭우가 쏟아진다.

마니차를 품은 채 정좌하고 있던 혈불이 눈을 번쩍 떴다. 희열에 차 광기마저 느껴지는 눈이다.

"죽었다!"

그는 기쁨을 감추지 못하고 동혈 밖으로 뛰어나간다.

쏴아아아아아!

폭우가 그의 온몸으로 쏟아졌다.

"드디어 천산 능가장이 멸문했다! 천기를 엿보고 본불의 일을 방해하려던 능가장이 그 죄를 받았도다! 죽어서도 하늘로 가지 못하고 영혼은 구천을 떠돌게 되었도다! 아아! 하늘이시여, 하늘이시여! 과연 그대는 공평하고 또 공평하도다!"

6

쏴아아아아아!

황산에도 폭우는 쏟아지고 있었다.

"이런! 하늘도 우리의 위세에 놀란 모양이오. 갑자기 폭우가 쏟아지는구려."

병거에 앉은 항곡파찬은 자영부인을 보며 웃었다.

"비가 오면 우리에게 불리하지 않겠어요? 준비해 두었던 화공(火攻)이 물거품이 되었어요."

"허허허. 부인, 별 걱정을 다 하시는구려. 이미 놈들은 세를 잃은 오합지졸에 불과할 뿐이오. 나는 어른으로부터 오늘쯤 비바람을 불러오겠다는 전갈을 받은 바 있소. 오늘의 비바람은 우리에게 유리하게 불어 오히려 놈들의 도주에 방해가 될 것이오."

"어른의 신통력이 하늘을 움직인단 말인가요?"

자영부인은 대수롭게 여기지 않았으나 짐짓 놀라워하며 항곡파찬의 말에 장단을 맞췄다.

그때였다.

북문에 진을 치고 있던 설옥상의 전령이 나는 듯 달려와 병거 앞에 무릎을 꿇고 외쳤다.

"군사께 고합니다. 설 회주께서 이끄시는 대동회는 북문에서 쏟아져 나온 무림맹의 무사들을 닥치는 대로 베고 있습니다. 수급의 숫자가 이미 일백을 넘었습니다! 회주께서 남문으로 퇴진할 시기를 알려달라

하십니다!"

뒤이어 북리진강의 전령이 도착해 황급히 말에서 내리며 병거 앞에 무릎 꿇었다.

"군사께 아뢰옵니다! 북리 호법께서 동문을 함락하고 곧장 쳐들어가 저항하는 자들을 가리지 않고 모조리 베고 있습니다. 곧 남문과 서문이 열릴 것입니다!"

"이런! 너는 곧장 북리 호법께 가서 아뢰어라! 진격이 너무 빨라. 아직 설 회주가 남문으로 퇴진하지 않았으니 좀 더 늦추라고 하라!"

본격적으로 무림맹에 대한 공격이 시작된 건 한 시진 전이었다.

그 짧은 시간에 굳건한 무림맹은 파도에 휩쓸리는 모래성처럼 속수무책으로 허물어졌다. 항곡파찬의 생각보다 훨씬 빠른 진격 속도였다.

"군사께 아뢰옵니다!"

"보고드립니다, 군사!"

승리의 소식을 전하는 전령들이 속속 도착했다.

항곡파찬의 입은 귀에까지 가서 걸렸다.

"허허허! 부인, 이제 부인께서 준비를 해야겠소."

"북문이 열릴 것 같습니다."

전령의 다급한 전갈이었다.

"됐다!"

항곡파찬은 병거에서 벌떡 일어났다.

"와아아아아!"

북문에서 함성 소리가 터져 나온다.

문이 열리자 말과 소 같은 가축들이 먼저 튀어나오고 그 뒤로 군웅이 뛰어나왔다. 무림맹의 고수들은 물론이요, 그들의 식솔들이 파황성에 쫓겨 도망쳐 나오는 것이다.

"저들 중에도 병법을 아는 자가 있군요. 이 와중에 우마(牛馬)를 먼저 보내 길을 열 생각을 하다니!"

자영부인은 비릿하게 비웃으며 천천히 손을 들었다.

그녀의 주변으로 궁수들이 시위를 당겼다.

"쏴라!"

독이 발린 화살들이 새카맣게 검은 구름 위로 날아갔다.

우마와 사람들은 고슴도치가 되어 죽어간다. 아비규환이 따로 없다.

한차례 화살 공격이 끝나자 도살이 시작되었다.

마차가 뒤집히고 사람들의 절규가 산을 울린다.

무림맹은 그렇게 힘 한 번 제대로 쓰지 못하고 내부의 적과 외부의 파상적인 공격에 의해 파황성의 손에 떨어졌다.

항곡파찬과 자영부인은 군웅의 함성을 들으며 무림맹의 대회의청으로 들어갔다. 맹을 함락시킨 파황성의 고수들이 양옆으로 도열해 있었다.

그 전면, 무림맹주 관무정이 앉았던 호피 깔린 태사의가 피에 젖어 있다.

항곡파찬은 태사의를 어루만진다. 손에 힘이 들어갔다. 감개가 무량하다. 결국 이 자리를 차지하기 위해 그 수많은 시간을 피와 땀으로 채웠던 것이다.

'하지만 여기가 끝이 아니다. 위대한 장족의 역사는 이제부터 시작이다!'

항복한 무사들이 항곡파찬의 앞에 무릎을 꿇으며 피 끓는 충성을 맹세한다.

"관무정은?"

항곡파찬은 군웅을 돌아보며 묻는다.

동강난 관무정의 시신이 대회의청으로 굴러 들어왔다.

第7章

나 아니면 안 되는
한 가지

“아무도 지존검을 가질 수 없네. 이 검을 손에 쥘 수 있는 분은 오직 불 시주뿐일세.”

천산 열화동에서 보았던 지존검이 다시 불망의 앞에 놓여 있었다.

처음 지존검을 보았을 때, 검은 불망의 키보다 컸다. 검신 또한 그의 몸통보다 넓었다. 그래서 불망은 세상에 이렇게 큰 검이 있을까 생각했다.

지존검을 빼앗으러 능가장에 온 용화세는 말했다.

“지존검 자체가 천하제일 명검이기는 하나 거기에는 천산 노인의 성명절학인 생사십이결이 숨겨져 있다.”

능소언은 불망이 지존검을 가져가길 원했다.

하지만 그는 거절했다. 애초에 그의 것이 아니었으니 가져갈 생각이 없었다. 능소언은 더 권하지 않았으나 구 년의 세월을 격하고 지존검은 다시 불망을 찾아왔다.

"아미타불…… 능 소저는 도탄에 빠진 세상을 구하기 위해 신선의 길을 접었네. 천기를 누설하여 하늘의 노여움을 산 그녀는 결국 자신의 생명까지도 세상을 위해 바쳤네. 이것이 불가에서 말하는 성불이 아니고 무엇인가?"

느릿한 음성으로 말하는 혜천 대사의 눈빛이 암울하다.

"소생을 구하지 않았다면 그녀는 죽지 않았단 말입니까?"

"노납은 미래를 내다볼 수 없으니 그에 대한 확답은 하지 못하겠네. 하지만 확실한 것은 그녀는 불노불사지신(不老不死之身)으로 세상 어디든지 훨훨 날아갈 수 있는 신통력을 지니고 있었지. 그녀는 천산에서 이곳 숭산까지 하룻밤 사이에 달려와 은거하고 있던 노납을 깨웠네. 불 시주를 소개시키고 미래를 맡기고자 함이었지."

만약 그녀에게 그러한 힘이 있다면 직접 혈불을 처리하면 될 것이다. 천산에서 용화세에게도 그러했지만 그녀는 직접 움직이지 않았다. 자신의 죽음까지도 불사하며 다른 사람의 손을 빌려 혈불을 처치하려는 이유는 무엇일까?

능소언은 죽기 전, 혈불의 모든 무공이 천산 노인에게서 비롯되었음을 말해주었다. 그녀의 아버지 능백은 혈불과 지란지교(芝蘭之交)를 나누며 천산 노인의 몇 가지 공부를 전수해 주었고 무공에 남다른 재능을 가지고 있던 혈불은 그것을 자기 것으로 승화시켰음은 물론 더욱 발전시켜 독창적인 세계를 구축하기에 이르렀던 것이다.

혈불의 무공은 서장 무공을 획기적으로 변화시켰다.

그 능력은 결국 혈불에게 다른 생각을 가지게 만든 것이다.

불망에게 혈불에 대해 제일 먼저 말해준 사람도 능소언이었다. 이제 와서 생각해 보니 그 역시 우연이 아닌 듯싶다.

"결국 운명은 거스를 수 없고 하늘의 뜻대로 가는 것이겠지요. 능소저의 운명 역시 천기를 엿보고 그에 반한 행동으로 인해 그렇게 된 것이 아니라 원래부터 그렇게 되도록 정해진 것인 듯합니다. 좋습니다. 이 역시 저의 운명이라면 웃으며 받아들이지요. 제가 어떻게 하면 되겠습니까?"

2

굴복이냐?

죽음이냐?

이 생사의 갈림길에서 구파일방을 비롯한 정도무림은 일제히 봉기했다. 그 발원지는 바로 소림이었다.

진혼관(鎭魂館).

소림에서 제일 큰 대청을 개조하여 만들었다.

대청 앞에는 수백 개의 위패가 놓여 있었다. 파황성에 대항하다 죽은 무림맹 고수들의 위패였다.

군웅들은 줄지어 진혼관으로 들어가 애도를 표하며 허리 숙여 절했다. 그들의 침통하고 비장한 표정으로 인해 진혼관의 분위기는 숨이 막힐 정도로 무거웠다.

진혼관에는 숨 쉬는 소리와 구슬픈 염불 소리만이 은은하게 울려 퍼졌다.

따로 마련된 객청에는 군웅이 삼삼오오 모여 앞으로의 일을 의논했다. 일촉즉발, 풍전등화라는 말이 어울리는 무림은 짙은 안개 속에 가려 한 치 앞도 내다볼 수 없을 정도로 혼탁하다.

각 문파의 영수들은 의사청에 모여 있었다.

"이미 그 수를 헤아릴 수 없을 정도로 많은 목숨이 저들의 손에 떨어졌소. 이대로 가다가는 우리 모두 몰살당하고 말 것이오!"

의사청을 쩌렁쩌렁 울리며 울분을 토하는 음성의 주인은 남궁세가(南宮世家)의 가주 등선대협(登仙大俠) 남궁흠(南宮欽)이다. 언제나 선풍도골풍의 그였지만 오늘만큼은 분한 기운을 이기지 못해 두 눈이 횃불처럼 활활 타올랐다.

"그렇소. 우리는 앉아서 놈들을 기다리다 지금까지 당하기만 했소. 이제는 반격해야 할 때요. 다시 무림맹을 되찾지 못한다면 어떻게 구천에 가 선배들의 얼굴을 볼 수 있단 말이오!"

팽사무의 아버지인 하북팽가의 가주 항마신검(降魔神劍) 팽월산(彭月山)의 음성도 단호하다.

"지금 소림에는 우리를 제외하고도 일천이 넘는 영웅호걸들이 모여 있소. 이 정도의 숫자라면 결코 파황성에 밀리지 않을 것이오!"

"이 늙은이의 생각도 그렇소. 우리가 지금까지 당했던 것은 맹주의 우유부단함으로 인해 전면전을 펼치지 못하여 각개 격파를 당했기 때문이오. 지금이라도 늦지 않았소. 시간이 지나면 지날수록 놈들의 세력은 강해질 것이니 파황성에 대한 공격은 빠르면 빠를수록 좋소."

남궁세가와 하북팽가뿐 아니라 각 세가의 가주들이 전의를 불태웠다. 그동안 구파일방에 밀려 맹주의 자리와 십대장로의 자리까지 모조리 내어준 울분이 오늘 토해지고 있는 것이다.

그에 반해 구파일방의 수뇌들은 할 말이 없다.

소림을 제외하면 장문인들까지 모두 잃은 그들은 입이 열 개라도 유구무언이다. 특히 화산파는 유표가 간자였다는 사실이 만천하에 드러나자 수많은 화산의 선배 고수들이 울분을 참지 못해 피를 토하며 목숨을 잃은 터였다.

소림의 장문방장 경오 대사는 각 세가주들의 격정적인 울분을 들으며 침중한 안색으로 말했다.

"여러 가주님들의 말씀이 조금도 틀리지 않소이다. 하나, 작은 일이든 큰일이든 일을 행함에 있어서는 준비가 필요한 법이오. 혈기만 믿고 나가 싸운다면 필패만 있소이다."

"대사! 또 기다리자는 말씀이오? 우리는 지금까지 기다리기만 하다가 필패하였소! 당가에서도 그 수많은 군웅을 모아놓고 기다리다가 어찌 되었소? 결국 몰살을 당하지 않았소! 그 지옥 같은 곳에서 살아 나온 자는 내 자식인 사무와 청해군가의 군 단주, 그리고 백유 대사 등에 불과하오! 이렇듯 반면교사가 있음에도 불구하고 또 기다리자는 말씀이오?"

"지금은 그때와 사정이 다르오."

"파황성이 숭산을 포위하기 전에 움직여야 함을 왜 모르시오!"

"팽 가주, 홍분을 가라앉히고 조금 더 노납의 말씀을 들어보시오. 여러분 모두 사천에서 용맹을 떨친 불망 대협의 말씀을 들어보셨을 것이오. 현재 그분은 모종의 일로 산을 내려가 있소. 그분이 우리와 함께 움직여 준다면 능히 파황성과 겨룰 만할 것이오.”

“대사, 그는 한 명의 젊은이일 뿐이오. 그가 과연 대세를 좌지우지할 능력이 있다고 보시오? 그는 혈불의 일 장조차 막지 못했다고 들었소.”

“아미타불…… 노납은 직접 불 시주의 신위를 보았소이다.”

백유 대사가 합장하며 말했다.

“불 시주는 우리 모두보다 강하외다.”

“하하하. 그는 엄마 뱃속에서부터 무공을 익혔나 보구려.”

“엄마 뱃속에서부터 익혔다 해도 팽 가주보다 강하지 못할 게요.”

박장대소하는 팽월산의 말을 남궁흠이 받았다. 직접 눈으로 보지 않은 이상 한 젊은이가 천하의 누구보다 강하다는 사실을 어떻게 받아들일 수 있겠는가.

“사무, 네가 직접 보았으니 말해보거라. 그의 무공이 어떠하냐?”

팽월산은 웃으며 팽사무에게 물었다.

팽사무의 얼굴이 돌처럼 딱딱하게 굳었다.

“저는.”

그는 모두의 시선이 집중되자 마지못해 입을 열었다.

“그의 반초지적(半招之敵)도 되지 못합니다.”

“……!”

“……!”

“만약 그가 우리를 돕는다면…… 필패는 백중지세(伯仲之勢)로 바뀌게 될 것입니다.”

"그가 소림에 있었다면, 지금은 어디를 갔소?"

팽월산은 다급히 물었다.

"그는 말없이 산을 내려갔소이다. 그러나 그도 혈불을 상대하기 위해서는 우리의 힘이 필요할 것이니 반드시 돌아오리라 믿소이다."

3

한 사람의 이름이 강호를 진동했다.

경천일검 불망.

한 번 검을 뽑으면 하늘도 놀란다고 하여 붙여진 별호다. 불망은 처음 그 별호를 들었을 때 피식거리며 웃었다.

한때 그는 경천일검이라 불려진 적이 있었다. 당시는 검을 익힐 수 없는 그를 희롱하는 말이었다. 그런데 이제 그 별호는 진정한 의미의 경천일검으로 불망의 이름 앞에 붙었다.

정도 연합은 불망의 등장에 쌍수를 들어 환호했다.

모두들 그를 무림의 구성(求星)이라고 떠받들었다.

영웅을 필요로 하는 암흑의 시대였다. 그래서 사람들은 그를 영웅으로 만들었다.

하지만 사람들의 평가에 불망은 무심했다. 그들이 어떻게 자신을 평가하든 그건 그들의 몫이다. 불망은 그들이 원하든 원하지 않든 해야 할 일을 할 뿐이다.

그 일은 바로 이 땅에서 파황성을 완전히 사라지게 하는 것.

그래서 모든 것을 무(無)로 돌리고 천산 노인도 능소언도 양정도 편안하게 잠들 수 있게 하는 것.

슈파파팟! 콰쾅!

"으악!"

"으아악!"

검광이 낙뢰처럼 번쩍였다.

바닥에는 이십여 구의 참혹한 시체가 가을바람에 떨어지는 낙엽처럼 뒹굴었다. 불망은 무심의 눈으로 앞을 막는 파황성 고수들의 장막을 뚫었다.

불망의 뒤는 구양패옥이 받쳤다.

파황성 하남지부는 이들 일남일녀의 출몰로 처참하도록 빠르게 무너지고 있었다.

불망의 신위는 가공, 그 자체였다.

그는 단 일 보도 뒤로 물러서지 않았다.

수많은 기관매복들이 모래바람처럼 흩어졌다.

파황성에 투항하였다는 이유만으로 덧없는 육신들이 산산이 부서졌다.

그가 지나간 자리에는 수십 구의 시체만이 갈가리 찢겨진 영혼과 함께 차디찬 대지에 누웠다.

"마, 막아! 놈을 막아라!"

"본 성에 놈이 나타났음을 알려라!"

그러나 언제 전서구를 띄워 사건의 전말을 알리고 구원군이 오기를 기다린단 말인가. 그들은 그저 살아날 수 있는 한 가닥 희망을 향해 우왕좌왕할 뿐이었다. 그래서 그들은 살기 위해 혈불의 앞에서 무릎을 꿇었듯 오늘은 불망의 앞에서 무릎을 꿇었다.

　구양패옥은 언제나 불망의 뜻에 몸과 마음을 모두 따랐으나 오직 한 가지만큼은 이해할 수 없었다.

　불망은 이미 정도무림에서 무시할 수 없는 확고한 위치를 점하고 있었다. 그것은 그 자신이 하고자 하는 일을 할 때 굉장한 기득권으로 작용한다. 하지만 불망은 그것을 포기했다.

　'아무리 강하다 해도 혼자서 할 수 있는 일에는 한계가 있어. 그래서 그도 조직이라는 걸 가지려 하지 않았던가.'

　하지만 능소언과의 조우 이후 불망은 혼자가 되었다.

　심지어 조천수마저 소림에 남겨두고 떠나오지 않았는가.

　그리고 벌써 보름째다.

　그는 피에 굶주린 악귀처럼 열한 개의 파황성 지부를 격파했다.

　구양패옥은 어수선한 싸구려 객점에 앉아 죽엽청과 소면을 시켜 먹고 있는 불망을 물끄러미 바라보았다.

　객점은 온통 불망에 대한 이야기로 시끄럽다.

　마치 직접 본 것처럼 몇몇 사람들이 입에 침을 튀기며 떠들고 있었지만 그들의 바로 옆에 당사자가 앉아 퉁퉁 불은 소면을 먹고 있을 줄이야 꿈에도 생각하지 못할 것이다.

　"왜 맛이 없어?"

　불망은 소면은 먹지 않고 자신을 바라보고 있는 구양패옥의 시선을 느끼자 멋쩍게 웃었다.

　구양패옥은 탁자에 젓가락을 놓았다.

"도대체 뭘 원하는 거예요?"

"무슨 말이야?"

"이런 싸움은 끝이 날 수 없잖아요. 한 사람의 힘으론 한계가 있다고 말한 사람은 내가 아니라 대형이에요. 원한다면 모두들 대형을 도울 거예요. 그들의 도움을 받는다면 이 싸움은 좀 더 쉽게 끝날 수 있어요."

"그건 네 말이 맞아."

"그런데요?"

"나는 지금 수련 중이야."

"……?"

"혈불의 북명신공을 창안한 자는 천지상인이야. 그는 호승심을 이기지 못하여 북명신공을 후세에 남겼고 그것이 능가장에서 혈불에게 전달되었지. 그는 죽기 전에 마지막 여력이 남아 천기를 짚어보니 훗날 혈겁이 일어날 것을 알게 된 거야. 그는 그대로 눈을 감을 수 없어 북명신공을 파해할 수 있는 또 다른 무공을 만들었지. 그게 북명파쇄공(北溟破碎功)이야."

"북명파쇄공……?"

"하나 북명파쇄공은 이름만 있을 뿐 아무것도 없어. 결국 그 자신의 수행으로 깨달아야 하는 거지. 그래서 그는 지존검에 자신의 일부를 집어넣어 깨달을 수 있는 자만이 지존검을 들 수 있게 만들어놓았던 거야. 불행인지 다행인지 그 선택을 내가 받게 되었지."

"아무것도 없는데 무엇을 깨달아 북명파쇄공을 익힐 수 있다는 거예요?"

"원리는 간단해. 보통의 사람들은 가진 바 힘이 다야. 무공을 익힌 자들은 공력, 즉 내공이 힘을 앞서지. 그 단계를 지나면 오직 정신만이 삼라만상을 지배할 수 있다는 논리야."

"그야말로 신선의 경지로군요."

"그것과는 좀 달라. 굳이 선을 긋자면 신선보다 마군(魔君)에 가깝지. 왜냐하면 우리 인간의 마음속에 있는 가장 사악한 기운을 불러오는 것이니까……."

불망의 얼굴에 허무의 기운이 스친다.

"그래서 능 소저는 익힐 수 없었던 거야. 오직 나처럼 피에 물든 사악한 악귀만이 익힐 수 있는 거지."

그는 술잔에 죽엽청을 따르며 웃었다.

"어쩌면 나는 혈불보다 더 잔인한 마두가 될지도 몰라. 만약 그렇게 된다면 망설이지 말고 내가 잠들어 있을 때, 조용히 죽여줘. 나를 죽일 수 있는 사람은 오직 너뿐이야."

4

"분노를 그대로 폭출할 수 있는 자만이 반야삼검(般若三劍)을 익힐 수 있네. 때문에 우리 소림에서 반야삼검을 완성한 제자는 아무도 없었던 거지."

길게 자란 죽림 사이를 걸으며 혜천 대사는 말했다.

그의 옆에는 소림의 장문방장 경오 대사가 걷고 있다.

"하나 그는 대부분의 것을 갖추었으나 공력이 조금 미흡했어. 그래서 나는 금강개정대법(金剛開頂大法)으로 그의 생사현관을 타통시켰네."

이윽고 두 사람은 현판조차 걸려 있지 않은 작은 암자에 도착했다.

주변에 죽림은 무성하고 암자는 금방이라도 쓰러질 듯 을씨년스러웠다.

"만약 그가 반야삼검을 제대로 익힌다면 단 한 명의 고수가 절실한 상황에서 우리에겐 단비를 뿌려주는 것과 같은 일일 겁니다."

경오 대사는 조심스럽게 혜천 대사를 바라보며 말했다.

"두고 보세."

암자로 들어간 혜천 대사는 벽의 몇 군데를 더듬었다.

스르르, 소리와 함께 방 한쪽으로 비밀 통로가 드러났다. 무저갱처럼 빛 한 점 쏟아져 들어오지 않는 통로는 길게 지하로 계단이 이어져 있었다. 두 노승은 통로를 이용해 지하 밀실로 들어섰다.

밀실 안.

군염기가 정좌하고 있었다.

운기조식을 하고 있는 그의 왼쪽 팔소매가 펄럭인다. 그의 한쪽 팔이 어깨에서부터 잘려 나가 있었던 것이다.

"그가…… 팔을 잃었군요."

"금강개정대법 중 분노가 폭발하여 몸 안의 탁한 기운이 충천했었네. 하는 수 없이 그는 이미 못 쓰게 된 왼팔에 탁기(濁氣)를 몰아넣고 베어버렸네. 빠르고 과감한 선택이었어. 만약 늦었다면 주화입마에 빠져 버렸을 것이야."

"……!"

“장문인, 잠시만 기다리시게.”

혜천 대사는 군염기를 향해 다가가 그의 뒤에 정좌했다.

휘류류류류!

혜천 대사의 몸에서 강력한 기운이 뿜어져 나온다. 그것은 장심을 통해 군염기의 몸을 휘감았다.

군염기의 백회혈에서도 막강한 기류가 뻗어 올라온다.

군염기와 혜천 대사의 두 기류가 뒤섞이며 그의 전신에서 용솟음쳤다.

경오 대사는 금강개정대법이 거의 막바지에 이르렀음을 느꼈다.

군염기의 몸이 폭풍처럼 부들부들 떨린다.

혜천 대사가 두 눈을 부릅뜨며 노갈(怒喝)했다.

“일체의 잡념을 버리고 무아지경으로 돌아가라! 다시 한 팔이 잘리고 싶은 것이냐?”

“……!”

군염기의 몸은 더욱 심하게 떨린다. 마치 오한에 떠는 병자처럼 입술까지 하얗게 질렸다.

“사념을 떨치고 승화시켜라! 네 안의 분노가 공력에 의해 소멸되리라!”

‘아버지!’

군염기는 어금니를 깨물었다.

분노가 들끓으며 몸 안의 기류가 소용돌이친다.

이것이 하나가 되었을 때, 원수를 향한 진정한 힘이 펼쳐진다.

기류와 분노가 뒤섞인다. 장심을 통해 들어오는 혜천 대사의 공력이 그 둘의 융합을 도왔다.

두 사람의 온몸에서 물처럼 땀이 흘렀다.

일그러졌던 군염기의 얼굴이 점점 평정을 찾아갔다. 종국에는 물처럼 고요한 표정이 되었다.

초조하게 바라보던 경오 대사는 내심 길게 한숨을 내쉬었다.

'정말 대단한 아이로다. 저 끔찍한 고통을 참아내다니…….'

몸 안의 분노도 분노지만 강력한 의지의 소유자가 아니면 불가능한 일이었다.

군염기의 명문혈에서 장심을 떼며 혜천 대사가 몸을 움직였다. 일어서려던 그는 많은 내력의 소비가 있었는지 비틀거리며 가슴을 움켜쥐었다.

"사백님……."

놀란 경오 대사는 얼른 달려가 혜천 대사를 부축했다.

혜천 대사는 그런 경오 대사를 보며 희미하게 웃었다.

"허허. 이제는 나이를 속일 수가 없네. 내공이 아무리 강해도 육체가 그것을 받쳐 주지 못하니…… 이젠 나도 틀린 것 같아……."

"약한 말씀 마십시오. 사백님의 무공은 천하무적입니다."

"천하무적?"

혜천 대사는 껄껄거리며 웃었다.

"수많은 사람들이 천하무적으로 불리었지. 하지만 그들 중 진정한 천하무적은 없었네."

"……!"

"나는 백 년하고도 이십 년을 오직 면벽 수련만 해왔어. 어느 누구

와도 손발을 다퉈보지 않은 내가 어찌 천하무적을 논할 수 있겠는가. 가당치 않아."

혜천 대사는 운공 중인 군염기를 바라보았다.

고통스럽던 혜천 대사의 얼굴에 만족의 미소가 머물렀다.

"저 아이…… 실로 대단해. 자질도 우수하지만 더더욱 놀라운 건 집념일세. 처음 저 아이가 왔을 때만 해도 나는 회의(懷疑)가 있었어. 반야삼검을 익히기 위해서는 반드시 반야신공을 익혀야 해. 자네도 알지? 아무리 자질이 뛰어나도 반야신공을 대성하기 위해서는 십 년 이상의 정진이 필요해. 근 일백 년래에 소림의 제자들 중 반야신공을 제일 빨리 대성한 자가 혜공이었어. 그가 칠백 일이 걸렸지."

"사부님은 우리 소림의 자랑이셨습니다."

"그랬지. 사제는 많은 일을 해냈어. 하지만 떠난 사람을 그리워하면 무엇 하겠는가. 이제부터 이 아이를 믿게. 이 아이는 혜공보다도 성취가 빨라."

"……!"

"일백 일! 반야신공을 완성하고 반야삼검도 통달하게 될 걸세. 그렇다면 이 아이야말로 천하무적이 되겠지."

"그, 그것이 사실입니까?"

혜천 대사는 아무렇지 않게 말했으나 경오 대사의 음성은 파르르 떨린다.

왜 그렇지 않겠는가.

지금의 강호는 한 사람의 고수가 절실했다.

혜천 대사가 군염기를 처음 대했을 때 회의가 있었다고 말했듯 그 역시 이번 일에 회의를 가지고 있었다. 아무리 자질이 뛰어난 자라 해도 반야신공과 반야삼검을 단시일 내에 익힐 수 없음을 역사가 증명하고 있었다.

수년의 시일이 걸린다면 그사이 소림의 안위를 보장할 수 있겠는가. 그래서 그는 각 문파의 장문인들에게도 군염기에 대해 일절 함구했던 것이다.

"마, 만약 그렇다면 작금의 혈난을 저지하는 데, 그는 큰 힘이 될 것입니다."

"허허. 이 사람, 내가 자네와 농담할 나이는 아니질 않은가."

혜천 대사는 경오 대사에게 사람 좋은 미소를 보인다. 하지만 그 미소 뒤에 숨어 있는 혜천 대사의 어두운 그림자를 경오 대사는 보지 못했다.

5

작은 구멍이 뚫린 둑은 시간의 흐름에 따라 조금씩 허물어지는 법이다. 처음 불망도 그 작은 구멍에 불과했다. 하지만 조금씩 구멍은 커졌고 그로 인해 천하를 독패하려던 파황성의 신화에 제동이 걸렸다.

지난 한 달간 불망의 손에 궤멸된 파황성의 지부는 모두 열아홉 곳이었다. 그야말로 거칠 것 없는 행로였다.

불망으로 인해 무림천하는 암운(暗雲)의 그림자를 걷고 한줄기 광명을 찾았다. 패배 의식에 젖어 있던 군웅의 마음속에는 할 수 있다는 희망의 광채가 솟아올랐다.

경천일검 불망.

그는 스스로를 높이지 않았으나 영웅을 원하던 시대에 사람들은 그를 영웅으로 만들었다.

파황성의 하늘 위로 숨 가쁘게 전서구가 날았다.

특급전령(特級傳令) 제이십칠호(第二十七號).

확인 대상 : 경천일검 불망.

전달 사항 : 대결을 피하고 이동 경로를 확인하라.

불망의 이동 경로는 이내 확인되었다.

그가 일부러 몸을 숨기는 것도 아니고 설혹 몸을 숨겼다 해도 찾아내지 못할 파황성이 아니었던 것이다.

혈불은 불망에게 칼 대신 한 통의 서찰을 보냈다.

사방은 아직 꺼지지 않은 불길 속에서 매캐한 연기가 자욱하다.

하늘은 연기로 뒤덮여 환한 대낮임에도 불구하고 온통 어두울 뿐이다.

그 아래 사지가 절단된 시신들이 백사장의 모래알처럼 널려 있었다. 파황성에 소속을 둔 자는 한 명도 남김없이 목숨을 잃은 것이다.

하천의 핏물은 어느덧 씻겨가고 맑은 물이 흐른다.

불망은 작은 암반 위에 앉아 물에 발을 담그고 있었다.

핏물로 범벅이 된 그의 의복은 걸레처럼 더러웠다. 머리카락 역시 핏물을 흠뻑 뒤집어써 마치 갈색으로 염색을 한 것처럼 보였다.

불망은 피와 땀, 흙먼지로 얼룩진 옷을 벗었다.

상의를 벗자 그의 굴강한 상체 근육이 드러났다. 그의 상체는 수십 개의 검흔이 나 수십 마리의 뱀들이 기어 다니는 것 같다. 그가 몸을 움직일 때마다 뱀들이 흐느적거린다.

그는 머리를 감고 얼굴을 씻고 그것도 모자라 바지를 입은 채로 하천 속에 몸을 담갔다. 살얼음이 조금씩 얼고 있는 하천이었으나 추위가 느껴지진 않았다.

구양패옥은 바랑에서 실과 바늘을 꺼냈다.

누더기처럼 다 찢어진 옷이었지만 여벌이 남아 있지 않으니 기워 입을 수 있을 때까지 기워 입어야 했다.

"시장에 좀 가자니까, 정말."

바늘귀에 실을 꽂으며 구양패옥은 투덜거렸다.

"내가 대형하고 같이 다니면서 느는 건 바느질 솜씨밖에 없어요. 예전에는 해본 적도 없었는데."

"사랑하는 여인이 있었어."

몸에 물을 끼얹으며 불망이 말했다.

"아얏!"

바느질을 하던 구양패옥의 손이 움찔거리더니 바늘에 손가락이 찔렸다. 그녀의 엄지에서 피가 배어 나왔다.

"지금 생각해 보면 그것이 사랑이었는지 아닌지 막막해. 어쩌면 그건 그녀와 내가 비슷한 종류의 사람이라는 동질 의식이었던 것 같기도 하거든. 왜 있잖아? 서로가 비슷해서 연민을 느낀다던가 하는 것 말야."

"그런데요?"

"그래서 나는 그녀를 지켜주려 했던 것인지도 모르겠어. 뭐랄까…… 그래, 너도 나처럼 불쌍하구나. 내가 도와줄 테니 한번 날아봐라. 이런 것 말야. 그래서 결국 그녀는 날아갔지. 저 하늘 위로."

"……."

"그 후 나는 여러 가지 도덕적인 말로 나를 포장했지만 결국 그녀의 복수심 때문에 살인을 저지른 것 같아. 관을 지게에 지고 곤륜산을 오르내리며 그녀의 영생을 빈 것이 아니라 내 마음속의 복수와 이기심, 그리고 분노 따위에 불을 지핀 것 같아. 결국 그녀와는 하등 상관없는 내 스스로의 위안인 게지."

"난 머리가 나빠요. 그렇게 어렵게 말하면 몰라요. 쉽게 말할 수 있는 걸 어렵게 말하는 것도 나쁜 버릇인데."

"어렵게 말하는 게 아니라 아직 정리가 덜 되어서 어떻게 말해야 할지 모르는 거야. 뭐, 결국 요점을 말하자면 사랑이 뭔지 잘 모르겠다는 것이라고 해두자고."

"쯧. 겨우 그걸 말하려고 그렇게 말을 돌렸단 말이에요? 그건 그렇고 소림으로 돌아가실 거예요?"

"글쎄. 생각 좀 해봐야 할 것 같아. 내가 정도인들과 함께 움직이는 건 좋은 생각이 아니야."

"왜요?"

"파황성이 단번에 소림을 치지 못하고 있는 이유가 뭔지 알아?"

"난 머리가 나쁘다고 했잖아요."

"첫째는 세를 확장하여 정도인들이 스스로 굴복하기를 원함이고 둘째는 너와 내가 그들과 함께 있지 않기 때문이야. 우리는 단둘뿐이지만 녹림칠십이채를 움직일 힘이 있어."

"하지만 안 가면 혈불이 비웃을 거예요."

불망에게 전달된 혈불의 서찰. 그것은 불망과 정도 연합, 그리고 파황성이 한꺼번에 만나서 끝장을 보자는 내용이었다.

혈불의 선택은 당연한 것이었다.

아무런 조직도 연고도 없이 홀로 움직이는 불망의 뒤를 쫓는 건 거의 불가능하기 때문이다. 그렇다고 그냥 내버려 두었다가는 뒷문이 속절없이 무너지고 만다. 그러니 남은 잔당들을 한꺼번에 쓸어내야 하는 혈불의 입장에서는 모두를 한 번에 묶어 끝을 보겠다는 것이다.

명예를 중시하는 정도 무림에서도 혈불의 이 도전을 거부할 명분이 없다.

"그들이 비웃는 건 내가 신경 쓸 필요 없지."

"하지만 대형이 가지 않는다고 소림에 모인 정도 연합에서도 가지 않을까요?"

"파황성의 도전을 뿌리치긴 어렵지. 명예를 중시하는 자들이니."

"이길까요?"

"글쎄."

"그러면 결정났네요. 향후 무림의 운명이 대형의 손에 달려 있어요."

"하하하! 패옥, 나를 움직이게 하는 수법이 날이 갈수록 발전하는 거 같아."

"설마요."

"그런데 나는 나 아니면 안 된다는 생각을 버린 지 오래야. 하지만 오직 한 가지 나 아니면 안 되는 것이 있긴 있지.”

“그게 뭔데요?”

구양패옥은 바느질을 멈추며 그를 바라보았다.

불망은 물속에서 천천히 걸어나왔다. 핏물이 모두 씻겨 나간 그의 상체에서 허연 김이 나고 있었다. 그는 춥지 않았으나 피부는 추위를 느끼는 모양이었다.

“너 말야.”

“네?”

“너라고.”

“너라니요?”

“머리가 나쁜 게 맞긴 맞는 모양이다. 그렇게 말해도 못 알아들으니 말야.”

“……?”

구양패옥은 눈을 동그랗게 뜬다.

정말 못 알아듣는 눈치였다.

“좌우지간 너와 나는 분위기와 거리가 멀어. 하긴, 이 꼴로 분위기 잡는 것도 우습긴 하지. 가자고. 가서 밥이나 먹자고. 밥 먹고 가볼 데 가 있어.”

6

“불망과 소림에 서찰은 무사히 전달되었나요?”

자영부인은 항곡파찬에게 물었다.

"그렇소."

"나는 가끔 군사를 이해할 수 없어요. 소림을 치는 건 손바닥을 뒤집는 것보다 쉬운 일이에요. 우리가 직접 움직이면 될 것을 왜 저들을 불러들이는 것이죠?"

"불망, 그자를 찾아낼 수 없기 때문이오. 우리가 소림을 치기 위해 떠난다 해도 놈을 상대할 고수들을 또 이곳에 남겨두어야 하오. 그렇게 되면 우리는 한 번에 막을 수 있는 것을 두 번에 걸쳐 막게 되지 않겠소?"

"각개 격파는 나름대로 묘미가 있지요. 군사께서 그걸 모르시진 않을 텐데요?"

"우리가 소림을 치러 갔을 때, 놈이 각 산에 분산되어 있는 녹림의 무리들을 이끌고 이곳에 오지 않는다면 부인의 말씀이 맞소. 하나, 놈이 그 틈을 노리고 온다면 일은 매우 피곤하게 전개될 것이오. 더욱이……."

말을 하던 항곡파찬은 말꼬리를 흐렸다.

자영부인은 웃으며 말했다.

"하시려던 말씀을 마저 하세요."

"지금부터 내가 하는 말은 외부에 알려져서는 안 되는 것이오. 하지만 이제 부인도 외인(外人)이 아니니 말씀드리리다."

항곡파찬은 얼굴을 굳히며 긴장을 고조시켰다.

"북리 호법이 불망, 그자에게 죽었소."

"……!"

"또한 어른께서 지난번 풍우(風雨)를 불러오느라 심력(心力)을 과도

하게 허비하시었소. 그래서 지금 면벽 수련 중이오.”

“미묘한 시기에 면벽 수련에 들어가셨군요.”

“의도한 바는 아니나 일이 그렇게 되었으니 하는 수 없지요. 어쨌든 어른이 움직일 수 없으니 우리도 성을 비울 수 없소. 그러니 놈들을 불러오는 수밖에 없지 않겠소?”

“하면, 대회전(大會戰)을 뒤로 미루는 것이 좋지 않겠어요?”

“그래서 성내의 반발을 무시하고 세를 확장한다는 명목 하에 지금까지 미뤄오지 않았소? 하지만 우리가 확장한 세력은 불망, 그자에게 족족 부서져 정체 상태요. 그러다 보니 더 이상 내부의 반발을 무마할 길이 없소. 또 소림에서도 관무정의 뒤를 이을 새로운 맹주의 선출을 앞두고 있다는 세작의 연락이 있었소. 나는 더 늦어서는 안 되겠다는 생각을 가지고 있소.”

“음. 듣고 보니 그렇군요.”

“그래서 어른께 보고를 드렸소. 어른은 더 이상 미룰 것 없이 부인을 중심으로 성의 체제를 정비하여 잔당을 소탕하라 명하셨소.”

항곡파찬은 ‘부인을 중심으로’ 라는 말을 하며 자영부인의 태도를 살폈다. 가루라 가면 속, 그녀의 동공이 은은하게 떨린다.

“나를 중심으로 말인가요?”

“약속을 했지 않소? 그날의 약속대로 중원무림은 부인의 것이오.”

“……!”

“하나 흑도의 여러 방파들이 본 성을 등에 업고 할거를 꿈꾸고 있소. 어른을 비롯하여 우리 파황성은 부인의 편이지만 부인이 뭔가 확실한 족적을 남기지 않는 이상, 드러내 놓고 부인의 손을 들어줄 수도 없는 입장이오."

"그러니까 내가 이번 대회전을 진두지휘하여 나를 반대하는 자들까지 확실히 휘어잡으라는 말씀이지요?"

"하하하. 부인은 한마디를 하면 그 다음을 말하시니 더 이상 설명하고 말고 할 것도 없소. 뭐, 반대하는 자들을 알아서 쓸어내는 것도 나쁘지 않을 것이고……."

"그건 내가 알아서 처리하지요."

"전적으로 부인께 일임하겠소. 노파심에서 한마디 더 하자면 소림에 있는 자들은 별것 아니지만 불망 그자는 극히 조심해야 할 인물이오. 뭐, 부인의 무공이라면 충분히 처리할 거라 믿어 의심치 않소만."

항곡파찬의 눈빛이 교묘하게 빛난다.

"불망이라……."

자영부인은 혼잣말처럼 중얼거렸다.

백수인의 아들인 그는 자영부인의 조카였다. 하나 파황성의 누구도 그 사실을 알지 못했다. 굳이 말할 필요가 없었기 때문이다.

'두 발 달린 짐승은 결코 미래를 예측할 수 없다지만 일이 이렇게 될 줄 알았다면 그 아이를 내 옆에 두었어야 했어. 한순간의 판단 착오가 서로 상잔할 수밖에 없는 지경까지 내몰리게 했구나.'

7

크르르르릉!

돌기둥이 갈라지며 군염기가 모습을 드러냈다.

장장 삼 개월간 암동(暗洞)에서 세상과 인연을 끊었던 그가 다시 세상 밖으로 나온 것이다.

나타난 그의 모습은 과거에 비해 변화가 없다.

있다면 오직 하나, 좀 더 비감스러워졌다는 것뿐.

군염기가 나올 때를 기다리며 수백 명의 군웅이 천막까지 친 채 암동 앞에서 진을 치고 있었다. 군웅 중에는 이름만으로도 천하를 떨쳐 울리는 정도무림의 명숙들이 줄줄이 포진해 있었다.

"군 대협이 출관하셨다!"

"군 대협 만세! 정도무림 만세!"

그가 모습을 나타내자 수백 군웅이 일제히 환호했다.

막소미는 군웅의 뒤에서 앞으로 나서지 못하고 조천수의 곁에서 줄줄 눈물만 흘리고 있었다.

군염기는 사람들을 제치며 막소미의 앞으로 걸어갔다.

그가 한 발 한 발 다가올 때마다 막소미의 가슴이 두근거린다.

"형님."

군염기는 조천수에게 허리를 숙였다.

"어서 오게. 예전보다 훨씬 헌헌대장부(軒軒大丈夫)가 되었구나. 보기 좋아."

"다 형님의 염려 덕분입니다."

군염기는 조천수의 옆에 있는 막소미에게 시선을 돌렸다. 그녀를 바라보는 군염기의 시선이 애틋하다.

"소미, 잘 있었어?"

"당신, 왼팔이……?"

"거추장스러워서 버렸다."

군염기는 웃고 만다.

그는 화제를 돌렸다.

"그런데 큰형님은 어디 계십니까?"

"그분은 저 풍진강호에서 홀로 싸우고 계시네. 파황성의 마지막 일인이 목숨을 잃을 때까지 그분의 싸움은 멈추지 않을 것이야."

"온 힘을 다해 수련하였으나 제가 늦었군요."

"아니야. 늦지 않았어. 이제 주군과 합류하여 우리의 힘을 보여주세."

감정이 복받치는지 조천수의 눈에서도 눈물이 흐른다.

경오 대사가 그들에게로 다가왔다.

"군 대협, 군 대협이 이처럼 건강한 모습으로 출관해 주시니 노납은 감회가 새롭소이다. 부디, 군 대협에게 모든 것을 물려주고 떠나신 혜천 대사백의 뜻을 잊지 마시고 제마멸사(制魔滅邪)의 기치창검(旗幟槍劍)을 높이 들어올려 주시오."

"죽는 순간까지도 잊지 않을 것입니다. 혈불의 상황은 어떻습니까?"

"현재 파황성은 무자비한 속도로 각 문파를 귀순시키며 우리를 압박하고 있는 실정이오."

경오 대사의 비감 어린 말에 이곳저곳에서 마른침 삼키는 소리가 들려왔다. 군염기가 출관하였으니 이제 파황성과의 전면전만이 남았다. 하지만 한 번도 그들을 이겨본 적이 없는 정도 연합이었다. 시간이 갈수록 두려움이 엄습해 든다.

좌중의 분위기를 느낀 팽월산이 자신감있는 음성으로 당당히 말했다.

"숭산 일대에 모인 군웅의 수가 일천이 넘소! 또한 녹림방의 구양 총표파자께서 싸움이 벌어지면 적극적인 지원을 아끼지 않겠다는 약조를 해주셨소! 그리고 황제 폐하의 친조카이신 이친왕 전하께서 놈들의 야욕을 분쇄코자 군수 지원에 나서기로 하셨소이다. 이만하면 우리 쪽의 승산이 월등하오! 정도의 혼이 땅에 떨어진 만큼 각 파의 고수들은 이번 싸움에 사활을 걸고 임해주실 거라 믿소이다!"

팽월산의 결의에 찬 언동에 모두들 고개를 끄덕였다.

더 이상 물러설 데가 없는 곳까지 군웅들은 물러서 있었다. 여기서 더 물러선다면 죽음과 고통에 찬 절규와 폐허가 된 산하뿐이다.

"노납은 여러분도 알다시피 산문을 나서본 경험이 일천하여 임기응변을 필요로 하는 이번 싸움을 진두지휘할 수 없는 입장이오. 노납은 비명에 가신 관 맹주의 뒤를 이어 여러분께 이 결전을 지휘할 인물을 추천할까 하오."

모두의 시선이 경오 대사에게 집결되었다.

"노납은 우리의 새로운 지휘자로 군염기, 군 대협을 소개하는 바요! 반대하실 분이 있다면 지금 말씀해주시기 바라오!"

새롭게 맹주로 추대된 군염기는 첫 행보로 관무정을 비롯한 정도 연합 무림인들의 위패가 모셔진 진혼관을 찾았다. 군염기의 뒤로 수백 명의 사람들이 줄을 지어 따라왔다.

군염기는 엄숙한 신색으로 위패를 향해 아홉 번 절했다.

경오 대사 등 군웅도 진혼관의 안과 밖에서 군염기의 뒤를 이어 절했다.

자리가 사람을 만든다는 말이 있듯 맹주로 선출된 군염기는 의젓하고 좌중을 압도할 만한 무게를 갖추고 있었다. 또한 과거에는 볼 수 없었던 너그러움마저 넘쳐흘렀다.

예를 마친 그는 군웅을 향해 고개를 돌렸다.

군웅이 그를 둘러싸며 소리쳤다.

"맹주, 파황성에서 도전장을 보내왔소. 그에 대한 비책을 가지고 계시다면 한말씀해 주시오! 무엇이든 좋소! 우리는 맹주의 고고지성(呱呱之聲)을 듣고 싶소이다!"

군염기는 경오 대사를 바라보았다.

경오 대사가 고개를 끄덕였다.

"사는 것이 무엇입니까?"

이윽고 군염기는 좌중을 돌아보며 산천이 쩌렁쩌렁 울리는 큰 소리로 말했다.

"사는 것?"

"무슨 소리야?"

군염기의 갑작스런 외침이 무슨 뜻인지 몰라 군웅들은 다들 멀뚱거리며 서로 얼굴만 쳐다보았다.

군염기가 계속 말했다.

"죽음을 기다리는 것입니다. 돈과 명예와 권력, 일신의 개세적인 무공. 이 모든 것들을 한 손에 쥐고 이루고자 하는 것을 모두 이루었다 하더라도 그 마지막은 죽음으로 맺을 뿐입니다. 이 얼마나 허무한 생이요, 부질없는 이름이라 하지 않을 수 있겠습니까? 하루를 살면 하루의 죄업(罪業)이 쌓이는 생 속에서 우리가 해야 할 일은 무엇입니까?"

누군가 곁에 있는 사람에게 속삭인다.

"혈불을 죽일 수 있는 비책을 말해보라고 했더니 무슨 허무요, 부질없음이야? 맹주가 우리 모두를 중으로 만들려는 것 아냐?"

"글쎄, 좀 더 들어보자고."

"길지 않은 우리의 생은 곧 끝납니다. 우리의 영혼은 원래의 자리로 되돌아갈 것입니다. 초심을 잃지 마시기 바랍니다. 태어난 의미를 생각하시기 바랍니다. 비록 우리 모두가 한날한시에 태어나지 않았고 그 품성 또한 다 다르겠지만 원래의 맑았던 영혼은 같습니다. 생을 끝내고 맑은 하늘로 오를 때, 우리가 살아온 이 땅에 무엇을 남겼는지, 그리고 그것에 대한 후회 없는 생이 되시길 바랍니다."

"맹주! 도대체 무슨 말씀이오?"

누군가 번쩍 손을 들며 불안한 얼굴로 묻는다.

"아무것도 바라지 말고 다만 해야 할 바를 조용히 해나가면서 죽음을 맞이하자는 것 아니오!"

누군가 그 사람의 말에 화답했다.

맹주의 일성을 가뜩이나 기대하고 있던 군웅들은 소태 씹은 얼굴이 되었다. 최소한 그가 '의기충천(義氣衝天)'을 말하며 '파사현정(破邪顯正)'의 높은 뜻을 외칠 줄 알았던 것이다.

군웅들은 그의 모호한 말에 교감하기 어려웠다.

하지만 군염기는 할 말을 모두 마쳤다는 듯 더 이상 말하지 않고 군웅들 틈을 빠져나갔다.

남은 군웅들은 서로의 얼굴을 바라보며 술렁거렸다.

"난 무슨 소린지 하나도 모르겠어. 그러니까 죽기를 각오하고 싸우자는 그런 말인가?"

누군가 몽롱한 표정으로 말했다.

"그가 중이 되려는 것은 아닐까?"

"나는 오히려 그가 도사 같은걸."

조천수의 옆에서 군염기의 일성을 듣고 있던 당문령은 고개를 갸웃거리며 묻는다.

"서 대협, 그가 예전과 달라진 것 같아요. 저렇게 현학적인 사람이 아니었는데……."

어투의 차이는 있겠지만 막소미도 당문령의 말에 동감했다.

그의 일성은 가슴이 떨릴 정도로 멋졌지만, 왠지 전혀 다른 사람을 보는 것 같았다.

조천수가 빙그레 웃으며 말했다.

"아마 그는 고난을 겪으며 영혼을 자각하게 된 모양이오."

"영혼의 자각이라니요?"

"죽음의 순간을 여러 번 겪고 나니 세상일이 하찮게 보이게 된 모양이란 거요. 그의 말은 결국 공수래공수거(空手來空手去)의 허무가 아니겠소? 염기가 점점 주군을 닮아가는 것 같아."

"그럼 잘못된 건 아니군요."

조천수는 파란 하늘에 시선을 주며 말했다.

"글쎄…… 그게 잘되었다고 해야 하나, 잘못되었다고 해야 하나. 나로서도 판단하기 어렵소. 다만 우리 신선교의 입장에서 보자면 애석하기 그지없는 일이지. 모두가 버리는 것을 깨닫는다면 누가 교를 지킨단 말인가……."

당문령의 질문에 대한 답이었으나, 그 뒤는 혼잣말이다.

第8章

거친 하늘에 흐르는 허망한 구름

북경(北京)에서 일백 리 떨어진 서량산(西亮山).

이곳에 뛰어난 유사가 기거하고 있었으니 성은 군(軍)이요, 이름은 옥랑(玉朗). 자(字)는 승평(丞平), 호(號)는 망량(忘亮)이다. 세인들은 그의 학문적 깊이가 하늘에 닿았다 하여 천학선생(天學先生)이라 불렀다.

한때 황제의 사군(師君)으로 벼슬을 살기도 하였으나 위인이 워낙 탈속하여 곧 낙향하고 외인과는 일체 접견을 하지 않았다. 그러나 매화에 향이 없다 하여 어찌 그 고고한 기품이 사라질 수 있겠는가.

글줄깨나 읽은 선비치고 천학선생의 인품과 높은 학식, 그리고 고고한 기품을 존경하지 않는 자 없었다.

새벽, 소동(小童)은 마당을 쓸고 있다가 자신의 앞을 막는 그림자에 놀라 황급히 시선을 들었다. 순간 개구진 그의 얼굴은 경악으로 물들며 딱딱하게 굳었다.

"으악! 누, 누구세요?"

자신도 모르게 입 밖으로 튀어나온 한마디.

그렇다. 한 사람이 소동의 앞을 가로막고 서 있었던 것이다. 그 사람은 단 한 번도 본 적이 없는 특이한 형태의 사람이었다. 전신의 흑의는 때로 절어 있고 눈가엔 누적된 피로로 인해 핏발이 서 있다. 머리는 아무렇게나 자라 마구 헝클어진데다가 군데군데 핏물까지 배어 있었으며 등 뒤에는 거대한 칼을 메고 있다.

소동은 마치 지옥야차를 보는 듯 공포스럽다.

그런데 이 공포스런 사내 뒤에는 눈부시도록 흰 백의를 입은 절세미녀가 그림처럼 서 있었다. 그녀를 보는 순간, 소동은 또 다른 의미로 정신이 어질어질했다. 두 사람을 번갈아 보자 마치 천당과 지옥, 야차와 선녀가 함께 공존하는 듯하다.

소동이 눈을 동그랗게 뜨고 자신을 바라보자 구양패옥은 조용히 웃으며 말했다.

"안녕하세요? 우린 선생을 뵈러 왔어요. 안에 계신가요?"

그제야 소동은 자신의 결례를 눈치 채고 겸연쩍게 웃었다.

"아, 선생님을 찾아오신 분들이시군요. 하지만 어쩌죠? 선생님께서는 외유를 나가셨습니다."

"그럼 언제쯤 오실지 알 수 있을까요?"

"워낙 자유롭게 다니시는 분이라…… 아마 오늘은 오시지 않을 겁니다."

"그럼 내일은 뵐 수 있을까요?"

"글쎄요, 한 번 나가시면 곧 들어오실지, 한 달이 걸릴지 일 년이 걸릴지 알 수 없습니다."

"대형, 어쩌죠?"

구양패옥은 난감한 기색으로 불망을 바라보았다.

"안으로 들어가 기다리겠다."

"네?"

소동이 깜짝 놀란다.

"그, 그건 안 돼요?"

"왜 안 되지?"

안으로 성큼 걸어 들어가던 불망은 의심의 눈초리로 소동을 노려보았다. 소동은 머리를 긁적이며 우물쭈물 말했다.

"주인이 안 계신데…… 객이 무례를 범할 순 없잖아요. 그리고 선생님께서는 외빈(外賓)을 접견치 않아요."

"그래서 안으로 들어가겠다는 것이다. 선생도 한가하지 않으시겠지만 나도 한가하지 않다. 언제 올지 모르는 선생을 대문 밖에서 무작정 기다리고 있을 수는 없지 않느냐?"

"이, 이런 무례한 행동이 어디 있단 말이에요?"

소동은 불망이 무서웠지만 양팔을 벌려 그의 앞을 막았다. 벌린 그의 양팔이 바들바들 떨린다.

구양패옥은 그것이 우스워 '풋!' 하고 소리 낸다.

불망은 소동의 팔을 피해 안으로 들어갔다.

"안 된다니까요, 참나! 나 혼난단 말이에요!"

소동이 허겁지겁 불망의 뒤를 쫓았다.

천학선생, 과연 그는 불망의 생각대로 외유를 나가지 않고 그 집에 그대로 있었다. 막무가내로 불망이 밀고 들어오자 천학선생은 하는 수 없이 그를 접견했다.

불망은 방으로 안내되었다.

주인의 고아한 기품이 엿보이는 정갈한 방이었다.

방 한곳에 놓인 탁자 앞에 한 사람이 단정히 앉아 있었다.

불망은 그를 향해 시선을 던지다가 크게 놀란 빛을 떠올렸다. 여간해서 다른 사람에게 자신의 감정을 드러내지 않는 불망으로서는 꽤 당혹스러운 행위였다.

그 사람은 쪽빛 유삼을 걸치고 머리에는 관을 쓰고 있었다. 나이는 오순가량이고 한눈에 보아도 평생을 학문에만 정진한 고고한 학자의 기풍이 흘렀다.

이 사람이 바로 천학선생으로 그 학명을 사해에 떨치고 있는 군옥랑이었다.

불망의 두 눈에 떠오른 놀람의 빛은 떠오를 때보다 더 빨리 사라졌다. 대신 그는 가볍게 손을 모으며 담담하게 웃었다.

"불망이라고 합니다. 선생을 만나뵙고 싶은 일념으로 무례를 저질렀으니 해량(海量) 바랍니다."

천학선생 군옥랑은 담담하게 웃었다.

"나는 피에 젖은 무림인과는 지금까지 시선도 마주친 적이 없소. 또 그들 중 나를 만나보고자 하는 이는 몇 있었으나 귀공처럼 막무가내로 밀고 들어오는 자 역시 없었소. 그리고 오래전부터 외객을 거절했던 터, 이미 면식하였으니 돌아가 주시면 좋겠소."

내뱉듯 말하고 난 군옥랑은 몸을 일으켜 침상으로 가더니 등을 보인 채 누워버렸다. 당신과 말을 섞느니 나는 잠이나 자겠다, 라는 그의 행동은 노골적인 축객령이었다.

불망의 얼굴이 가볍게 굳었다.

그는 주인이 잠든 방에 홀로 앉아 생각을 정리했다. 천학선생 군옥랑의 코고는 소리만이 간헐적으로 들려오는 가운데 시간은 하염없이 흘렀다.

이윽고 그는 자리에서 일어나며 말했다.

"첩첩이 쌓인 만 리 구름 속 외로운 그림자 하나, 그것이 인생인 것을."

마치 계언처럼 그 한마디를 남기고 불망은 방을 나갔다.

그가 떠난 방은 정적이다.

그렇게 얼마의 시간이 흘렀을까?

깊은 잠에 빠진 것처럼 코까지 골며 누워 있던 천학선생은 불망의 발걸음 소리가 멀어진 것을 확인하고 나서야 몸을 일으켰다.

천학선생은 무엇에 홀린 것처럼 창가로 걸어갔다.

이른 아침의 미명 속에 불망의 뒷모습이 보인다. 세상의 온갖 고뇌가 올라가 있는 것 같은 무거운 어깨다.

아무 감정도 없다고 생각하였건만 두 눈에서 그도 모르는 사이 눈물이 주르륵 흐른다.

"이미 접은 인연이었다. 하얗게 타버려 재만 남았으니 어찌 다시 불꽃을 피워올릴 수 있겠느냐."

"가자."

기다리고 있던 구양패옥의 어깨를 툭 치며 불망이 말했다.

"벌써요? 들어간 지 반 시진도 안 됐어요."

구양패옥은 놀라 되물었다.

그녀는 천학선생을 만나러 가는 동안 불망이 새로운 흥분에 들떠 있다는 것을 알고 있었다. 그런데 보아하니 별말을 나눈 것 같지 않았다. 여러 말을 나누었다면 이렇게 빨리 나올 수도 없을 것이다.

"왜? 무슨 일 있어요?"

구양패옥은 그의 팔에 매달리다시피 하며 묻는다.

"일은 무슨……."

"표정이 별로 안 좋은데요. 검노 무극경이 그를 만나보라고 했다면서요. 그를 만나면 '북풍이 불어오니 대붕이 천산을 날아 하늘을 덮었습니다'라고 말하라 했다면서요. 그러면 그가 대형에게 아는 바를 숨김없이 말해줄 거라고. 그렇게 말했어요?"

"하지 않았다."

"왜요?"

"그를 보는 순간 묻지 않아도 모든 것을 알 수 있었기 때문이야."

"……?"

"그가."

불망의 얼굴이 고통스럽다. 그러나 그것은 잠깐, 불망은 탈속한 듯 무덤덤하게 말했다.

“내 아버지였어.”

“……!”

“난생처음 보는 얼굴이었지만 보는 순간 알 수 있었어.”

“그분은요? 그분도 대형이 아들인 걸 알고 계신가요?”

구양패옥의 음성이 다급해졌다. 그러나 불망은 다른 말을 했다.

“이제 조금 더 편안해질 수 있겠어. 결국 모든 것은 내 안에 있었던 것이야. 가자. 가서 파황성과 신나게 싸워보자고.”

구양패옥은 그의 말을 알아들을 수 없다.

하나, 그는 더 이상 말하지 않을 태도이니 물어보았자 입만 아프다.

알게 된다면 언제가 알게 될 것이고 모른다면 백 년이 지나도 알 수 없으니 그녀는 더 생각해 보았자 별무소용일 뿐이다.

2

황산.

푸르던 산세는 옛 영화일 뿐이다. 옷깃을 여미는 겨울바람 속에 산의 곳곳엔 살얼음이 깔려 있었다. 바짝 마른 낙엽은 바람을 따라 이리저리 뒹굴며 그 황량함에 쓸쓸함 마저 더했다.

한때 수많은 무림 고수들의 발길이 끊이지 않았던 곳이다. 그러나 화려한 영화는 푸르던 산세와 마찬가지로 모두 지난 일이 되고 말았다. 지금은 그저 처단해야 할 마졸들의 소굴일 뿐이다.

둥― 둥― 둥― 둥―!

일정한 간격을 두고 격고(擊鼓)가 시작되었다.

천지간에 울려 퍼지는 북소리, 그것은 쌍방의 대치가 일촉즉발의 순간에 도달했음을 알리는 신호였다.

군염기는 혜천 대사가 남긴 달마검(達磨劍)을 집어 들었다. 차가운 쇠붙이의 감촉과 함께 달마검은 그의 손에서 부드럽게 울었다.

'만약 오늘의 대회전에서 승리하지 못한다면 나는 천고의 죄인이 되리라!'

정도 무림의 존폐가 걸려 있다고 생각하니 입 안의 침은 마르고 양 어깨는 더할 수 없이 무겁다.

"형님이 계셨으면 좋았을 텐데……."

"그분은 반드시 오실 거예요."

옆에서 그의 옷매무새를 살펴주던 막소미가 말했다.

"그야 물론이지. 하지만 너무 늦잖아."

군염기는 농담처럼 말하며 씨익 웃었다. 그 자신의 긴장감을 풀기 위함이었다.

"소미, 잘하라고 날 좀 격려해 주겠어?"

반야신공과 반야삼검을 익혀 절대고수가 되었다 하나, 이 한 번의 승패에 천하를 내놓을 수도 있으니 아무리 군염기라 해도 위로가 필요했다.

"나는 당신을 믿어요. 당신은 이 세상 누구보다 잘해내실 거예요."

막소미는 그에게 따뜻한 시선을 보냈다.

절대적인 믿음을 보내는 그녀가 있었기에 그는 위안이 된다.

"소미, 이 싸움이 끝나고 맹을 되찾는다면 우리 그곳에서 세상의 어느 누구보다 화려하게 혼례를 올리자. 내 신부가 되어주겠지?"

"물론이에요. 내가 아니면 누가 당신의 신부가 될 수 있겠어요?"

"그래, 오직 너뿐이지. 사랑한다, 소미."

군염기는 막소미를 안았다.

막소미는 그의 품에서 두근거리는 그의 심장 소리를 들었다. 곧 피 튀기는 전장 속으로 나갈 사람이지만, 지금 이 순간만큼은 행복하다. 이 행복이 영원했으면 좋겠다. 하지만 곧 가슴이 아리며 눈물이 흐른 다. 막소미는 눈물을 감추기 위해 군염기의 품에 더욱 얼굴을 묻었다.

이윽고 군염기는 몸을 돌려 걸음을 옮기기 시작했다.

어느새 그의 얼굴에서는 떨림이 사라지고 바위처럼 단단하게 굳었 다.

그의 신형이 막사 밖으로 모습을 드러내자 불현듯 사방에서 엄청난 함성이 폭발했다.

"와아아아아!"

천지를 일시에 뒤흔들어 놓는 해일과도 같은 함성이다.

수를 헤아릴 수 없는 군웅이 저마다 병장기를 하늘로 흔들어대며 끊임없이 열렬한 함성을 토했다.

군염기는 손을 들어 그들의 환호에 답했다.

그는 미리 준비되어 있던 독전대로 다가갔다.

그의 뒤를 조천수와 경오 대사가 바짝 따랐다.

독전대 아래에서 대기하고 있던 팽사무는 재빨리 다가오며 입을 열었다.

"이미 모든 안배가 완료되었소!"

긴장이 충만한 음성이었다.

군염기는 묵묵히 고개를 끄덕이며 단상 위로 올라갔다.

그때까지 함성을 질러대던 군웅들은 그가 독전대 위에 올라 버티고 서자 일제히 환호를 그쳤다.

진중에 적막이 찾아왔다.

군염기는 시선을 돌려 진영의 전열을 점검했다.

진영은 각 대문파끼리 독자적인 대오를 이룬 채 진세를 형성하고 있었다. 그래서 약간은 이질적이고 조금 엉성해 보이기도 했다. 하지만 파사현정을 위한 그 정신은 남녀노소, 문파를 불문하고 모두 같다.

군염기는 침묵을 지키며 고개를 들어 하늘을 우러러보았다.

맑았다.

차디찬 겨울 하늘은 그저 한없이 맑고 푸를 따름이었다.

'이제 건곤일척의 승부가 시작된 것이다! 하나밖에 없는 착한 동생이 이처럼 떨고 있는데, 형님은 지금 어디 계시는 거요?'

군염기는 폐부까지 찬 공기가 들어올 수 있도록 깊이 숨을 들이켰다.

'시작이다!'

그는 달마검을 하늘 높이 쳐들었다.

모든 군웅이 일제히 숨을 죽이며 그를 직시했다.

군염기는 공력을 끌어올려 천룡이 포효하는 듯한 사자후를 터뜨렸다.

"중원무림을 수호하려 모인 무림동도들이여, 모두 들으라! 오랑캐의 무리들이 발호하여 중원을 더럽히니 이 어찌 두고만 볼 수 있겠는가!

일제히 검을 뽑아 탕마(蕩魔)의 의기를 떨쳐 울려라!"

달마검이 하늘에 꽂힌다.

"진격하라!"

"우와아아아!"

천지개벽의 함성이 터져 나왔다.

각 문파의 깃발이 우후죽순처럼 하늘에 꽂힌다.

그렇게 시작되었다. 떨어진 정도의 혼을 일으켜 세우기 위한 첫 발자국은.

"와아아아아!"

정도 연합과 대치 중인 파황성의 진영에서도 함성이 일었다.

그들 역시 목이 터져라 함성을 지르며 정도 연합의 진영을 향해 진격을 개시했다.

황산의 깊은 골을 양쪽으로 두고 펼쳐진 서안평야(西岸平野). 가을 추수가 끝난 그 대평야 위에서 양 진영은 흙먼지를 동반한 채 마치 해일 같은 기세로 서로를 향해 달려갔다.

그것은 고금에 그 예를 찾아보기 어려운 장엄한 일대 장관이었다.

3

휘이이이이이잉!

하늘을 찌를 듯 치솟은 암봉 위, 바람은 이곳에서도 불고 있었다.

그리고 그 바람을 맞으며 한 사람이 낄낄 웃는다. 도무지 아리따운 모습과 어울리지 않는 웃음의 주인공은 연수, 아니, 만춘추다.

"재미있어! 재미있어! 이건 정말 재미있는 놀이가 될 거 같아!"

생각만으로도 너무 재미있어 죽겠다는 듯 만춘추는 손뼉까지 치며 발을 굴렀다.

"저놈들을 모조리 다 쓸어 불태워 버린다면 얼마나 재미있겠어!"

저 멀리 정도 연합의 고수들이 흙먼지를 떨쳐 올리며 진격하는 모습이 보인다.

그는 그 사이로 뛰어들어 화공으로 모조리 불태워 죽여 버릴 생각이었다. 모두 죽여 버린다면 오직 그만이 남아 천상천하유아독존이 되지 않겠는가.

그런데 그가 막 계곡을 뛰어넘어 서안평야로 달려가려던 순간이었다.

하늘에서 눈이 오기 시작한다.

"헉! 눈이다!"

얼마 만에 보는 눈인가?

만춘추는 원래의 목적을 잊어버리고 좋아라 손뼉 치며 강아지처럼 눈을 따라 깡총깡총 뛰기 시작했다.

"제법이군."

군막 안에서 대전을 주시하고 있던 자영부인은 사뭇 정도 연합이 대견스럽다는 듯 감탄을 발했다.

"쥐새끼처럼 숨어 있던 자들의 반격이 이 정도일 줄은 미처 예상하지 못했는걸요."

그녀는 맞은편에 앉아 굳은 얼굴로 대국을 주시하고 있는 항곡파찬에게 말했다.

"부인, 이 상태라면 승패를 예측하기 어렵소."

"네?"

"부인은 저들을 터무니없을 정도로 약하게 보고 있소."

"당연한 것 아닌가요? 무림맹주가 죽었고 구파일방의 장문인들 또한 대부분 목숨을 잃었어요. 남아 있는 자들 중 쓸 만한 자는 소림의 경오뿐, 나머지는 다 오합지졸이죠."

"호랑이는 토끼를 사냥하더라도 만반의 준비를 하는 법이오. 놈들은 만반의 준비를 하고 나왔소. 그에 반해 우리는 어떻소? 대동회의 각 지부에서 온 고수들만으로 저들을 막을 수 있단 말이오? 그들 또한 일사불란하게 움직이지 않고 있소. 부인의 장악력이 이 정도라면 실망이 클 수밖에 없소."

"내가 모든 것을 다 책임지란 말인가요?"

그녀는 미소 짓고 있었으나 조금 전과 달리 냉기가 풀풀 날리는 음성이었다.

"어른을 호위한다는 명목 하에 파황성에서는 단 한 명의 인원도 지원하지 않았어요. 그렇다면 나도 밑천을 드러낼 수 없지 않겠어요? 공연히 뛰어들어 내 세력만 삭감된다면 후일을 예측할 수 없겠지요."

"그 말씀, 어른과 나의 약속을 믿지 못한단 것이오?"

"호호호. 그럴 리가 있나요? 다만 내 자신을 지키는 자는 오직 나뿐이라는 거죠."

"부인, 우리는 한 배를 타고 있소. 어느 한쪽이 난파되면 다른 쪽도

무사하지 못하오. 나는 이 싸움에서 부인의 신위를 드러내 주길 바라오. 만약 힘으로 눌러놓지 않는다면 싸움이 끝난 후 누가 부인께 승복하려 들겠소?"

"군사, 나를 너무 쉽게 보는군요. 내가 군사의 격장지계에 속아 모든 것을 던질 거라 생각했다면 오산이에요."

"좋소. 믿지 못한다면 우리는 조금씩 후퇴하여 저들을 파황성으로 끌고 갑시다. 그곳에서 본 성의 진정한 힘을 보여 드리겠소."

"……!"

자영부인의 얼굴이 시뻘겋게 달아올랐다.

항곡파찬은 아랑곳하지 않고 다시 말했다.

"물론 그 결과를 책임질 사람은 부인이 될 것이오!"

항곡파찬은 그녀의 자존심까지 건드렸다. 어차피 싸움이 벌어졌다면 기호지세다. 이 싸움에서 진다면 자영부인은 갈 곳이 없다는 걸 항곡파찬은 잘 알고 있었다. 물론 그렇기 때문에 그녀는 자신의 세력을 감추어두는 것이기도 하다.

"좋아요! 내가 가진 힘을 총동원하여 이 싸움을 승리로 이끌죠. 하나 아무리 승리의 기쁨을 만끽한다 해도 오늘의 이 수모를 잊을 수 있을지 모르겠군요!"

그녀는 고개를 돌려 굳은 얼굴로 시립해 있는 고유기를 바라보았다.

"유기!"

"예!"

고유기는 허리를 숙이며 대답했다.

"천외천을 출진시켜라!"

"알겠습니다!"

고유기는 군막을 나섰다. 그는 쌍수를 들어 기이하게 흔들었다.

그 순간 장내에 숨어 있던 흑영들이 검은 구름처럼 일시에 눈 내리는 허공을 뒤덮었다.

"크아악!"

"으악!"

일시지간 정도 연합의 비명 소리가 증가했다.

"나 역시 앉아 있기만 할 것이 아니라 나가보도록 하죠."

자리를 박차고 일어나는 자영부인의 신형에서 찬바람이 불었다.

그녀가 나가는 뒷모습을 보는 항곡파찬의 입가에 음산한 미소가 떠올랐다.

'쿡쿡쿡! 부인, 어른께서 어찌 중원인에게 전권을 넘긴단 말이오? 우리의 목적은 오직 상잔하여 모두 죽어버리는 것뿐이오. 무림의 재편은 그 이후에 생각해 볼 것이오.'

음사스럽게 웃는 그는 자못 유쾌하게 보인다.

하나 그의 동공에선 하늘이라도 태워 버릴 듯한 마화(魔火)가 인광처럼 타올랐다.

4

함박눈이다.

만춘추는 '룰루랄라!' 콧노래까지 부르며 눈을 뭉쳐 바닥에 굴렸다. 눈은 점점 더 부풀어 오르며 거대해졌다. 눈을 굴리는 만춘추의 모습이 눈덩이에 가려 보이지 않을 정도다.

그는 눈사람을 만들고 있었다.

이러한 재미있는 놀이를 언제 해보고 안 해보았는지는 까마득하다.

그는 자신의 키보다 훨씬 큰 눈사람의 아랫도리를 만들었다. 이제 위에 눈사람의 얼굴을 올려놓는 일이 남았다. 그는 다시 눈을 굴리기 시작했다.

"저 계집아이 뭐냐?"

누군가 손가락으로 만춘추를 가리켰다.

"몰라. 잡일하는 하녀겠지."

옆에 있던 자가 고개를 설레설레 젓는다.

"지금이 어느 땐데 여기서 눈사람을 만들고 있는 거야?"

그녀가 눈을 굴리고 있는 곳은 파황성이 점령한 무림맹의 높은 성문 안이었다.

성안의 마졸들은 정도 연합의 공격으로 인해 바쁘게 움직이고 있었다. 눈이 와서 가뜩이나 시야도 어지러운데 눈사람을 굴리는 계집아이를 보니 버럭 성질이 나지 않을 수 있겠는가.

"야! 너, 이리 와봐!"

처음 만춘추를 발견한 자가 소리쳐 그를 부른다.

눈사람을 굴리다 멈춘 그는 남자를 향해 눈을 동그랗게 뜬다.

남자가 와락 인상을 구기며 만춘추에게 걸어갔다.

"너, 어디 소속의 하녀냐?"

"내가 하녀라고?"

만춘추가 되묻는다.

그가 심각하게 되묻자 남자는 어리벙벙하다. 하녀인지 아닌지는 사실 그도 모르고 있지 않은가.

"여기가 어디지?"

만춘추는 어리벙벙해하는 남자에게 다시 물었다.

"넌 누구냐?"

순간 남자가 경각심을 갖는다. 어린 계집아이라고 하기엔 눈빛이 이상하다.

"내가 먼저 물었잖아!"

만춘추는 참을성이 없다.

남자가 제때 대답을 하지 않자 그의 꽁꽁 얼어붙은 손이 남자의 복부를 관통했다. 섬전보다 빠른 속도다. 남자는 만춘추의 움직임보다 뚝뚝 떨어지는 자신의 피를 먼저 보았다.

하얀 눈 위로 피가 급속히 물든다.

"어이, 무슨……!"

동료가 만춘추의 앞에서 고꾸라지는 남자를 보더니 기겁한다.

"저, 적이닷! 적이 나타났다!"

파황성에 점령당한 무림맹의 성문 앞이 순식간에 발칵 뒤집혔다.

5

"……!"

군염기의 동공에 예리한 광채가 일었다.

그의 시선은 그야말로 파죽지세로 정도 연합의 전열을 격파하고 있는 흑의인영들에게 꽂혔다.

"놈들의 진짜 세력이 나타나는구나!"

군염기는 문득 초조한 빛을 떠올리며 침중한 시선으로 전황을 살폈다.

전반적인 상황은 파황성의 압도적인 우세였다.

흑의인들이 나타난 이후로 정도 연합은 어느 곳에서도 득세치 못하고 뒤로 밀리고 있었다.

"자영부인이 직접 나선 모양이오. 더 두고 보실 참이오?"

군염기의 옆에 서 있던 팽월산의 신색이 점점이 굳는다.

그의 말대로 천외천의 깃발을 앞세운 흑의인들은 정도 연합의 진영을 난도질하고 있었다. 실로 흉포스럽기 그지없는 기세였다.

"그럴 순 없지. 내가 직접 나서겠습니다!"

군염기는 달마검을 뽑으며 대갈호통성을 내질렀다.

"물러서지 말고 진격하시오!"

군염기가 싸움판으로 뛰어들었다.

정도 연합의 고수들은 무림맹주 군염기와 경오 대사들이 일제히 싸움판으로 뛰어들자 언제 뒤로 밀리고 있었냐는 듯 전열을 정비하여 벌떼처럼 달려들기 시작했다. 패주하던 자들이라고는 상상할 수 없을 정도로 필사적인 기세다.

"천하를 위하여……!"

달마검이 유리처럼 맑게, 그러나 적들에게는 공포의 울림을 보인다.

희끄무레한 그의 신형이 수십 장을 날아 내리꽂혔다.

슈슈슈슈슉!

아득한 굉음과 함께 함박눈 속에서 가공할 검강이 폭사되었다.

"크아악!"

"크악!"

수를 셀 수 없는 단말마의 처절한 비명이 허공을 찢어대면서 동시에 자욱한 피보라가 일었다. 허공을 가린 혈무 사이로 군염기는 움직였다. 그리고는 갈팡질팡하는 파황성의 고수들을 향해 닥치는 대로 무자비한 살초를 난사했다.

조직적으로 펼치는 그들의 저항은 완강했지만 군염기와 같은 절대고수의 공격 앞에서 버틴다는 건 어려운 일이다.

그때 파황성 진영에서 한줄기 인영이 솟아올라 비쾌한 속도로 군영기를 향해 마주 덮쳐 왔다.

극히 짧은 순간에 군염기는 그 인영이 여자라는 것을 간파했으나 그땐 이미 그녀가 자신을 향해 육탄으로 직습해 온 뒤였다.

콰콰콰쾅!

굉대한 폭음이 터져 나왔다.

그와 함께 엄청난 기류의 폭풍이 휘몰아쳤다.

공력이 약한 고수들은 그대로 휘날려갈 정도다.

자영부인이 표표히 휘날리는 눈발을 뒤로한 채 전장에 모습을 나타낸 것이다.

"네가 이번에 새로 뽑혔다는 무림맹주라는 애송이냐?"

"얼마나 못생긴 얼굴이기에 가면 속에 감춰둔 거지?"

동문서답이다.

가뜩이나 기분이 나빠 있던 자영부인의 눈에 핏발이 섰다.

“감히 너 따위가!”

자영부인의 양팔이 기이하게 움직였다. 완만한 흐름 속에서 기류가 뿜어진다. 그것은 마치 파도가 치듯 군염기를 향해 밀려 들어갔다.

군염기는 조금도 방심하지 않고 자신을 덮쳐 오는 극강한 기류를 향해 반야삼검을 전개했다.

그 역시 매우 느릿한 동작이다.

그러나 양측의 공세가 부딪치는 순간 엄청나게 속도가 빨라지기 시작했다.

파파파파팟!

두 사람은 허공에서 몸을 휘돌리며 연속적으로 서른세 번을 부딪치고 떨어졌다.

“으음.”

눈발과 함께 떨어져 내리는 군염기의 입에서 침음성이 흘렀다. 그녀는 지금까지 상대해 보지 못한 절대고수였다. 사람을 향해 검을 내리쳤으나 마치 거대한 철벽을 내려치는 듯했다.

‘짐작했던 것보다 스무 배쯤은 강한 것 같군.’

자영부인은 내려서는 순간 군염기의 정수리를 향해 일지(一指)를 날렸다.

군염기는 황급히 공세를 차단하려고 달마검을 들어올렸다.

그때, 또 다른 곳에서 한줄기 극맹하고 예리하기 그지없는 강기가 옆구리를 엄습해 들었다.

너무도 적절한 시간에 발해진 강력한 기습이었다.

군염기는 이를 악문 채 손을 나누어 강기를 맞받아쳤다.

콰쾅!

흡사 폭약이 작렬하는 듯한 굉음이 터졌다.

그 순간 군염기의 양측에서 새로운 공세가 덮쳐들었다. 그가 무림맹주임을 안 파황성의 고수들이 일제히 노리고 달려든 것이다.

자영부인이 앞에서 노리고 있지 않았다면 그들은 군염기의 상대가 될 수 없었다. 하나 군염기는 자신의 능력 대부분을 자영부인에게 쏟고 있었으니 이들의 공격은 여느 때와 달리 파상적이다.

군염기는 두 눈을 크게 뜨며 벼락같이 달마검을 쳐냈다. 죽음까지 불사한 필사의 반격이었다.

"위험해요!"

부르짖는 소리가 들린다.

그 순간 군염기는 자영부인을 향해 일직선으로 내리꽂히는 막소미의 신형을 볼 수 있었다. 암암리에 그의 주변을 보호하고 있던 막소미는 자영부인의 숨겨진 일초를 눈치 채고 몸으로 막은 것이다.

자영부인의 수도(手刀)가 막소미의 두개골을 내리찍고 있는 것이 보인다.

"소미!"

눈이 뒤집힌 군염기가 부르짖는다.

콰콰콰쾅!

거대한 폭음과 함께 폭풍이 맹렬히 치솟아오르며 눈발이 휘몰아친다.

군염기는 미친 듯 회오리치며 터져 나간 강기의 기류 속에서 한 사람이 피화살을 뿜으며 날아가는 것을 똑똑히 볼 수 있었다.

“……!”

군염기는 이것이 꿈인지 현실인지 몰라 두 눈을 부릅떴다.

꿈이 아니었다.

자영부인은 피화살을 뿜으며 십여 장을 날아갔고 불망이 막소미를 안고 있다.

“큰일날 뻔했구나. 일이 있어서 조금 늦었다!”

“혀, 형님!”

불망은 혼자 온 것이 아니었다.

“우와아아아아!”

서안평야 저 먼 곳에서 한 무더기의 흙먼지가 눈발과 함께 휘날린다.

지축을 울리며 말을 탄 수백의 인영이 달려온다. 바로 녹림칠십이채의 고수들이었다.

“와아! 불 대협이시다!”

“불 대협이 오셨다!”

불망이 나타나자 군웅은 환호했다.

“대형, 이제 그만 그녀를 내려놓아요. 사람들이 모두 쳐다보니 얼굴이 빨개졌잖아요.”

어느새 다가온 구양패옥이 불망의 옆구리를 찌른다.

불망의 얼굴이 핼쑥해지며 막소미를 내려다본다.

막소미는 차마 이러지도 못하고 저러지도 못하는 가운데 고개를 푹 숙였다.

“이런! 미, 미안하오, 제수씨. 하마터면 하루 종일 안고 있을 뻔했소.”

“괘, 괜찮아요…….”

그녀의 음성이 모깃소리만하다.

불망이 내려놓자 그녀는 얼른 군염기에게 달려갔다.

"형님, 이번에도 정말 늦지 않게 달려왔소. 도대체 뭐 하시는 분이 오? 항상 사람 애간장을 다 녹여놓고!"

"살다 보니 그렇게 되었어. 일단 이자들을 처리한 후 회포를 나누도록 하자!"

불망은 쓰러진 자영부인을 노려본다.

'불망이라고…….'

눈 위에 쓰러져 피를 토하던 자영부인은 망연한 얼굴로 불망을 바라보았다. 엄청나게 변해 버린 그의 얼굴에서 어린 시절의 모습을 떠올리지 못했다. 설사 남아 있다 할지라도 자영부인은 그것을 찾아낼 만큼 불망에게 정이 있는 것도 아니다.

불망은 무표정한 얼굴로 그녀에게 다가갔다.

자영부인은 불망을 피해 엉덩이 걸음으로 뒤로 물러나며 소리쳤다.

"부, 불망…… 나는 네 이모다! 나를 몰라보겠느냐?"

"알고 있소. 나를 죽이려 했던 당신을 어찌 잊을 수 있겠소?"

"그건 오해야! 이선기가 나의 뜻을 잘못 알고 너를 절벽에서 떨어뜨렸던 거야! 그 소식을 듣고 내가 얼마나 울었는지 아느냐? 식음을 전폐했고 잠도 자지 못했어. 너를 찾아 천산 곳곳을 몇 년 동안이나 뒤졌다. 하지만 너는 어디에도 없었지. 나는 등격리호에서 하늘에 제를 지내며 네가 살아 있기만을 기원했다. 나의 바람이 하늘에 닿아 네가 이토록 헌헌장부로 돌아왔으니 이 얼마나 감격적인 일이냐."

“이미 명부의 문이 열렸소.”

“……!”

“내 거두어줄 테니 당신의 혼이 말하는 거짓, 남기지 말고 가져가시오!”

불망의 팔이 위로 올라간다.

“자, 잠깐만 불망! 세상이 네게 해준 것이 무엇이냐? 하다못해 너를 낳은 네 어미도 너를 버렸어.”

“……!”

“하지만 나는 아니야! 나는 언제고 네가 나를 찾아오리라 예상했었다. 그것에 대비해 천외천을 만들었고 나 자신 또한 네게 진 죄를 씻기 위해 최선의 노력을 다했다. 나의 모든 것이 너의 것이야! 내 뒤를 잇는다면 너는 무림제왕이다!”

“더 할 말이 남아 있소?”

그녀는 악을 써서 말했지만 불망은 아무런 감흥도 없다.

자영부인은 점점 더 급해진다.

“부, 불망! 나, 나를 살려준다면 네 어미에 대한 비밀을 말해주겠다. 적혈신화장! 무림에서 그것을 사용할 수 있는 자가 오직 네 어미뿐이라는 걸…… 아직까지 모르진 않겠지?”

“다시 태어난다면 좋은 사람으로 태어나시오, 이모.”

불망은 더 이상 그녀의 말을 듣지 않았다.

그래도 명색이 이모다. 마지막 가는 길, 고통없이 편안하게 보내고 싶다. 허공으로 올라간 불망의 손이 눈발을 꿰뚫고 파공음을 동반한 채 내려왔다.

6

도무지 알 수 없는 것은 내가 누구냐는 것이다.

나는 여자이기도 했지만 남자이기도 하다. 맑고 푸른 하늘을 보면 가슴이 여려지기도 했지만 그것을 찢어버리고 싶기도 하다. 사람을 사랑하지만 증오한다. 마음에 들지 않는 것은 보이는 족족 파괴해 버리고 싶은 본능이 이성을 지배한다.

그래서 싸운다.

싸워도 싸워도 싸움의 끝은 보이지 않았다.

산처럼 쌓인 시체는 거대한 빙산이 되고 핏물은 빙판처럼 미끄럽다.

이 싸움, 아무리 죽여도 놈들의 숫자는 줄지 않는다. 도대체 어떻게 된 일인가?

만춘추는 손발을 휘두르면 휘두를수록 점점 마음이 어지러워졌다. 머리가 깨질 듯 무겁다. 그래서 터져 버릴 것 같다.

"이 계집은 우리의 적수가 아니다! 천불전(千佛殿)에 계신 혈불께 알려라!"

수십 명의 라마승들이 뒤로 물러나며 소리쳤다.

'혈불? 어디서 들어본 이름인데!'

만춘추는 어떤 자의 뇌수를 터뜨리며 고개를 갸웃거렸다.

'가슴이 터질 것 같아! 그놈을 죽이지 않고는 견딜 수 없을 것 같아! 놈을 찾아야 해!'

그는 도망치는 라마승 중 한 놈의 목을 움켜쥐며 소리쳤다.

"혈불이 있다는 천불전이 어디냐?"

불망과 구양패옥, 그리고 녹림의 등장은 싸움의 형태를 완전히 바꾸어 버렸다.

그중에서 불망은 군계일학과 같다. 그가 한 번 움직일 때마다 마졸들은 반격조차 하지 못하고 짚단처럼 쓰러졌다.

대세는 순식간에 기울었다.

정도 연합의 고수들은 기세를 올리며 파황성을 압박해 갔다.

"모두 무기를 버리고 투항하라! 투항하면 목숨만은 살려주겠다!"

경오 대사의 불력이 깃든 웅후한 음성이 사위를 쩌렁쩌렁 울렸다.

끝까지 파황성에 충성을 바친 자는 생명을 잃었다. 그러나 한목숨 연명하기에 급급한 자들은 무기를 버리고 생을 구걸했다.

"전황이 불리합니다! 이대로 가면 몰살입니다!"

고유기는 비통한 얼굴로 항곡파찬 앞에 부복했다.

'백중세는 이룰 것이라 예상했건만…… 불망 저자의 무공이 상상을 초월하는구나. 역시 절대적인 힘 앞에서는 어떤 작전도 소용이 없어.'

결전을 준비할 때만 해도 예상하지 못한 처참한 패배다.

그러나 항곡파찬은 아직 끝이 아니라고 생각했다. 성에는 아직 파황성의 정예고수들이 고스란히 남아 있었다. 어차피 이 싸움은 중원인들끼리의 상잔이 목적이었다. 결과는 생각보다 훌륭하지 않았지만, 어느 정도 목표는 달성한 셈이다.

"이 싸움에선 우리가 패했다!"

"……!"

“성으로 돌아가 다음을 준비하도록 하자.”

패했다고 자인하는 항곡파찬의 음성은 의외로 담담했다.

“북을 울려 퇴각을 명하고 천외천의 남은 자들을 전방으로 돌려 후퇴할 시간을 벌도록 하라!”

“알겠습니다!”

고유기는 군막을 뛰어나갔고 항곡파찬은 떠날 차비를 했다.

미친 듯이 돌아가는 접전 속에서 불망은 항곡파찬의 군막을 예의 주시하고 있었다.

그때 경오 대사가 외쳤다.

“놈들이 도망치고 있소!”

놈들의 대오가 일정 부분 뒤로 밀려 나가며 자리를 이동하기 시작하는 것이다. 항곡파찬이 말에 올라타 도망치는 모습이 보였다.

불망의 신형이 살처럼 허공을 갈랐다.

퍼퍼퍼퍽!

움직이는 그와 부딪친 흑의인들은 비명을 지를 사이도 없이 나가떨어지며 대오가 무너졌다.

“염기, 뭐 하냐? 무림맹주인 네가 그를 잡아야지!”

불망의 전음이 숨 가쁘게 군염기의 귓전을 울렸다.

적의 목을 수박처럼 으깨고 있던 군염기는 퍼뜩 정신을 차리며 신형을 솟구쳐 항곡파찬이 탄 말을 뒤쫓았다.

“죽어랏!”

파파파파팟!

그의 달마검에서 수천 수만의 검화가 피어나며 항곡마찬이 탄 말을 그물처럼 내리덮었다. 그와 동시에 항곡파찬을 호위하고 있던 고수들이 일제히 검을 찔러왔다.

"크아악!"

"케엑!"

수를 셀 수도 없는 단말마가 허공을 찢어대면서 자욱한 피보라가 피어올랐다. 그들의 반격에 뒤로 밀려 나간 군염기는 다시 공력을 끌어올리며 마졸들을 향해 닥치는 대로 무자비한 살초를 난사하기 시작했다.

"으악!"

"크으윽!"

그의 손이 한 번 뒤집히고 달마검이 대지를 가를 때마다 마졸들은 덧없이 쓰러져 갔다.

그러나 항곡파찬이 탄 말은 죽기를 각오한 마졸들의 저항으로 이미 저만치 사라지고 있었다. 다급해진 군염기는 달마검을 던졌다.

퍽!

등에 달마검이 꽂힌 항곡파찬은 피를 뿜으며 낙마했다.

천하를 떡 주무르듯 했던 일대모사(一大謀士)의 허무한 죽음이다.

이때 팽월산이 외쳤다.

"마졸들은 모두 죽었다. 잔당들을 포박한 후 진격하자!"

"와아아아아!"

"정도 연합 만세! 무림맹주 만세!"

군웅은 환호하며 빼앗긴 무림맹을 향해 진격했다.

꺼질듯 사라진 만춘추의 신형이 나타난 곳은 천불전이었다.

수많은 고수들이 주변을 지키고 있었으나 만춘추의 움직임을 막을 수 없었다.

만춘추는 천불전의 깊은 곳에서 나이를 짐작할 수 없을 정도로 늙어 버린 노라마가 결가부좌를 튼 채 조용히 눈을 감고 있는 것을 보았다. 사방은 피와 살이 튀고 있었으나 이곳만큼은 너무 적막하여 마치 고요 속에 파묻혀 있는 것 같았다.

"네가 혈불이냐?"

도무지 예의를 찾아볼 수 없는 만춘추의 음성이었다.

혈불이 눈을 뜨고 그를 바라보았다.

"나는 너를 모르는데 왜 이렇게 미치도록 죽이고 싶은 거지?"

파르르르!

바람도 없는데 만춘추의 옷깃이 너풀거리며 떨리기 시작했다. 머리 뒤쪽에서는 홍광(紅光)이 부챗살처럼 피어올랐다.

혈불은 돌연히 나타난 만춘추가 의아스럽다. 하지만 그는 불세출의 노라마답게 한눈에 만춘추의 정체를 간파했다.

"두 개의 영혼이 뒤섞여 이도 저도 아닌 자로구나. 하나는 어린 여자 아이고 그 속의 공(公)은 누구인가?"

"나는 나야!"

만춘추는 다짜고짜 혈불에게 살수를 전개해 갔다.

8

콰콰쾅!

거대한 폭음이 연속적으로 터져 나오며 성벽은 엄청난 폭연과 불길에 휩싸였다. 하늘로 쏘아져 오른 불기둥 속에 갈가리 찢겨진 라마승들의 시체가 날아올랐다.

이친왕에게 폭약 등 군수를 지원받은 벽력뇌가(霹靂雷家)의 힘이 폭발한 것이다.

"막아라! 불을 꺼라!"

"어서 물을 가져와!"

성벽 위의 라마승들이 대갈호통성을 터뜨리는 순간이었다.

쾅—!

벼락 치는 소리와 함께 성문은 거대한 불기둥에 휘감겨 버렸다.

그와 동시에 발석거(發石車)와 투석기(投石器) 파성추(破城椎) 등 공성에 필요한 병기들이 산을 올라왔다.

하늘과 땅이 거대한 불기둥과 돌덩이들로 인해 하나로 이어지는 듯했다. 지진이 일어난 듯 지축이 흔들렸다. 불똥이 육편과 함께 사방으로 비산했다.

성벽과 성문은 지독한 화마와 공성 병기를 이기지 못해 허물어지기 시작했다. 그러나 불길이 심해 군웅은 안으로 들어가지 못했다.

정도 연합에서는 밧줄과 사다리를 준비해 군웅을 성벽으로 올렸다. 무공이 강한 자들은 한 번의 도약으로 성벽을 뛰어넘었다.

올라서려는 자들과 막아내려는 자들이 피를 튀긴다.

그러나 기세가 오른 정도 연합의 공격이다. 특히 불망과 군염기는 적진 속을 훨훨 날아다니며 상대를 유린했다.

속속 군웅이 성안으로 진입하며 라마승들을 쫓기 시작했다.

쾅! 콰콰쾅! 쾅!

곳곳에서 천붕지열의 폭발음이 터진다.

불기둥은 백 장 높이로 치솟았다.

한때는 중원무림의 심장부였고 이제는 파황성의 심장부인 황산 무림맹이 한순간에 붕멸되고 있었다. 가공할 화염과 폭풍, 비산하는 눈발 속에서 무림맹은 수많은 누각과 대전, 첨탑들이 모래로 만든 것처럼 허물어졌다.

"혈불을 찾아!"

불망은 군염기를 향해 소리쳤다.

"혈불은 천불전에 있다고 합니다!"

군염기의 검이 라마승의 복부를 가르며 말했다.

"천불전이 어디야?"

"저곳!"

군염기의 손가락이 가리키는 곳.

쿠쿠쿠쿠쿠!

천불전 역시 무너지고 있었다. 사방의 문들이 박살나고 튼튼하게 발라놓은 벽은 거북이 등처럼 쩍쩍 갈라지며 균열을 일으켰다. 그리고 내부는 엄청난 폭풍의 소용돌이 속에 뒤덮여 있었다.

불망 등은 라마승들과 싸움을 벌이며 천불전을 향해 몰려가고 있었다.

콰콰콰쾅! 쾅쾅!

그때 천불전에서 연쇄적인 폭발음 소리가 들리더니 균열된 벽들이 종잇장처럼 터져 나갔다.

지붕의 기왓장들이 소용돌이에 휩말리며 허공을 날았다.

그 속에서 피떡이 된 라마승들의 육편이 난무했다.

군웅은 천불전을 향해 함부로 다가갈 수 없었다.

소용돌이치는 폭풍 강기는 누구의 침입도 불허할 정도로 대단했다.

"형님, 안에서 엄청난 싸움이 벌어지고 있는 모양입니다!"

"누가 싸운단 말이냐?"

천불전 안에 만춘추가 와 있다는 사실을 새카맣게 모르고 있는 불망이다. 그는 즉시 안으로 들어가 상태를 확인하고 싶었으나 눈앞의 싸움이 워낙 어지러워 쉽게 몸을 빼지 못했다.

슈가가가가각!

다급해진 불망의 공격이 더욱 강한 힘을 동반했다.

"크아악!"

"으악!"

천불전을 사수하기 위해 죽기를 각오하고 방어진을 펼친 라마승들이 흔적도 없이 날아가 버렸다.

"주군, 여기는 우리에게 맡기고 어서 안으로 들어가 보세요!"

어느새 옆으로 다가온 조천수가 외쳤다.

불망은 시선을 사방으로 돌리며 구양패옥을 찾았다.

구양패옥은 막소미, 당문령과 합세해 라마승에게 대항 중이었다.

"내가 혈불을 이기지 못하여 죽는다면 넌 수절해야 해! 넌 나 아니면 안 돼!"

불망은 구양패옥에게 전음을 보냈다.

칼을 높이 들어올리던 구양패옥이 움찔거리며 불망을 쳐다본다.

만약 혈불을 죽이지 못한다면 이 모습이 쌍방의 마지막 모습이다. 불망과 시선이 부딪치자 구양패옥은 환하게 웃으며 손을 흔들었다.

"잘 갔다 와!"

"어디다 대고 반말이야!"

불망은 몇 명의 라마승들을 더 쳐 죽인 다음 폭풍기류가 휘몰아치는 천불전 안으로 뛰어들었다.

천불전 안에서는 엄청난 폭풍 강기가 휘몰아치고 있었다.

불망 같은 절대고수도 내공을 끌어올리지 않는다면 눈을 뜨지 못할 지경이었다. 안력을 돋운 그는 즐비한 시체들 속에서 피 튀기며 싸우는 두 사람을 보았다.

단 한 번의 칼질로 생과 사를 가르는 극도로 치열하면서 흉포한 접전. 이 두 사람의 신형에서 뿜어지는 통천가공할 기류 때문에 천불전이 무너질 듯 우르릉 거리고 있었던 것이다.

"연수!"

불망의 눈이 경악으로 물들었다.

그녀가 왜 이곳에 있단 말인가? 또 그녀는 무슨 이유로 혈불과 생사를 건 혈전을 벌이고 있단 말인가?

장내는 두 사람의 접전으로 인해 찬란한 빛 조각들이 난무했다. 천장은 우르릉 소리를 내며 금방이라도 주저앉을 것 같았다.

만춘추의 무공이 개세적이긴 하였으나 혈불이 그보다 조금 나았다.

시간이 흐를수록 만춘추의 얼굴이 굳으며 패색이 짙어졌다.

"불망!"

급급히 피하는 와중에 불망을 발견한 만춘추는 천군만마라도 만난 것처럼 소리쳤다. 그러면서 그는 깜짝 놀랐다. 자신이 누구인지도 모르는데 불망을 보자 한순간 그의 이름이 떠올랐기 때문이다. 하지만 이름을 불러놓고 보니 그가 누군지 도통 기억이 나지 않는다. 다만 놈은 혈불처럼 미치도록 죽이고 싶다는 생각은 들지 않는다.

"도와줘!"

불망은 이것이 어떻게 된 일인지 생각하고 말고 할 틈이 없다.

어쨌든 적은 혈불이었고 만춘추는 연수다. 그녀의 육체를 훼손시킬 수는 없다.

"네놈도 죽을 길을 찾아 들어왔구나! 오너라! 모조리 죽여주겠다!"

혈불은 양팔을 사방으로 펼쳤다.

밀실에 거대한 암흑이 밀려왔다.

불망이 입술을 깨물며 지존검을 뽑았다.

"그, 그것은!"

순간 혈불의 눈빛이 흠칫거렸다. 한눈에 지존검을 알아본 것이다.

"북명파쇄공!"

우우우웅!

아스라한 진공의 울림이 대전을 덮었다.

지존검이 암흑을 갈랐다. 그 사이로 혈불의 모습이 보인다. 그러나 그것은 잠깐이었다. 불망은 전신의 공력을 최대한 끌어올렸으나 온몸이 찢겨 나갈 듯할 고압(高壓)을 느꼈다.

"네놈이 천산 노인의 진전을 이었구나! 어디서! 어디서 그를 만났어!"

핏물이 뚝뚝 떨어질 것 같은 혈불의 눈에서 주체할 수 없는 살기가 폭사되고 있다.

불망은 대답할 겨를이 없었다. 그는 혼신의 힘을 다해 혈불의 암흑을 베어내고 막아내고 잘라냈다.

두 사람이 정통으로 부딪치자 패색이 짙었던 만춘추가 기회를 잡았다.

"크카카카카! 이거 점점 더 재미있어지는군! 천마천룡을 받아랏!"

쿠아아아아앙!

만춘추의 쌍장에서 뿜어진 두 마리 천룡이 암흑 속을 휘돌며 불망과 혈불에게 날아갔다. 혈불은 불망을 공격했고 불망은 혈불을 공격했지만 만춘추는 그 둘을 모두 노렸다. 혈불과 불망은 더 이상 상대를 공격하지 못하고 만춘추의 천마천룡을 막았다.

콰콰콰쾅!

또다시 천지가 일시에 뒤집히는 듯한 진공의 뇌음이 대전을 떨어 울렸다.

"크윽!"

"으윽!"

허공에 자욱한 피보라가 몰아쳤다.

불망과 혈불이 한 발씩 뒤로 밀려 나가며 오직 만춘추만이 우뚝 섰다.

일시간 제대로 공력을 뽑아내 만춘추를 방어하지 못했던 관계로 그만 낭패를 본 것이다.

"크하하핫! 내가 바로 천하제일이다!"

만춘추의 앙천광소 속에 불망과 혈불은 동시에 벌떡 일어섰다.

"연수, 정신 차려! 일단 저자를 죽여야 해!"

"둘이 아는 사이냐?"

불망은 만춘추에게 말했고 혈불은 불망에게 말했다.

"내가 연수라고? 연수가 누구야? 어디서 들어본 이름인데?"

기억이 나지 않는다. 머리가 깨질 것처럼 어지럽다.

"아니야, 아니야. 나는 연수가 아니야! 나는 누구지? 그래, 나는 천하무적이야!"

쾅! 콰콰콰쾅!

만춘추는 미친 듯이 소리치며 천지사방으로 천마천룡을 발출했다.

이 상태는 누가 누구를 도와줄 수 있는 그런 것이 아니다. 그렇다고 해서 한 사람만을 상대로 공격할 수도 없었다. 서로가 서로를 공격하고 방어했다.

굉대한 폭음과 엄청난 기류의 폭풍이 휘몰아쳤다.

이들 삼 인의 내공력으로 인해 천불전은 완전히 주저앉고 말았다.

콰르르르릉! 쾅! 콰쾅!

천번지복의 파괴음만이 진동하는 가운데 천불전의 싸움은 끝나지 않았다. 모든 것이 무너져 내렸으나 자욱한 흙먼지와 돌가루, 눈발에 휩싸인 세 사람의 신형은 보이지 않았다.

군염기와 구양패옥 등은 긴장된 표정으로 숨조차 제대로 쉬지 못하고 이 공전절후의 대결을 지켜보고 있었다.

구양패옥의 눈은 긴장과 흥분, 피로, 그리고 초조함으로 점철되어 형용할 수 없을 정도로 출렁거렸다.

싸움은 저녁이 되고 다음날 아침이 되어도 끝나지 않았다.

그사이 파황성의 잔당들은 모조리 패퇴했다.

하지만 저 자욱한 흙먼지 속에서 희끄무레한 신형만 번쩍일 뿐 그들이 어떤 식으로 싸움을 하는지 드러나지 않는다.

그렇게 다시 저녁이 되었다.

"이대로 가면 천 년이 지나도 승부가 나지 않겠다!"

군염기는 속이 바짝바짝 탔지만 불망을 도와줄 방법이 없었다.

구양패옥은 머리를 쥐어짜며 불망을 도울 방법을 생각했다.

누구도 도와줄 수 없는 이들 세 사람의 싸움은 절묘한 대치를 이뤘다. 한 사람이 유리하면 두 사람이 합세하여 공격하기 때문이다. 그것이 또다시 팽팽한 국면을 가져왔으니 싸움이 끝나려고 해도 끝날 수가 없다.

불망은 혈불을 이기기 위해 천하를 주유하며 북명신공과 북명파쇄공을 깨달았다. 하지만 그는 혈불을 속이기 위해 단 한 번도 상대를 향해 시전한 적이 없었다. 오직 오늘의 이 일전을 위한 고육지책이었으나 만춘추의 등장은 그것마저 무력하게 만들었다.

'어디서 이따위 괴물이 나타났단 말인가?'

혈불은 혈불대로 만춘추로 인해 불망을 죽이지 못하고 있었다. 만춘추를 일장에 패 죽이고 싶었으나 그 또한 불가능하니 속이 터져 버릴 것 같았다.

만춘추는 하루밤낮을 싸우고 나니 지치고 힘이 들었다. 사실 그는 결사적으로 싸울 이유가 없었다. 그는 떠나고 싶었다. 하지만 몸을 빼 낼 수가 없어 울며 겨자 먹기로 공력을 허비하고 있는 중이다.

"난 이제 가고 싶어! 제발 날 좀 놔줘! 난 눈사람이나 만들래!"

하지만 누가 그를 놓아주겠는가. 지금의 이 팽팽한 국면은 누구도 공력을 약화시키거나 몸을 뺄 수 있는 상태가 아니었다.

그때였다. 만춘추가 혈불을 향해 손을 뻗는 순간 한 소리 전음이 그의 귓전을 파고들었다.

'천마흡성대법을 펼쳐! 그렇지 않으면 넌 죽어!'

그것은 구양패옥의 전음이었다. 그녀는 만송암에서 불망이 초식을 말하자 그 자신이 생각할 겨를도 없이 그 초식을 사용한 기억이 떠올라 만춘추에게 그대로 이용한 것이다. 또한 그녀는 만춘추가 혈불을 공격하는 결정적인 순간을 택했다. 자칫 잘못하다가는 이지를 상실한 그가 불망에게 천마흡성대법을 시전할 수도 있기 때문이었다.

구양패옥의 전음을 듣는 순간 만춘추의 신형이 움찔했다. 그는 누구의 전음인지 간파할 겨를도 없이 그대로 천마흡성대법을 시전했다.

"헉!"

불망을 공격해 들어가던 혈불은 자신의 내력이 급속도로 빠져나감을 느꼈다. 그는 화들짝 놀라며 불망을 향했던 손의 방향을 바꾸어 만춘추의 천령개를 내리쳤다.

이 틈을 놓칠 불망이 아니었다.

지존검이 대기를 가르며 혈불을 그었다.

혈불의 눈에 아득함이 스친다. 내력이 빨려 들어가는 가운데, 검강이 밀어닥치고 있었다.

‘이 두 놈과 싸워 이기지 못한다면 동귀어진이라도 하겠다!’

혈불의 아득한 눈빛은 악독하게 변했다.

그는 만춘추의 천령개를 내리치는 속도를 늦추지 않은 상태에서 호신강기를 일으켰다.

검강이 호신강기와 부딪치며 치치칙 소리를 냈다.

만춘추는 혈불의 내력을 빨아들이는 상태에서 천령개에 압박이 가해지자 속에서 뜨거운 것이 확 올라왔다. 그것은 피가 되어 칠공(七孔)에서 토해졌다.

만춘추는 견디지 못하고 그 자리에 주저앉았다.

호신강기가 깨지며 불망의 검강이 혈불을 베었다.

깨진 호신강기에서 어마어마한 공력이 쏟아져 나왔다. 그것은 검신합일의 자세로 내리꽂히는 불망을 되받아쳤다.

“크아악!”

허공에서 쏟아져 내려오던 불망의 신형이 날아올랐다.

만춘추의 꺼질 듯한 눈이 불망을 바라본다. 그의 백회혈에서 아지랑이가 피어오르며 혼이 빠져나간다.

‘아저씨……’

만춘추가 빠져나간 연수의 눈이 희미하다. 그녀는 막 꿈에서 깨어난 듯 아무 생각도 나지 않는다. 인생이 일장춘몽이다.

‘행복하고 싶었는데…… 정말로.’

그녀의 눈이 스르르 감겼다.

혈불은 비틀거렸다.

호신강기가 깨지고 지존검에 심장이 베인 그는 두 눈을 부릅뜬 채 숨을 헐떡거렸다.

군웅이 일제히 검을 뽑아 들고 그를 포위했다.

혈불은 심장에서 피를 분수처럼 뿜어내며 원독의 눈빛으로 군웅을 오시했다.

"쿡쿡쿡! 천문을 열고 하늘의 뜻을 받았건만 바람 소리에 그 문이 닫히는구나!"

"……!"

"……!"

"사슴을 쫓아 팔만 사천 리를 달려왔건만…… 그 사슴은 도대체 누구의 것이란 말이냐?"

혈불은 미친 듯이 장력을 내갈겼다.

하나 심장의 피가 모두 뿜어진 그는 힘이 없다.

몇 번 더 비틀거린 그의 무릎이 꺾인다. 그는 가공할 의지력으로 생을 유지하려 하였으나 이미 피가 말라 버렸으니 살고 싶어도 살 수가 없었다.

군웅은 혈불이 더 이상 움직이지 않자 일제히 달려가 그의 신형에 검을 꽂았다. 형체를 알아볼 수 없을 정도로 난자했다. 중원무림을 피폐하게 만든 자에 대한 처절한 복수였다.

허공으로 날아오른 불망의 신형은 뚝 떨어졌다.

그의 한쪽 무릎이 지면에 꺾인 채 지존검은 바닥에 박혔다. 그는 지존검에 의지해 그 자신의 신형을 지탱시켰다. 그는 그 상태로 움직이지 못했다.

“불망!”

구양패옥이 그를 부르며 달려갔다.

하지만 불망은 아무것도 듣지 못하는 사람처럼 움직이지 않았다.

군웅은 그가 저 상태로 죽었다고 생각했다. 혈불과 함께 양패구상하였다고 생각했다.

구양패옥은 눈물이 폭포처럼 쏟아져 내렸다.

그녀는 움직이지 않는 그를 품에 안았다.

군염기를 비롯한 수많은 군웅이 그녀의 뒤를 병풍처럼 둘러쌌다.

“불망, 제발 일어나세요, 제발!”

그녀의 외침은 처절하다. 듣는 이조차 애간장이 녹는다.

“아미타불…… 노납이 한번 보겠소이다.”

경오 대사가 대환단을 꺼내 불망의 입에 넣으며 맥을 짚었다.

“어, 어떻습니까? 대사!”

군염기와 조천수는 허둥거리며 동시에 물었다.

모두의 시선이 지그시 눈을 감은 채 맥을 짚고 있는 경오 대사의 입꼬리에 모였다.

“불망, 제발 눈을 떠요!”

구양패옥은 여전히 발을 구른다.

그때였다. 지존검에 신형을 의지한 채 구양패옥의 품에 안겨 있던 불망이 힘없는 음성을 토했다.

“언제부터 내 이름을 막 부르기 시작한 거야?”

“헛! 살아 있었어요?”

“내력이 모조리 소진되어 움직일 수 없었을 뿐이야.”

하루 반나절의 싸움으로 엄청난 내력의 소진을 겪었다. 그래서 불망은 혈불의 죽음이 확인된 순간 전신의 긴장이 풀리며 온몸에서 힘이 빠져나가 움직일 수 없었던 것이다.

불망이 깨어나자 군웅은 일제히 환호했다.

하루를 마감하는 석양은 함박눈 속에서 융단처럼 서편 하늘에 드리워져 있었다.

第9章

부운무실(浮雲無實)

채 흙도 마르지 않은 작은 무덤이었다.

애제(愛弟), 연수지묘(娟秀之墓).

무덤의 주위에는 수백 그루의 매화나무가 심어져 있었다. 누구의 도움도 받지 않고 불망이 한 그루 한 그루 손수 심은 매화나무였다.

바람이 불어왔다. 대륙으로부터 사방을 스치며 지나가는 바람이었다. 그러나 거기에는 어떤 기운도 실려 있지 않았다. 그 대신 그에게 너무나 익숙한 향기가 담겨 있었다. 바람은 살며시, 아주 살며시 다가와 그의 입술에 내려앉는다.

불망은 미소 지었다. 바람이 된 그녀가 그의 메마른 입술에 입을 맞춘 것이다.

그는 조용히 속삭였다.

"잘 가."

2

사방으로 아흔아홉 칸. 백 칸을 맞추자는 군웅이 대부분이었지만 경오 대사는 넘치는 것보다 부족한 것이 낫다며 그들을 만류했다. 그래서 저택은 아흔아홉 칸짜리로 결정되었다.

"불 대협이 강호무림에 보이신 대은대덕(大恩大德)을 어찌 집 한 채로 갈음할 수 있겠소. 다만 우리의 작은 성의 표시로 저택을 지어 바치고 그 현판에 '천하무적(天下無敵)'이 네 글자를 써서 올림으로써 무림사의 귀감이 되고자 할 따름이오. 맹주께서는 불 대협께서 시묘(侍墓)를 마치고 내려오시면 우리의 뜻을 잘 설명해 주시어 그가 거절하지 않도록 해주시오."

경오 대사는 솟을대문 위로 올라가는 용사비등한 필체의 황금빛 현판을 보며 군염기에게 말했다.

군염기는 만족스레 웃으며 고개를 끄덕였다.

3

"아무래도 염기에게 죄를 짓는 것 같습니다. 말을 하고 떠났어야 하는데."

"그는 무림맹주가 되었으니 할 일이 많아요. 또 가문도 다시 일으켜 세워야 하고. 그냥 조용히 떠나는 게 그를 돕는 길이지요."

눈이 펄펄 내리고 있는 가운데 매화가 만발하다.

불망과 구양패옥, 조천수와 당문령은 말머리를 나란히 한 채 풍진강 호에서 멀어지고 있었다. 그들은 아무도 모르게 조용한 곳을 찾아 은거하려는 것이다. 은거 장소는 불망이 며칠 동안 수리해 온 구양패옥의 폐장원이다.

장원으로 들어가기 전 불망은 아직 할 일이 한 가지 남아 있었다.

불망은 조천수와 당문령을 먼저 장원으로 보낸 후 구양패옥과 말을 달려 이 년 전 무결을 두고 온 객점에 도착했다.

멀지 않은 곳에서 무결의 모습이 보였다.

"저 녀석인가요?"

구양패옥은 무결을 보자 깔깔거리며 웃었다.

놈은 그동안 먹고 자기만 해서 피둥피둥 살이 쪄 있어 도무지 개처럼 보이지 않는다. 온몸을 뒤덮은 털만 없다면 영락없는 돼지다.

"도대체 저 살덩이들을 어쩌겠다는 거야?"

무결은 비대한 살덩이들을 눈발 속에 실룩거리며 불망을 향해 힘차게 달려왔다.

<완결>

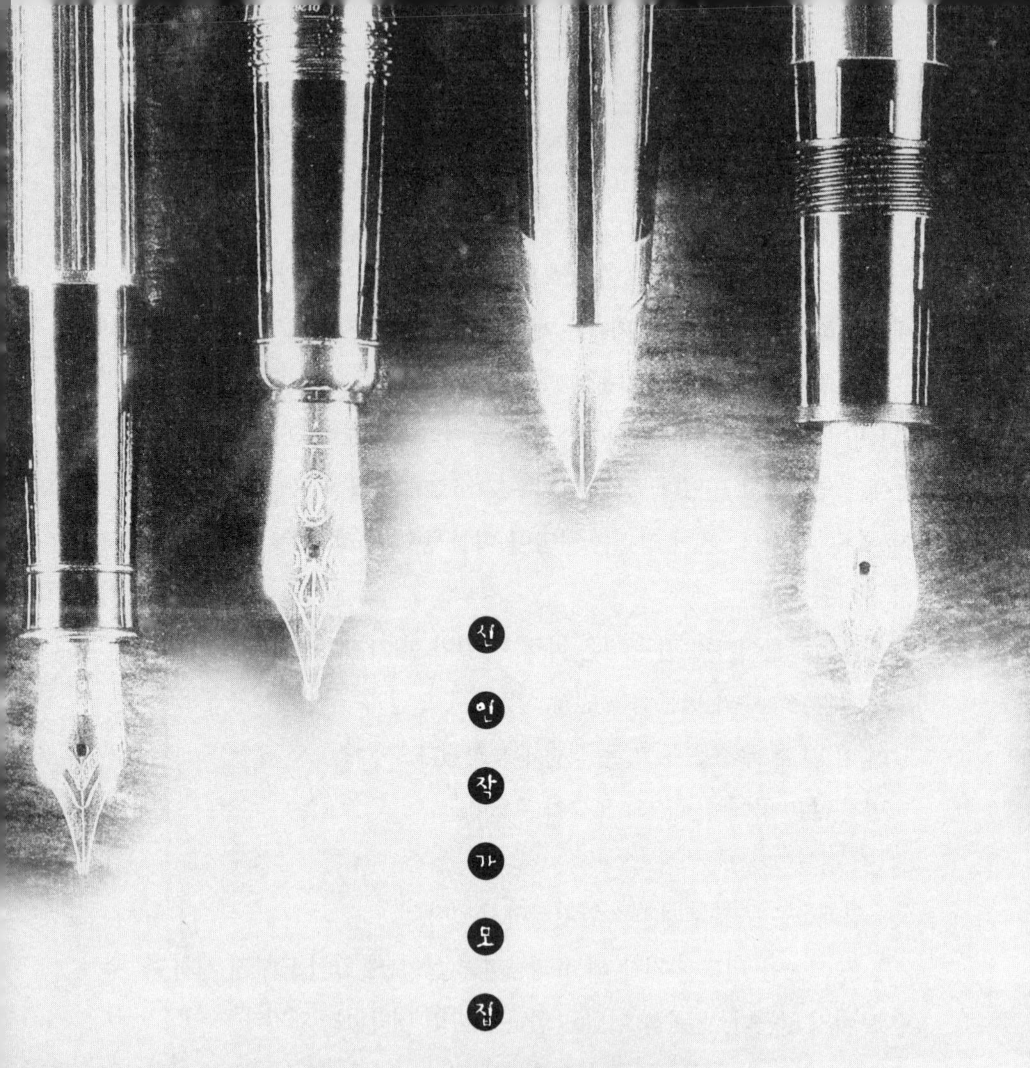

신
인
작
가
모
집

시작이 반이라고 했습니다.
작가의 길에 대한 보이지 않는 벽을 과감히 깨뜨리십시오!
청어람은 작가 지망생 여러분들의
멋진 방향타가 되어드리겠습니다.

저희 도서출판 청어람에서는
소설 신인 작가분들을 모집합니다.
판타지와 무협을 사랑하시는 분들의 많은 참여를 바랍니다.
소정의 원고(A4용지 150매)를 메일이나 우편으로 보내주시면
검토 후 출판 여부를 알려드리겠습니다.

주소:경기도 부천시 원미구 심곡1동 350-1 남성B/D 3F 우편번호420-011
TEL:032-656-4452 · FAX:032-656-4453
http://www.chungeoram.com
e-mail:chungeoram@chungeoram.com